今宵、あなたへ恋物語を

Rio & Kyogo

ととりとわ

Towa Totori

Eternity

EB

エタニティ文庫

目次

今宵、あなたへ恋物語を　5
書き下ろし番外編
人生で一番幸せな瞬間　329

今宵、あなたへ恋物語を

「契約を解除……ですか？」

静まり返った午後の会議室に、かすれ気味の自分の声が響く。ぴっちりと揃えた膝に載せた手を、莉緒《りお》は固く握りしめた。

（まずい。本当にまずい。これじゃあ私、再来月から無職だよ……！）

ここは莉緒が勤める市立図書館――その中にある、事務スペースに隣接した会議室だ。

会議室と言っても、薄いパーテーションで区切られただけの小さな部屋であり、プライバシーなんてまるでない。それでもほかに使える部屋がないので、休憩に使われたり、接客スペースになったり、時には個人的な問題を抱えた職員と上司とのあいだで面談をしたりと、多目的に利用されている。

一時間ほど前、莉緒は昼食をとるために、何人かの職員と一緒にこの部屋に入った。皆それぞれに持参したお弁当を食べ、歓談をして――と、いつもと変わらぬ日だったのだが。

その安寧《あんねい》は、五分ほど前に破られた。

休憩時間が終わる少し前、ほかの職員たちに続いて莉緒が会議室を出ようとしたところ、市役所から派遣されている生涯学習課の楢崎《ならさき》課長が入ってきて、莉緒だけを呼び止め、こう言ったのだ。

『君の雇用契約の件だけど、来月限りで打ち切りになったんだ……』

『……え？　は、はい!?』

青天の霹靂《へきれき》、とは言うまい。

この図書館が閉鎖・移転することは前々から決まっていたし、それに伴い、たったひとりの契約職員である莉緒の雇用がどうなるかは、ずっと待ったがかけられた状態だったからだ。

法律上、同じ勤務先で五年以上契約社員を続けていれば、無期契約に切り替える申請ができると決められている。

当然莉緒にも申し込みの権利はあったが、書類を提出していなかった。市立図書館の閉鎖に伴って、非正規職員の契約は打ち切られるとの噂《うわさ》があったため、二の足を踏んでしまったのである。

「これまで頑張ってやってくれたのに、君には本当にすまないと思ってるよ。でも、市の財政も苦しいみたいでさ、派遣職員は契約を解除するって言われちゃって」

ひととおり話を終えた楢崎課長は、会議机を挟んだ向こうで縮こまった。ただでさえ小柄な彼が、いつもの半分くらいの大きさに見える。

「そんな、謝らないでください。課長が悪いわけじゃないんですから」

莉緒は顔の前で手を振った。けれど、楢崎は下を向いたままだ。

「市の職員を代表してお詫びするよ。閉館の話は何も今決まったことじゃないんだから、せめて三か月前には言ってほしいよなあ。俺だったらそう思うもん」

そう言って口を歪《ゆが》める彼を前に、莉緒は苦笑いを浮かべる。

実際、この件に関しては誰も悪くはなかった。

契約上、雇い主から雇用契約の解除をする際は、一か月前に予告をすればいいことになっている。それに、楢崎が何度も上に掛け合ってくれていたことを、莉緒は知っていた。本来こうして謝る必要なんてないのに、彼はまったく人がいい。

楢崎は会議机の上で手を組んで、ため息を吐いた。

「俺としては、君に新しい図書館でも活躍してもらいたかったよ。仕事は早いし、利用者からの評判もいい。何より『おはなし会』に来る子供たちの人気の的《まと》だろう？」

莉緒が慌てて首を横に振る。

「そんな、褒《ほ》めすぎですって。それに、おはなし会の担当は私ひとりじゃありませんから」

「それはそうだけどさ。でも、君の担当する回が一番好評なのは確かだ。新しい図書館でも人気イベントになること間違いなしだったのになあ」

「課長、それくらいにしてください。とりあえず、あとひと月はあるんですから。残りの仕事もしっかりやって、新しい職場を頑張って探しますね」

しょぼくれる楢崎を励まそうと、莉緒は小さくガッツポーズをしてみせた。

「うん。俺も陰ながら応援してるよ。中條《なかじょう》さん、このたびは本当に申し訳ない」

彼が立ち上がって頭を下げたので、莉緒も慌てて席を立ち、腰を折る。

「こちらこそ、いろいろとありがとうございました。では、仕事に戻りますので、失礼します」

そそくさと会議室から出て、莉緒は洗面所へ駆け込んだ。扉に背を預け、ふう、と息を吐く。

（謝られるのって、どうも苦手だなあ。しかも、課長が決めた人事じゃないのに、一体何を言えばいいのやら……）

莉緒の勤める市立図書館は老朽化《ろうきゅうか》のため、ひと月と数日後――つまり十月末をもって閉鎖することが決まっていた。

鉄筋コンクリート造り三階建ての建物は、一見すると大して古そうではないが、よくよく見れば、中にも外にもがたがきている。

外壁のタイルはいくつか剥《は》がれ落ちているし、地盤が緩いせいか入り口ドアの建てつけが悪く、階段とアスファルトのあいだにおかしな段差ができている。しかも天井は低く、どことなく薄暗かった。壁のコンクリートには稲妻《いなずま》のような亀裂がいくつも走っていて、板張りの床もしみだらけだ。

もう何年も前から建て替えの話が出ていたが、移転先がなかなか見つからず難航していたらしい。

それが昨年になって、別の公共施設の閉鎖が決まり、そちらに図書館の機能をまるごと移転することで、ようやく決着がついたのだ。

そんなわけで、この図書館は来月末に閉鎖する。蔵書やＡＶ機器の運び出しなどを行《おこな》ったのち、解体して公園にするのだとか。

（はあ……寂しい）

そのことを思い出した途端、急にセンチメンタルな気分になった。洗面所の鏡を前にして、深いため息を吐く。

莉緒にとって、図書館で働くことは小さな頃からの憧れだったし、ここはそんな夢を実現させてくれた。

両親が共働きの上、姉とは歳が離れていて話が合わず寂しい日々を過ごした子供時代。そして、その両親を相次いで病気で亡くした高校二年の春も、いつだって図書館は莉緒をあたたかく迎えてくれた。

いつか図書館で働くことで、恩返しがしたいと思っていた。ようやく夢叶って、司書の職に就《つ》けたのが、大学を卒業した年の春のこと。以来、二十八歳になるまでの六年あまりを、この市立図書館と歩んできたのだ。

憧れの『図書館のお姉さん』として、子供から大人まで、本を愛する人たちとともに、たくさんの絵本や書物に囲まれて過ごす毎日は本当に楽しかった。その思い出深い場所が、跡形もなくさっぱりなくなってしまうことには、翼がもがれるような辛さを覚える。

しかし、感傷に浸《ひた》ってばかりもいられない。天職だと思っていただけにショックだが、莉緒の事情は利用者には一切関係がないのだ。三時からは恒例のおはなし会もあることだし、いつもどおり明るい顔で子供たちを楽しませないと。

莉緒は鏡に向き直ると、化粧ポーチからブラシを取り出し、背中まである黒髪を結び直した。白いシャツの襟《えり》を正して、お仕着せのグリーンのエプロンも整える。そして、歯磨きと化粧直しを手早く済ませ、最後の仕上げに、にいっと笑顔を作った。

「……よし。待っててね、子供たち！」

図書館に戻りはしたが、おはなし会が始まるまでにはまだ時間がある。そこで莉緒は、本の修復に手をつけることにした。

『要メンテ』の札が貼られたラックに手を伸ばして、持ち出し禁止のシールが貼られた分厚い学術書を手に取る。ぱっと見た感じでは特に修復が必要とは思えなかったが、ぱらぱらとめくってみて目をみはった。

（……ひどい！）

書物のページには、利用者が書き込んだと思われる文字があちこちにあった。それを発見するたび、怒りを通り越して深い悲しみが胸に募《つの》る。

長年にわたってたくさんの子供たちに愛された絵本が、ぼろぼろになるのは仕方のないことだ。子供だから、落書きすることだってあるだろう。けれど、専門書や史録などを読むくらいの大人の中にまで、書き込みや折り目をつける人がいるのは許しがたい。

莉緒は本が大好きだ。通勤の途中でも、家でも、四六時中本を読んでいる。

学生時代お世話になった教授には、一冊の本が世に出るまでには、執筆者や挿絵《さしえ》担当だけでなく、編集者や出版社、校正者、印刷所といったあらゆる部門のエキスパートが血のにじむような努力をしているのだと教わった。そうして生み出された本は、人々にものを教えるだけでなく、生活に潤《うるお》いを与えたり、感動させたり、時には心を救ったりしてくれる。だから、莉緒は本が大好きだ。本は人生を豊かにしてくれる。

ひとつため息を吐くと、気を取り直して消しゴムを手にした。書き込みの量は多いが、鉛筆で書かれていたのがまだ救いだ。ページを破かないよう、慎重に取り除いていく。

次々と業務をこなしていくうちに、あっという間に時間が過ぎた。ふと顔を上げれば、幼稚園帰りの園児たちが、ぞくぞくとロビーに集まってきている。

小さな姿がかわいらしくて、莉緒はにんまりと頬を緩めた。

お揃いの紺色《こんいろ》の園服、黄色い帽子に黄色い鞄《かばん》。身体の小さな年少さんから、大きな年長さんまでみんな、おはなし会目当ての子供たちだ。中にはまだ就園前の幼児もいて、母親の注意も聞かずに大きな声を上げている。

元気なのはいいが、図書館は本来静かに本を読む場所だ。あまり騒がしくすると迷惑になる。

莉緒から見て三年後輩にあたる司書の瀬田佑美《せたゆみ》が、慌ててロビーに飛び出していった。

「みんなー、静かにしようねー」

小声で注意をするけれど、子供たちはどこ吹く風だ。

何度言って聞かせても一向に埒《らち》が明かず、瀬田が莉緒へ助けを求めてきた。

「だめだ。莉緒さん、なんとかしてください」

「はーい。じゃあ代わりにカウンターお願いね」

「了解です！」

莉緒は瀬田と入れ替わりにカウンターを出て、ロビーへ向かう。途端、今日のお目当てである莉緒の姿を見つけた子供たちがはしゃぎ出した。

莉緒は子供たちの前に到着すると、両腕を勢いよく広げた。そして右手をゆっくりと、大きく顔の前に回し、人差し指を唇に当てる。

「みんな、しーっ、だよ。しぃーー……」

すると、騒がしかった子供たちが、一瞬にして静まり返った。

莉緒につられて、唇に人差し指を当てる子、胸の前で両手を握る子。皆、『図書館のお姉さん』が次に何を言うのかと、固唾《かたず》をのんで見守っている。

その顔をぐるりと見渡してから、莉緒は口を開いた。

「今日のお話はね、『とんころとん』と『おじいさん犬ジョン、空を飛ぶ』のふたつだよ。でもまだ時間が早いから、その前に紙芝居をひとつ読みます。じゃあ、静かにできた人から順番に入ってもらおうかな」

ピッ、という掛け声とともに、『前へならえ』のように両手をまっすぐに突き出す。

すると、子供たちが自然と列を作った。莉緒が踵《きびす》を返して図書館の奥へ歩いていくと、彼らはひと言も発しないまま、ぞろぞろとあとをついて進み出す。

カウンターの横を通過する時、瀬田と事務職の男性が話す声が耳に入ってきた。

「さすが莉緒さん、幼稚園の先生みたい」

「すごいよね。それだけ子供たちの信頼が厚いってことなんだろうなあ」

（やめてやめて、意識しちゃう！）

顔が熱くなるのを感じつつ、ギクシャクした歩き方で前進を続ける。

やがて目的の『おはなしのへや』に到着し、子供たちと保護者が全員入ったのを確認して扉を閉めた。ホッとする瞬間だ。扉はしっかりしたスチール製だから、よほどの大騒ぎにならなければ、他の利用者の迷惑にはならない。

莉緒がクレヨンで大きく『3』と書いたスケッチブックを掲《かか》げると、また少し騒ぎ始めていた子供たちが、ハッと息をのむ。

『2』

『1』

ページをめくるごとに子供たちはおしゃべりをやめ、カウントが『0』になる頃には完全に静まった。

「はい、お待たせしました。じゃあ、まずは約束の紙芝居を読むことにします。今日はこれだよ」

さっとテーブルの下から取り出したのは、『ヒヨちゃんとカラスウリくん』というお話だ。

表紙に相当する一枚目には、やや青みがかった灰色の鳥と、オレンジ色をした楕円形《だえんけい》の実のイラストが描かれている。

「では、読みます」

莉緒は枠《わく》にセットした紙芝居を掲《かか》げて、息を吸い込んだ。

「ヒヨちゃんとカラスウリくん　あいもとゆうこ作」

ヒヨちゃんは　元気いっぱいのヒヨドリの子
もう　ひとりで飛べますが　自分で餌《えさ》を探すことができません
だから　今日もお母さんと一緒に　餌《えさ》を探しに行きます……

最初の紙芝居と、定刻から読み始めた二冊の絵本を読み終わる頃には、午後四時近くになっていた。

紙芝居は自然の生き物の助け合いを描いた話で、絵本のうち一冊は年少向けの、カラフルなイラストを用いた楽しいお話だった。もう一冊は、年老いた犬が最後に雲に乗りたいと願い、たくさんの渡り鳥の協力によって空を飛ぶという、感動の物語だ。

子供たちは終始大人しくしていたし、皆目を輝かせて話を聞いてくれたので、今日も大成功だったと思う。

莉緒にとって、おはなし会の時に見られる子供たちの笑顔は何よりの宝ものだ。それを見るたびに、『生きている』ということを実感できる。

「では、今日のおはなし会はこれで終わりです。次回は土曜日の十時からありますので、また来てくださいね」

莉緒の言葉に、子供たちが「はーい」と元気な声で返事をする。駆け寄ってきた子たちの、紅葉《もみじ》のような手とたくさんのハイタッチを交わして、会はお開きになった。

カウンターに戻った莉緒は、貸し出しや返却といった通常業務についた。夕方以降は利用者もさほど多くないため、ここから退館時刻の六時まで、まったりとした時間が続く。

こうなると思い出すのは、やはり職探しのことだ。

六年も勤めていただけあって、莉緒はこの市立図書館をとても気に入っていた。一緒に働くメンバーとも仲がよかったし、仕事の面でも、イベントや特設コーナーのレイアウトなどを自由にやらせてくれるので、やりがいがあったのだ。

（また同じようなところが見つかればいいけど、そうそう素敵な巡り合わせはないだろうな……）

そんなことを頭の片隅で考えつつ、貸し出しリクエストと蔵書とを、コンピューターで照合していた。

そこへ――

「こんにちは」

カウンターの向こうから声を掛けられて、莉緒はハッと顔を上げる。

「はい。……何か、ご用でしょうか」

言葉に詰まったのは、その人物の姿を見て一瞬驚いたからだ。

目の前に立っている初老の男性は、黒のタキシードに蝶ネクタイという、図書館には似つかわしくない格好をしている。さらに、きっちりと七三に分けられた白髪《しらが》まじりの髪に、丸い銀縁《ぎんぶち》眼鏡。口ひげを生《は》やした上に、手には白い手袋と、まるで映画にでも出てくる執事のような出で立ちだ。

執事風の男性は両手を前で組み、穏やかな顔で言う。

「当家の坊ちゃま専属の、朗読係を探しております」

「は、はあ」

『当家』『坊ちゃま』『専属』――見事なまでに期待を裏切らない言葉が並んだ。莉緒は、ごくりと唾をのむ。

「朗読係というと……本の読み聞かせか何かでしょうか？」

「はい。そのようなものです」

男性は人のよさそうな笑みを浮かべて、軽く腰を折った。普通、読み聞かせとは図書館や学校などで、大勢で聞くものではないだろうか。それをお抱え執事が専属の人間を探して歩くなんて、世の中にはとんでもないセレブな子供がいるらしい。

「では、求人広告のようなものがあれば、あちらの掲示板に貼らせていただきます」

莉緒は左手を差し出して、男性の肩越しにある数々のチラシが貼られた掲示板を示した。しかし彼は、そちらを見ようともしない。

「あなたがいいのです」

「……はい？　わ、私ですか？」

素《す》っ頓狂《とんきょう》な声を上げると、男性が深くうなずく。そして一歩カウンターに近づいてきて、眼鏡の奥にある両目をきらめかせた。

「あなたの声は大変素晴らしい。抑揚《よくよう》も、間の取り方も絶妙でした。もちろん、賃金はたっぷりと弾ませていただきます」

「え……。あ、あの、えーと、えーと――」

そう言ったきり言葉が続かなくて、莉緒はどきどきする胸を押さえる。褒《ほ》められて悪い気はしないが、いくらなんでも唐突すぎやしないだろうか。

（もしかして、さっきのおはなし会を聞いてたのかな……）

とはいえ、こんな格好をした男性があの場にいれば、絶対に気づくはずだ。とすると、部屋の外で聞き耳を立てていたのだろうか。『おはなしのへや』の扉はきっちりと閉まっていたはずだが、防音室ではないから多少の音洩《も》れはある。

莉緒が固まったままでいると、男性は名刺を差し出した。家紋が箔押《はくお》しされた、やけに立派な名刺を。

「篁《たかむら》家執事……青戸《あおと》さん」

「はい。江戸時代から続いております篁家の執事を、先代の頃から四十年にわたり務めさせていただいてます、青戸でございます」

「中條莉緒と申します」

戸惑いつつも、深々とお辞儀をする青戸執事に合わせて腰を折る。ふたたび顔を上げたところ、いかにも人のよさそうな笑みを浮かべる執事の顔が目に飛び込んできた。

「では、中條様のお仕事が終わる頃に外でお待ちしておりますので。失礼いたします」

「わかりまし……えっ⁉ ちょっ、あの——」

優雅な動きで踵《きびす》を返した篁家の執事は、歳に似合わぬ颯爽《さっそう》とした足取りで去っていく。

(ちょっと待って。慌ててカウンターを飛び出して追いかけようとしたところ、「すみませーん」と、利用者から声が掛かった。

勝手に待たれても困るんですけど……!)

「は、はーい、ただいま!」

利用者の対応をしながら、ちら、と振り返ってみたが、青戸の姿はもう見えない。

利用者を放置するわけにいかない莉緒は、仕方なくその場に留まったのだった。

図書館の閉館時刻は午後八時だが、契約職員である莉緒は、午後六時に退館時刻を迎える。

今日も残りのメンバーに挨拶《あいさつ》をして、バックヤードにある更衣室に引っ込んだ。この図書館に制服はないけれど、揃いのエプロンを保管するために三帖ほどの小さな部屋があり、そこを更衣室として使っているのだ。

エプロンを外してハンガーにかけ、入り口付近にあるタイムカードを押す。続いて身だしなみを整えようと、すぐ隣にある鏡に向かった。

そこに映る莉緒の姿は、量販店で買ったなんの変哲《へんてつ》もない白いシャツに、紺色《こんいろ》のチノパンという動きやすさに特化した出で立ちだ。後ろで結んでいた長い髪を解《ほど》いてみても、さほど印象は変わらない。こんな格好では、とても名家のお坊ちゃまの専属朗読係にはふさわしくないだろう。

数時間前の奇妙な誘いについて考えている自分に気づき、苦笑いを浮かべる。あれはきっと何かの間違いだ。真に受けるなんて、どうかしている。

気持ちを切り替えようと、手早くリップを引き直して更衣室を出た。途中、すれ違った課長の楢崎に挨拶《あいさつ》をして、通用口のドアを開けたのだが――

「えっ」

一歩外へ足を踏み出して、勢いよく立ち止まる。

図書館の入り口前には、黒塗りの高級セダンが停まっていた。その車の隣には、先ほどやってきた青戸執事が、両手を前で組んで姿勢よく立っている。

(嘘でしょう？　まさか本当に待ってるなんて……！)

こういう時、一体どうしたらいいのだろう。本物の執事なんてはじめて見たし、その執事に『坊ちゃまの朗読係』を依頼されたことは、たちの悪い冗談だと思っていたのだ。

とりあえず様子を窺《うかが》おうと、裏口を出てすぐのところにある植え込みに身を潜《ひそ》める。

するとしばらくして、運転席からドライバーらしき人物が出てきた。紺色《こんいろ》のスーツタイプの制服を着て、白い手袋をした女性だ。

と、突然、その女性がこちらに向かって深々とお辞儀をした。それに気づいた青戸執事が、やはりこちらを向いて頭を下げる。

「ええっ。ちょっと待って……！」

思わず声を出して、口を押さえた。まさか、隠れているのが見つかってしまうなんて想定外だ。

居たたまれなくなって、うろたえつつ植え込みから飛び出す。誰かに見られたら何事かと思われそうなので、きょろきょろとあたりを見回しながらふたりに駆け寄った。

「青戸さん、本当にお待ちになっていらしたんですか？」

「ご迷惑をおかけいたしまして、まことに申し訳ございません」

ふたたび青戸が腰を折ろうとするので、莉緒は慌てて制した。

「別に迷惑ではありません。でも、あの……私に朗読係を依頼したいという件は、本気でおっしゃっているのでしょうか？」

「はい、是《ぜ》が非《ひ》でも。中條様にいらしていただければ、坊ちゃまも大変に喜びます」

「はあ……お気持ちはありがたいのですが、ちょっと急な話なので……」

「そうおっしゃると思っておりました。では、まずは篁家にお越しいただいて、一度就労環境をご覧になってはいかがでしょう。こうして女性ドライバーの運転で屋敷に向かいますので、ご安心いただけるかと。もちろん、お帰りの際は中條様のご自宅までお送り申し上げます」

「えーと、でも、ですねえ」

「どうか、なにとぞ。ほかを当たるつもりもございませんので」

「は、はあ」

やんわり断ろうとするが、青戸がいかにも好々爺《こうこうや》といった感じの笑みを浮かべて頭を下げるので、拒否の言葉をのみ込んでしまう。

どうやら彼の方が一枚上手《うわて》のようだ。自分の二倍以上の年齢の人に丁寧な口調でものを頼まれたら、無下《むげ》には断りづらい。

穏やかな表情で待つ青戸を前に、莉緒はこの話について改めて考えてみる。

彼の依頼は、莉緒に篁家のご子息の専属朗読係になってほしいというものだ。はじめは彼の言うことを信じていなかったし、あまりに突然の話なので断るつもりでいた。しかし、読み聞かせは得意分野だし、個人相手の朗読係というものに興味がないわけではない。

それに、早速今夜から新しい勤め先を探そうと思っていたのだ。候補のひとつに入れるつもりで、ひとまず篁家とやらに行ってみようか。

「じゃあ、とりあえず……お邪魔してみるだけ――」

「ありがとうございます!!」

突然青戸が大声を上げたので、莉緒はびくっと身体を震わせた。彼は今にも泣き出しそうな顔をして、拝むように両手を胸の前で合わせている。

(どうしてそこまで!?)

切望される理由がわからず、ただただ戸惑ってしまう。たかが一介の図書館司書である自分に、一体何を求めているのか。ちょっと恐ろしい。

「では早速ですが、こちらへご乗車ください」

青戸はいそいそと運転席側の後部座席に回り、ドアを開けた。しかも頭をぶつけないよう、白手袋をはめた手で上部のフレームをガードしてくれる。

莉緒は礼を言って車に乗り込んだ。

広々とした車内は清潔で、塵《ちり》ひとつ落ちていない。黒い本革シートはつやつやに磨かれているし、目隠しのカーテンがついているあたりは、政治家が乗る車みたいだ。

運転手に続き、青戸が助手席に乗り込んで、車は走り出した。

「三十分ほどで到着いたします。何かございましたら、お声掛けください」

わかりました、と返事をして、莉緒は車窓を流れる景色に目をやる。

確か名刺に書かれていた住所は、ここから電車で五駅ほど離れたところにある高級住宅地だった。とはいえ、テレビやニュースなどでよく聞く地名というだけで、実際に行ったことがあるわけではない。

幼稚園から大学までをすべて公立で過ごした莉緒には、セレブの友達なんてひとりもいなかった。だから、執事やお抱え運転手がいるお屋敷がどんなものなのか、想像もできないのだ。

車は賑《にぎ》やかな大通りを抜けて、片側一車線の公道をひた走っている。小さな交差点をいくつか曲がるうちに、左前方に小高い森のようなシルエットが浮かび上がった。

莉緒はそれを、公園か博物館でもあるのだろうと、ぼんやり眺めていたのだが……

「中條様。そろそろ篁家の敷地に入ります」

振り返った青戸がそう告げる。

間もなく車は減速し、左折して先ほどの森の中に吸い込まれた。莉緒はシートに預けていた背中を起こして、暗闇に目を凝《こ》らす。

(篁家の敷地……？　まさか、この森が？)

ヘッドライトの明かりは、ヨーロッパの古い町並みにありそうな石畳《いしだたみ》を照らしている。

その両脇には、背の高い木々が延々と立ち並んでいた。夜ということもあってか、かなりうっそうとした印象だ。

「そろそろ到着いたします」

青戸執事がそう言った途端、視界が開けた。莉緒はフロントガラスの向こうに目をやり、驚いて息をのむ。

車が向かう先には、かつてヨーロッパの貴族が暮らしていた領主の館のような、立派な建物がそびえていた。一面をレンガでしつらえた外壁に、大きなラウンド型の張り出し窓。ところどころに取り付けられた角灯が、趣《おもむき》深い雰囲気を醸《かも》し出している。

「素敵……！」

物語の一幕めいた光景に、莉緒はきらきらと目を輝かせた。こんな場所が街中の一角、しかも勤め先からそう遠くないところにあったなんて信じられない。

屋敷の細かなデザインや周りの様子は暗くてよくわからなかったが、却《かえ》ってよかったと思う。明るいうちにここへ来ていたら、とんでもないところへ来てしまったのではないかと、怖気《おじけ》づいたに違いないからだ。

車は屋敷の車寄せに低速で滑《すべ》り込んで停まった。莉緒は青戸のドアサービスで後部座席から降り、彼の後ろについてガラス製の自動ドアを潜《くぐ》る。

その奥にはもうひとつ、木でできた重厚な両開きの扉があった。脇に下がった赤色の紐を青戸が引っ張ると、扉の向こうで美しい音色の鐘が鳴る。そして、ゆっくりと扉が開いた。

その瞬間。

「いらっしゃいませ！」

大きな声が響いて、莉緒が跳び上がる。

「きゃっ！　な、何⁉」

一瞬何が起きたのかと思った。見れば、シャンデリアが放つまばゆい光の下、ずらりと並んだメイドや使用人たちが一斉に頭を下げている。

「あ、青戸さん……！」

情けない顔をして執事を振り返ったが、彼は相変わらず穏やかな笑みを湛《たた》えているだけだ。

「驚かせてしまいまして、申し訳ございません。この屋敷の者一同、中條様を歓迎しているのでございます」

「歓迎？」

青戸がうなずく。

「あなた様は当家にとって、とても大事なお客様でございますので。すぐに食事のご用意をいたします。こちらへどうぞ」

「食事って——あっ、ちょっと待ってください！　青戸さん」

にこやかに見送るメイドたちにぴょこっと頭を下げて、足早に歩く執事を小走りで追いかける。

たかがアルバイト候補に対して、どうしてここまで丁重な出迎えをするのだろう。『大事なお客様』として扱われる理由など、ひとつも見つからない。

玄関ホールから続く優美な曲線を描く階段で二階へと上がり、二十帖はあろうかという部屋に入った。

そこはダイニングルームらしく、貴族の晩餐会《ばんさんかい》にでも使われそうな横長のテーブルが、でん、とまんなかに置かれている。その上には真っ白なクロスが敷《し》かれていて、すでにカトラリーひと揃いがセットされていた。

青戸に椅子を引かれて、「どうぞ」と促《うなが》される。ついつい座ってしまったが——違う。

「青戸さん、私、食事をするためにここへ来たのではありません」

立ち上がって言うと、彼は少し困ったような顔をした。

「おっしゃるとおりでございます。ですが、坊ちゃまがお帰りになるまでには、まだ時間がございまして……。そのあいだに屋敷内をご案内申し上げてもよろしいのですが、中條様がお腹を空《す》かせたままでは、あまりに申し訳なく——」

と、その時。

ぐーーっ……

なんというタイミングだろうか。莉緒のお腹の虫が派手に鳴いた。

カッと首から上が熱くなり、思わず下を向いてしまう。

(やだ……どうしてよりにもよってこんな時に！)

「す、すみません」

「いいえ、お気になさらず。お召し上がりになれない食材などはございますか？」

「いえ、特には」

「かしこまりました。では、しばらくお待ちくださいませ」

踵《きびす》を返して去っていく青戸の背を見送って、莉緒はふたたび力なく椅子に腰を下ろした。両手で顔を覆《おお》って、深いため息を吐く。

……情けない。所詮《しょせん》、空腹には勝てないということか。

篁家で出された食事は、庶民には目が飛び出るほど豪華なものだった。

野菜と肉を使った冷製や、魚介のフリットといった前菜の盛り合わせは目にも美しく、食べるのが惜しいくらいだったし、メインの子羊のソテーは舌がとろけてしまいそうなおいしさ。スープやサラダといった脇を飾る料理も、逐一手が込んでいて驚かされる。

こんなに贅沢《ぜいたく》な食事を毎日召し上がっている『坊ちゃま』とは、一体どんな子供なのだろう。

ちら、と壁に掛けられた時計を見ると、時刻は七時を回っている。読み聞かせという

から小さな子を想像していたが、習い事にでも出掛けているのだろうか。

食休みのあと、青戸に案内されて屋敷の二階にある書庫を見せてもらうことにした。

長い廊下には、落ち着いたデザインの紺色《こんいろ》の絨毯《じゅうたん》が敷《し》かれている。壁は磨き上げら

れた高級感のある木材。アンティーク調のランプが投げかける明かりが、ヨーロッパの

由緒あるホテルのような雰囲気を醸《かも》し出している。

その廊下を歩きながら、青戸は屋敷に関するいろいろなことを説明してくれた。

彼の話によると、この屋敷は玄関ホールを中心として、大きく分けて四つの区画から

成り立っているらしい。

先ほど食事をしたダイニングルームや応接間からなるパブリックスペースと、客人が

使うための居室やバー、映像室などがあるゲストスペース。

住み込みの使用人が使う居室や水回り施設、厨房《ちゅうぼう》やランドリールームといった作業

スペース。

そして、篁家の主人とその家族が使う居間や寝室、浴室などがあるプライベートスペー

スだ。

目的の書庫はプライベートスペースにあって、屋敷の主《あるじ》の書斎に隣接しているのだ

とか。

「この屋敷は、先代が日本で仕事をする際の拠点とするために建てたものです。ああ、申し遅れましたが、篁家は代々貿易商を営《いとな》んでおります」

「貿易商……商社ということですか？」

「はい。タカムラインターナショナルは、食料品からジェット機まで、ありとあらゆる商品を取り扱っている総合商社でございます。東京の本社をはじめといたしまして、ロンドン、ヨーロッパ諸国、アメリカ大陸、中国、シンガポール、インドなど、世界各国に拠点がございます」

「タカムラインターナショナル!? ……そ、そうですか」

莉緒は急にどきどきしてきた胸を手で押さえた。

どうやら自分は、本当にとんでもないところへ来てしまったらしい。

タカムラインターナショナルといえば、知らない者などいないほどの大企業だ。このお屋敷を、まるで貴族のお城のようだと思ってはいたが、まさか世界に名だたる総合商社の経営者の自宅だったとは。

（そんな名家のご令息のお相手なんて、一介の図書館司書に務まるの……？）

前を歩く青戸の足が、重厚なアーチ形の扉の前で止まった。

「さあ、こちらでございます」

青戸が言って、手袋をはめた手で把手《とって》を引く。扉が開いた瞬間、莉緒は両手で口を押さえた。

「すごい……！」

自動点灯した明かりに浮かび上がったのは、床から天井まで、壁面いっぱいにそびえたつ木製の書棚。それらがぐるりと四方の壁を囲んでいて、中心に広く開いたスペースには、ゆったりくつろげるソファがいくつかと、丸いテーブルが置かれている。

莉緒は歩を進めると、部屋の中心に立って首を巡らせた。

とにかくものすごい蔵書の数だ。軽く見積もっても一万冊くらいはあるだろうか。少し確認できただけでも、国内で出版された書籍のほか、あらゆる言語の本がびっしりと詰まっていて、さながらミニ図書館といった具合だ。

書棚の前をゆっくりと進みつつ、青戸が言う。

「こちらの書棚は地震に備えまして、天井と床にアンカーボルトでしっかり固定されております。また、書物の劣化を防ぐため、常に室温二十度、湿度五十パーセントに保たれているのです」

「……なるほど。窓もありませんし、本には最適な環境ですね」

「さようでございます。中には大変貴重な書物もございますので、照明も紫外線カットの製品を使用しております」

貴重な書物――莉緒はごくりと唾をのんだ。これだけの蔵書家が所有する『貴重な書物』とは、一体どんなものだろう。

たとえば、活版印刷の技術が普及する以前に刷《す》られた本とか、どこか外国の海軍の航海日誌とか。

そういった書物のコレクターは、世界じゅうに散らばる希少本をあらゆる方法で手に入れるのだと、以前に何かで読んだことがある。

契約職員としてかつかつの日々を送っている莉緒にとっては夢のような話だ。そんな珍しい本があるというこの書庫に入り浸《びた》って心ゆくまで本を読み耽《ふけ》ってみたい。完璧なまでに管理の行き届いた、居心地のいい自分専用の図書室があるなんて、これ以上の贅《ぜい》沢《たく》が存在するとは思えない。

それにしても、これだけの書物を所有している屋敷の主人――坊ちゃまのお父様とは、どんな人物なのだろう。俄然《がぜん》興味が湧いたので、勇気を出して青戸に尋ねてみる。

「差し支えなければ教えていただきたいのですが、こちらのご主人はどういった方なんですか？」

青戸執事は、その質問を待っていたとばかりに目を輝かせた。

「屋敷を守っておられる恭吾《きょうご》様は、篁家の跡取りでタカムラインターナショナルの副社長をしておられます。ほとんど身内のようなわたくしから申し上げるのもなんですが、容姿端麗、頭脳明晰《めいせき》にして大変お人柄のよい方です。学生時代は、飛び級を重ねて十七歳でMBAを取得、その後もご両親のお住まいになられている英国や諸外国と日本を行ったり来たりの生活ですので、英語をはじめ複数の語学に堪能《たんのう》でございます。そして何より、無類の本好きでいらっしゃる。こうして屋敷の中に書庫をお作りになるほどですので」

「は、はあ」

興奮した様子でまくし立てる執事の言葉に、莉緒はただふんふんとうなずいた。聞けば聞くほど坊ちゃまのお父様とは住む世界が違いすぎて、まともな受け答えもできない。

確かに、タカムラインターナショナルの御曹司《おんぞうし》ともなれば、世間一般とはかけ離れたハイスペックな人物でも不思議はなかった。しかし、莉緒とは本好きという共通点がある。それが唯一の救いだ。

「あの……まだお若い方ですよね？」

「はい。現在三十歳になります。中條様とはたったふたつ違いですので、きっと話がお合いになるでしょう」

ふたつ違い。そのことを聞いて少しだけホッとした。

でも、その歳で結婚してもう子供がいるなんて、さすが大企業の御曹司《おんぞうし》は違う、と妙に感心していたが、ふとあることに気づいて心の中で首を捻《ひね》る。

（私、いつ自分の年齢を話したっけ……？）

『間もなく戻られると思いますので、こちらで今しばらくお待ちください』

そう青戸に促《うなが》され、莉緒は書庫に隣接している書斎で、篁家の子息を待つことになった。

『坊ちゃま』はひとりでここへ来るのだろうか。それとも、屋敷の主人である篁氏と一緒に……？

できれば子息ひとりの方が気楽だが、未成年であれば親が同伴するのが普通だ。それに、『年齢が近い分、話が合うはず』と執事が言っていた以上、篁氏も一緒に顔を見せる可能性が高い。

部屋の中には、どこからともなく優雅なクラシックの曲が流れている。ソファは大変座り心地がいいし、茶系統の色でまとめられたインテリアの雰囲気もいい。

しかし。

初対面の人に会う時に、そうそう落ち着いてなどいられないものだ。坊ちゃまはともかく、一緒に会うことになるだろう篁氏とうまく会話が弾むのか、楽しみな気持ちより恐怖が先立ってしまう。

若くして大企業の副社長をしている優秀な人だから、自分にも他人にも厳しく冷酷かもしれない。甘えを許さず、自分の信念に絶大な自信をもち、プライベートには他人を簡単に踏み入らせない孤高の人――

莉緒は少しでも緊張を紛らわそうと、ソファから立ち上がって書斎の中を歩き回った。

二十帖ほどの広さの部屋には、いかにも書斎然とした大きな机と、立派な革張りの椅子、二人掛けのソファ、猫脚になった赤いビロード張りの椅子とガラスのテーブルが一対置いてある。

さらに、先ほど見た書庫ほどの大きさはないが、同じようなデザインの書棚がこちらにもふたつあった。その書棚に近づいて、上から順にタイトルを見ていく。

ぎっしりと詰まっているのは、外国語の本や経営学、法律関係など、商社の仕事に関係していそうな小難しい本ばかりだ。

その中に唯一、『古竜の眠るほこら』というファンタジー風の本があった。色褪《あ》せた赤い布張りの背表紙に金で箔押《はくお》しされたタイトルを、半《なか》ば無意識のうちに人差し指でなぞる。

と、そこへ。

背後で扉が開く音がして、莉緒はびくりと肩を震わせた。

「失礼」

低く、張りのある男性の声が後ろで響く。待ちわびた人物がやっと現れたらしい。

書斎の入り口を振り返った莉緒は、そこにいた男の美しさにハッとした。

すらりとした手足に、広い肩幅。艶《つや》のある黒髪をきっちりセットし、見るからに仕立てのよいダークスーツを華麗に着こなしている。精悍《せいかん》な男らしい顔立ちには、人を寄せ付けない雰囲気があった。

やはり想像していたとおり冷酷な人物かもしれない――莉緒は瞬時に身をこわばらせた。

「お待たせしまして申し訳ありません。中條さんですね？」

彼はドアを後ろ手に閉めながら部屋へ入ってくる。

「はじめまして、中條莉緒と申します。現在、図書館司書をしております」

莉緒は両手をきちんと前で揃えて深く腰を折った。おそらくもう、審査は始まっているのだろう。ここで働くと決めたわけではないが、第一印象を悪くしたくはない。

試されていることをひしひしと感じつつ、ゆっくりと頭を上げる。しかし――

男の顔がふたたび目に入った途端、どきりと胸が鳴った。

第一印象で『冷たそうな人』に見えた彼は、陽だまりのように穏やかな笑みを浮かべている。切れ長の二重まぶたは優しく弧を描き、横に広がった形のいい唇からは白い歯が零《こぼ》れていた。

「篁恭吾です」

彼が一歩こちらに近づいて、目の前に大きな手を差し出す。莉緒はそれをおずおずと握った。

がっしりした体温の高い手だ。右手で握った莉緒の手の上に、さらに左手をかぶせてくるので思わず赤面してしまう。

こうして見上げると、彼がかなり背の高い人だということがわかった。莉緒自身は日本人女性の平均と同じくらいの身長だから、頭ひとつ分は高い彼の背丈は、百八十センチを優に超えているだろう。

遥《はる》か高い位置からまっすぐに向けられる目の色は、一見茶色に見えるが、ほのかに緑がかっていた。ヘーゼル、というのだろうか。そういえば、顔立ちもどことなく西洋風な気がする。

(素敵な人……こんな人が、この世の中にいたんだ)

そういえば、小さな頃にこういう色の目をした友達と遊んだ記憶がおぼろげに残っている。学校の友達ではなかったと思うし、顔は覚えていない。その子のきれいな目が子供心に羨《うらや》ましくて、至近距離で見つめたものだ。そう考えると、ヘーゼルの瞳というのもさほど珍しくはないのかもしれない。

美しい恭吾の目を、もっとじっくり見てみたかったが、さすがに大人になった今ではできるはずもない。

「今夜、あなたに会えるのをとても楽しみにしていました」

「は、はい。ありがとうございます」

『楽しみにしていた』なんて、たかがアルバイト、しかもまだ決まったわけでもない相手には大げさすぎて、どぎまぎしてしまう。それに、読み聞かせの相手は篁恭吾本人ではないはずだ。

そういえば、肝心の『坊ちゃま』は一体どこにいるのだろう。今夜の主な目的は彼に会うことだった気がするが……

「あの――」

恭吾がなかなか右手を解放してくれないので、莉緒は身じろぎした。すると、それに気づいた彼が、ぱっと手を離す。

気まずい空気が流れるのを阻止しようと、莉緒は素早く質問を投げた。

「そっ、それで、読み聞かせのお相手というのは、どちらにいらっしゃるのでしょう？」

きょろきょろしていると、恭吾が訝《いぶか》しげな目を向けてくる。

「読み聞かせ？」

「はい。お子様の朗読係を探していらっしゃると」

「ああ、朗読を依頼したのは私です」

（……えっ？）

莉緒は目をまん丸に見開いて、目の前にいる男の端整な顔をまじまじと見る。

彼は至って真面目な表情だ。冗談を言っているわけではなさそうだが、大人相手の専属朗読係なんて聞いたことがない。少なくとも、現代日本では。

「あの、では、執事の方が『坊ちゃま』とおっしゃっていたのは――」

「私のことです。彼には幼い頃から面倒を見てもらっているので、成人したあともその呼び方が抜けないのでしょう」

恭吾は笑って、少し困ったようにはにかんでみせる。恥ずかしさと気まずさのあまり、莉緒は下を向いてしまう。

「すみません、私てっきり……」

「あなたが驚くのも無理はありません。本を読んでもらうのは小さな子供だと、相場が決まっていますから」

莉緒は眉根を寄せて首を横に振った。

「い、いえ、そんな。ご不快な気分にさせてしまったのでしたら、申し訳ございません」

「不快になど思っていませんよ。専属の朗読係を雇うのは、幼い頃からの夢でした。そういった意味では、私の心は子供時代に置き去りにされたままなのかもしれません。――どうぞおかけください」

莉緒にソファを勧めると、彼はゆっくりと部屋を横切った。

スーツのジャケットを脱ぎ、壁のフックにかけて腕まくりをする。そして、そのすぐ近くにあったらしいスピーカーをオフにして、ソファの前までやってきた。

「少し家具の配置換えをします。いえ、あなたはそのままで」

莉緒の動きを制した彼が、ガラスの天板が載った猫脚テーブルをソファの正面に置く。それから、テーブルを挟んでソファと九十度の角度になるよう猫脚椅子をずらした。さらに書棚の前まで移動した彼は、その場にしゃがみ込んで、先ほど莉緒が背表紙を指でなぞっていた『古竜の眠るほこら』を引っ張り出す。

莉緒はその一挙手一投足《いっきょしゅいっとうそく》を見守っていた。

彼は体格がいいだけでなく、姿勢もいい。何をするにも落ち着いていて所作が美しいので、ずっと見ていられそうだ。

育ちのよさとは、こういったところにも表れるのだろう。そして何より端整な顔立ちをしているので、映画のワンシーンでも見ているような気分になる。

戻ってきた恭吾は猫脚椅子に座って、赤い布製の本をぱらぱらとめくった。

「仕事から帰った夜は、大抵こうして本を読みます。しかし、わがままを言えば、自分の目で字を追うだけではなく、誰かの声で語り掛けてもらいたい。一日の終わりのゆったりとした時間に、気に入った話を、気に入った声の朗読で聞く。最高の贅沢《ぜいたく》だとは思いませんか？」

そう言って、恭吾はにっこりと微笑む。

その顔があまりにも幸せそうだったので、胸がぽうっとあたたかくなるのを感じた。

彼の考えはよくわかる。優れた物語は何度でも読み返したくなるが、たまには違った角度で楽しんでみたい。

彼は本当に本が好きなのだ。だから読書の時間を大切にし、朗読という手段によって新たな扉を開こうとしているのではないだろうか。

「篁さんのお気持ち、よくわかります。私も寝る前には好きな本を読みます。仕事で本漬けの毎日を送っているのに、それこそお気に入りのものを、何度も何度も。……変ですよね」

莉緒は照れ隠しに軽く笑い声を立てた。それを見た恭吾が、嬉しそうな笑みを浮かべる。

「何もおかしくはありませんよ。どうやら私たちは同じタイプの人間らしい。ちなみに、私は本を持ち歩く時は必ず袋に入れます」

彼の言葉を聞いた途端、莉緒はあっ、と声を上げた。

「私も一緒です！　バッグの中でページがめくれたり、ぐちゃぐちゃになったら困るので、必ず袋に入れています。あとは、作品に合ったカバーを自作してみたり――」

ふんふん、と恭吾がうなずく。

「自分の本棚も、作者名ごとに並んでないと嫌なんです！」

興奮のままに言い切ると、恭吾がくっくっと笑って、額《ひたい》を手で押さえた。気持ちが逸《はや》るあまり拳《こぶし》を前で握っていたことに気づき、莉緒は慌ててその手を下ろす。

「あなたの言っていることがわかりすぎて。失礼」

彼はまだ笑っている。その楽しそうな姿を見ているうちに、莉緒の頬も勝手に緩んでいき、気づけば一緒に笑っていた。

（篁さん、こんなふうに笑うんだ）

一気に親しみが湧いて、胸にあたたかいものが広がる。今、この空間に彼と一緒にいることが、なぜだか嬉しい。

それは、とても不思議な感覚だった。恭吾には今夜はじめて会ったのに、まるで古くからの知り合いのような、これまでずっと自分のそばにいた人のような気がしてくる。

彼のために毎晩本を読んでみたい。大好きな物語について一緒に語り合えたら、どんなに素敵だろう……

ひとしきり笑ったあと、彼は本を閉じてテーブルに置いた。

「莉緒さん」

いきなり下の名前で呼ばれて、どきっとする。

「は、はい。なんでしょう」

「今日は試しに、この本を朗読していただけませんか？」

テーブルの上に置いた赤い表紙の本を、彼がくるりと反転させた。

「……『古竜の眠るほこら』」

莉緒が呟いたタイトルに、恭吾はこくりとうなずく。

「子供の頃から、ずっとお気に入りの本です。どうぞ、お手に取ってご覧ください」

「ありがとうございます」

そう言って、テーブルの上の古めかしい本を慎重に手に取る。

日焼けした背表紙はだいぶ色褪《あ》せていたものの、表紙と裏表紙は比較的鮮《あざ》やかな赤色を保っていた。そこに文字は書かれておらず、古いデザインの西洋風のドラゴンが火を噴いている図案が、金《きん》で箔押《はくお》しされているだけだ。

書棚にしまわれている時はわからなかったが、背表紙が色褪《あ》せているだけでなく、小口も擦《す》り切れて中の紙もだいぶ手垢《てあか》で汚れている。本当に繰り返し読んでいるのだろう。彼のような愛書家が、こんなにも読み続けている本とはどんなお話なのか、俄然《がぜん》気になった。

まずは表紙をめくってみる。扉部分には、タイトルのほかに出版社、それと作者の名前があるが、いずれも知らない名だ。作者は名前からして、西洋人の女性らしい。

「二五九ページの五行目から読んでください」

「わかりました」

恭吾に言われて、莉緒はページをぱらぱらとめくった。

どういった話かも知らずにいきなり読むのは、正直なところかなり難しい。登場人物の性格と背景、そこまでの話の流れを理解していないと、どんな抑揚《よくよう》やテンションで読めばいいかわからないからだ。

目的のページに指を挟んだまま、少し前までさかのぼって素早く文字に目を走らせる。

そのシーンの登場人物は、ひねくれ者の初老の男と、十代に入ったばかりで生意気盛りの少年。ふたりは病に臥《ふ》せる少年の妹を助けるため、ほこらに棲《す》む竜の力を借りようとやってきたところだ。少年の懇願《こんがん》に対して古《いにしえ》の竜の神は、『妹の命を救ってほしくば、なぞなぞに答えろ』と恐ろしげな目つきで言う。

ざっと目を通し終わると、莉緒は何度か深呼吸をした。

「では、読みます。『古竜の眠るほこら』ルイーズ・ダンカン作。笹川圭子《ささがわけいこ》翻訳」

エリックの言うことを聞いて、竜の目つきがいじわるそうに細められた。

「では私が出す問いに答えてもらおうか」

「問い？　……なぞなぞのこと？」

「そのようなものだ。そこのじいさんに答えを尋ねてはならん。妹を救いたくば、お前が答えるのだ」

エリックはごくりと唾をのみ、ぶかぶか鳴っている竜の鼻先を睨《にら》みつけた。

竜は問題を待つエリックに少しでも近づこうというのか、彼には小さすぎる穴の中で、心もち頭を下げる。

「ある男は、いつも大勢の友達に囲まれているが、寂しそうにしている。またある男は、いつもひとりぼっちでいるのに、楽しそうにしている。これはいかに」

洞窟内に静寂《せいじゃく》が広がって、エリックは竜が問題を出し終えたことに気づいた。

問われているのは、実際は孤独でない男が寂しく、逆にひとりでいる男が楽しそうなのはなぜか、ということだ。これをなぞなぞと言っていいのか、エリックには甚《はなは》だ疑問だが、妹のエマを助けるためには何か答えなければならない。

かなりのいじわる問題だ。

エリックはチェスターじいさんの顔をちらと窺《うかが》った。町いちばんのひねくれ者で、寄りつく人がひとりもいなかったじいさんなら何かわかるかもしれない。

そう思ったが、じいさんはむっつりと黙ったまま、竜の下腹あたりをじっと見つめている。

友達に囲まれている男は、実は籠《かご》の中に囚われているとか、ひとりでいる男が楽しんでいるのは、面白い本でも読んでいるのか……

「……わかりました」

なんとか答えを捻《ひね》り出そうとするけれど、気の利いた答えが浮かばない。

途方に暮れるエリックの頭に、倒れる前はにこにこ顔で自分のあとをついてきていたエマの姿が浮かぶ。

かわいいエマ。笑うと頬にえくぼができた。エマに会いたい。

故郷を出発してからもう二週間がたつが、父も母もなく、妹とたったふたりで生きてきたエリックにとって、こんなに長く妹と会わないなんて、これまで一度としてなかったことなのだ。

その時、エリックの脳裏にひとつの考えが浮かんだ。まったくとんちんかんな答えかもしれないが、言ってみる価値はある。

エリックは自分を落ち着かせようと、目をつぶり顔をごしごしと擦《こす》った。

そして――


「そこまで」

突然割り込んできた恭吾の声に、莉緒はハッとした。

顔を上げてみれば、猫脚椅子から立ち上がった恭吾が、惜しみない拍手を送ってくれている。

「素晴らしい朗読でした。エリックの必死な思いが伝わってくるようでしたよ」

「あ……ありがとうございます！」

莉緒は本を閉じて、ソファから立ち上がりぺこりと頭を下げた。そしてふたたび腰を下ろすと、ソファの背もたれに背中を預けて安堵のため息を吐く。

（……よかった。とりあえずは成功したみたい）

はじめは緊張したが、途中から物語の世界にどっぷりと浸《つ》かっていた。気持ちが高揚したのかすっかり汗だくになっていて、背中にシャツが貼りついている。

莉緒の胸のうちは今、やり遂げたという達成感と喜びに沸き返っていた。

大人を相手に朗読するのははじめての経験だったが、これも新鮮な緊張感と共感性とに溢れた素晴らしいものだということに、改めて気づかされた気がする。

恭吾は書斎入り口の脇に置かれたウォーターサーバーから、ふたり分の水をグラスに注いで戻ってきた。

「ありがとうございました。声量、速度、息継ぎのタイミング、それから抑揚《よくよう》――すべて私が長年思い描いていた、理想的な読み方です。どうぞ」

「いただきます」

受け取ったグラスを、莉緒は一気に傾けた。喉《のど》を滑《すべ》り落ちていく清冽《せいれつ》な水が、すうっと身体に浸《し》みこんでいくようだ。

やはりこの瞬間は、最高に心地いい。

朗読は腹式呼吸の繰り返しなので、長さによっては運動をしたあとのように身体が火照《ほて》る。それが冷たい水によって一気に鎮《しず》められると同時に、頭もすっきりと冴《さ》えわたっていく気がするのだ。

恭吾はおかわりの水を注ぎ、莉緒の前に置いて席についた。そして、ガラステーブルの上で両手を組んで、真剣な眼差《まなざ》しで見つめてくる。

「これから毎晩、私のためにここへ来て本を読んでくださいますか？　あなたの声を聞いて眠りに就《つ》けたら、とても幸せな気分で朝を迎えられそうです」

言い終わると同時に、恭吾は穏やかな笑みを浮かべた。彼の口元から白い歯が零《こぼ》れるのを見た瞬間、どきんと胸が高鳴る。

まるで愛の告白だ。瞬時に頬が熱くなってしまい、それを隠すように俯《うつむ》く。

はじめに青戸執事に声を掛けられた時は、正直言って、うさん臭さすら感じていた。しかし、実際に恭吾に会ってみて、その人柄に触れて、今では彼のために本を読んでみたいと思っている。

元より、莉緒は活字に命を吹き込む作業である朗読が大好きなのだ。その対象が大人ならば、より複雑な感情を込めることができるだろう。

「はい……私でよろしければ」

緊張にかすれた声で答える。すると彼は一瞬の間ののち、輝かんばかりの笑顔となった。

「……よかった！　朗読係はあなたにお願いしたかったのです。ほかの方は考えておりませんでしたので」

「は、はあ」

確か、同様のことを青戸執事にも言われた。だから是《ぜ》が非《ひ》でも、と頼み込まれてここへやってきたのだ。一体彼らはどうしてそんなに莉緒に固執《こしゅう》するのだろうか。考えてもわからず、莉緒は小さく頭を振った。

それはともかく、毎日たった数時間の朗読の仕事では、生活できるほどの収入は得られないだろう。でも、昼間は昼間でまた別の仕事を探せばいい。仕事の内容もそうだが、この屋敷の雰囲気も、篁恭吾の人柄も、莉緒はすっかり気に入っていた。

立ち上がった恭吾が手を差し伸べてきたので、莉緒も慌てて立ち上がってその手を握る。

「給与など、事務的なことはすべて青戸に任せていますので、今夜は打ち合わせをしてからお帰りください。明日も楽しみにしています」

「よろしくお願いします」

最初に握手した時と同じく、あたたかな両手が莉緒の手を包み込んだ。おずおずと顔を上げてみれば、遥《はる》か高い位置からはしばみ色の美しい目が、じっとこちらを見下ろしている。

胸の高鳴りを禁じ得ない。こんなに見目麗《うるわ》しく穏やかな男性と、これから毎晩ふたりきりで過ごすなんて、心臓がもつのだろうか……

「下までお送りします」

彼は壁際のフックからスーツのジャケットを取って羽織《はお》った。そしてふたたび莉緒の手を取ると、ドアの方へ進もうとする。

「あの、ひとつ質問してもよろしいでしょうか」

莉緒の問いかけに、恭吾が振り返った。

「なんでしょう」

「先ほど読んだ『古竜の眠るほこら』ですが……エリックは竜が出したなぞなぞに、なんと答えるのでしょうか」

彼は怪訝《けげん》そうな顔をしていたが、その表情をふっと緩めると、握った手に力を込める。

「『寂しいと思う気持ちは、会いたい人がいるからじゃないのかな。人に囲まれている男は、その中に好きな人がいなくて、会えずに寂しいと思ってる。ひとりでいる男は、そもそも好きな人がいないから、寂しいと思うこともないんだよ。きっと』――これがエリックの答えです。そして見事、竜の問いに答えたエリックとチェスターは、万病に効くと言われる竜の鱗《うろこ》を手に入れて、妹を救うことができたのです」

一階に下りると、深々と腰を折る数人のメイドと青戸執事に迎えられた。

若干足元がふらつく感じがするのは、階段の中央に敷《し》かれた赤い絨毯《じゅうたん》のせいだけではないだろう。

ここまで恭吾のエスコートを受けて、莉緒はすっかり参っていた。

彼は二段ほど先を下りつつ、シャンデリアの光を受けて不思議に輝く目で時折こちらを見上げてくる。もちろん、輝いているのは目だけではない。セットされた髪も、唇も、長い指も、スーツでさえも、すべてがきらきらとして見えているのだ。

これほど素敵な男性にお姫様のように扱われて、心動かされない女性などいないだろう。熱い視線を間近に感じながら、勘違いしないようにと自分に言い聞かせる。

だから、青戸執事にバトンタッチして恭吾が姿を消した時には、正直言ってホッとした。青戸も上品ではあるが、見た目はいたって普通のおじさんなので、身構えなくて済む。

玄関ホールの奥にある広間で、莉緒と青戸は待遇について話すことにした。

青戸は、莉緒が朗読係を引き受けたことをいたく喜んでいる様子だ。その証拠に、彼の皺《しわ》の刻まれた目尻には涙がにじんでいた。

「坊ちゃまには、いくら積んでも構わないと言われております。ご希望の金額をおっしゃってください」

彼がテーブルに額《ひたい》をぶつけそうな勢いで頭を下げるので、莉緒は困惑した。希望と言われても、朗読係という仕事がどれくらいの報酬をもらえるものなのか、見当もつかない。

「いえ、相場程度で結構ですので」

「相場、ですか……ちなみに、現在はいかほど？」

下から窺《うかが》うように青戸が見上げてくる。

「えーと……時給ですので、その月によって多少変わりますが、大体ひと月の手取りはこれくらいでしょうか」

そう言って、莉緒はテーブルの下で指をそろりと出す。執事はふたつの目を落とさんばかりに見開いた。

「ええっ!?」

「えっ？」

青戸が仰《の》け反《ぞ》ったので、莉緒も同じリアクションを取る。彼は細い鼻梁に皺《しわ》を寄せて、悔しそうに首を振った。

「おいたわしい……こんなことを申してはなんですが、世の中の芸術に対する評価の低さには、たびたび怒りを通り越して、悲しみを禁じ得ません」

「……はあ。お言葉は嬉しいのですが、私はもともと朗読係ではなく、一介の図書館司書ですので」

するとと突然、青戸ががばりと顔を上げたので、莉緒は飛び上がる。

「今の三倍はお支払いいたします」

「はっ⁉」

「もちろん送迎付き、夕食も今夜お召し上がりいただいたような食事を、毎日提供させていただきます。ちなみに、いつでもお好きな時にご宿泊ください。屋敷の使用人一同、心を込めて中條様のご滞在をおもてなしさせていただきます」

莉緒は両手を胸の前にかざして、やんわりと拒否の姿勢を取った。

「そ、それはさすがに待遇がよすぎるのではないでしょうか。篁さんがご帰宅されてからですと、何時間も仕事をするわけではないのですから」

確かに、それだけ収入があれば昼間の仕事を探す必要はないし、おいしい食事を毎日食べられるのも魅力的だ。しかし、あまり丁重に扱われると、何か裏があるのではないかと勘ぐってしまう。

長く働き続けるためには、普通の待遇で、普通の仕事をこなすのが一番な気がするのだが……。

青戸はテーブルに両手をついて、ぐいっと身を乗り出す。

「中條様がご滞在されるお時間は、一時間でも、三十分でもよいのです。坊ちゃまからは、とにかく、と、に、か、く！　あなた様を大切にするようにとの命を受けておりますゆえ――」

青戸の勢いに、莉緒はもうたじたじだ。

「わ、わかりました。では、それでお願いします」

そう返事をするしかなかった。

翌日。いつもより少しだけ重いまぶたを時折押さえながら、莉緒は図書館に新しく受け入れた本へＩＣタグを取りつける作業をこなしていた。

今月入荷した本で、まだ処理されていないものがあったのだ。この図書館の閉館まではあとひと月しかないが、ここにある本はすべて新しい図書館に移動するので、無駄になるということはない。

今日の館内には、比較的ゆったりとした時間が流れていた。

こうなると、自然と考え事をする時間が増えるもので、莉緒はずっと昨日の件を思い返している。

昨日、青戸執事に声を掛けられたのは、ちょうどおはなし会が終わった頃のことだった。

その直前の昼休みに、楢崎課長に事実上の解雇予告を言い渡されてから、まだ一日もたっていない。それなのに、もう次の仕事が決まったなんて自分でも信じられなかった。

まさに青天の霹靂《へきれき》、急転直下の出来事である。

思い返せば思い返すほど、篁家の屋敷で過ごした時間は夢のように光り輝いていた。

森の中の石畳《いしだたみ》を抜けた先にある屋敷は、おとぎ話にでも出てきそうな大豪邸。

その扉を開ければ、ずらりと並んだお仕着せ姿のメイドたち。

そして、黒のタキシードやベストをまとった執事に使用人。

贅《ぜい》を尽くした食事に、お城を連想させる豪華な内装を施《ほどこ》した廊下、個人の蔵書とはとても思えない、私設図書室。

何より、物腰が柔らかく見目麗《うるわ》しい屋敷の主《あるじ》、篁恭吾の存在が、昨夜の出来事をよりきらきらと輝かせている。

彼は青戸執事の言うとおり、見た目が美しいばかりではなく、聡明にして優雅、理想そのものの男性にほかならなかった。

タカムラインターナショナルは世界に名の轟《とどろ》く、誰もが知っているビッグカンパニーだ。その御曹司《おんぞうし》だというのに、一介の図書館司書である莉緒にもきちんと敬語で応対し、レディとして丁重に扱ってくれる。

それは、図書館で日々いろいろな人と相対している莉緒にとっては信じられないことだった。年齢の違い、あるいは職員と利用者という立場の違いだけで横柄《おうへい》な態度を取る人が、世の中にどれだけいることか。

恭吾のことを思い出すと、仕事中であっても頬が緩んだ。

今夜はどんな本を読むのだろう。彼とのあいだに、どんな会話が生まれるのだろう……

また今夜も恭吾に会えることに、莉緒ははっきりとときめきを覚えていた。まるで恋の予感に浮かれる、少女のような気持ちで。

昼食の時間になり、莉緒はいつもと同様に会議室のテーブルで手作りの弁当を広げていた。今日はシフトの関係で人が少なく、珍しくひとりの昼食なので、食後に本を読もうと思う。

昨日篁家で朗読した際には、あらかじめ恭吾が本を用意してくれていた。しかし、いつかチャンスがあれば、自分のおすすめの本を彼に紹介してみたい。いつその時がきてもいいように、候補になりそうな本の朗読ポイントは、きっちりと押さえておきたいのだ。

食事を終えた莉緒は、鞄《かばん》から本を取り出した。

今日持ってきたのは、長いこと不和が続いていた家庭の父が主人公の話で、娘の結婚式直前に家族三人で旅行に行き、失われた絆《きずな》を取り戻そうとする物語である。

目ぼしい箇所は大体わかっているので、そこに付箋《ふせん》を貼っていく。強く読むところにはピンク、弱く読むところには水色の付箋《ふせん》を貼り、シャープペンシルで注意書きを入れる。

黙々と作業をしていると、会議室の扉がノックされた。

「どうぞ」

返事をしたところ、小さく開いた扉の隙間から、太い黒縁《くろぶち》の眼鏡をかけた男性の顔が覗く。

「お疲れ様」

「渡会《わたらい》さん。お疲れ様です」

渡会は会議室の中に身体を滑《すべ》り込ませて、扉を後ろ手に閉めた。そして莉緒の正面の席に座り、コンビニの袋からサンドイッチを取り出す。

「何か作業中だった？　昼飯食べてもいいかな」

「ええ、もちろん」

莉緒は読んでいた本を閉じて、散らばっていた筆記用具をペンケースにしまった。壁にかかった時計に目をやると、昼休憩の終わりまであと十分ほどに迫っている。

思わずホッとしたのは、渡会のことが少し苦手だからだ。

彼は市の総務課から派遣されている職員で、主に図書館職員の人事や細かな事務処理を担当している。スーツよりもウールのベストやセーターを好み、茶色がかったナチュラルヘアに眠たげな目元をした、今どきの青年だ。

歳は莉緒とひとつしか違わない二十九歳なので、並ぶとそれなりにお似合いらしい。そう言って同僚から冷やかされることもあるが、少々うんざりしている。

その理由は、渡会が何かにつけ、莉緒のプライベートにやたらと踏み込んでくるせいだった。映画を見たと言えば、誰と行ったのかとしつこく尋ねてくるし、旅行の土産を持っていけば、相手は男か女かと詮索《せんさく》してくる。

正直なところ、だいぶ困っていた。莉緒にとって彼はただの同僚で、男性として見る気持ちはまったくないからだ。

「昨日、楢崎課長に言われてたでしょ。例のこと」

彼はサンドイッチをほおばりながら気の毒そうな顔を向けてきた。

「よく知ってますね。でも、予測はしていましたので、それほどダメージは負っていません」

「そうか。しょげてるんじゃないかと心配してたけど、よかった。女の子はこういう時あっさりしてるなあ」

渡会はペットボトルの蓋《ふた》を開けつつ、拍子抜けしたように眉を上げる。

「くよくよしても仕方ないですからね。案外、パッといい仕事が見つかるかもしれませんし」

適当にかわした莉緒は、荷物をまとめ始めた。

篁家での朗読の仕事については、周りの誰にも打ち明けるつもりはない。仕事内容も職場も特殊なだけに、ほかの人が知ったら興味津々《きょうみしんしん》でいろいろと聞かれるだろうから、と秘密にしておくことを昨日恭吾に提案されたのだ。確かに彼の言うとおりで、あれこれと詮索《せんさく》されたり、自分のあずかり知らぬところで噂の的《まと》になったりするのは、いい気分がしない。

渡会はペットボトルのお茶をひと口含んで身を乗り出した。

「で、新しい仕事、何か考えてるの？　また図書館の仕事とか？」

「あー、えっと……実はまだ全然考えてなくて」

そう言ってお茶を濁すと、彼がくすりと笑う。

「昨日の今日じゃ仕方ないよね。参考までに、司書の仕事だったら、今は大学の求人が出てるよ。あと、中町《なかまち》の図書館」

「えっ？　調べたんですか？」

渡会が誇らしげにうなずいた。

「君にはどんな仕事がふさわしいかと思ってね。とはいえ、俺としては役所の職員を一番に勧めるけど」

「そ、そうですか。……図書館の閉鎖までには、ひと月あるのでゆっくり考えます。あ、私そろそろ行かなくちゃ」

時計を確認して、荷物を持って立ち上がる。

「力になれることがあったら言ってね。なんでもするよ」

「はい。ありがとうございます」

にこにこと微笑んで見送る渡会に頭を下げて、莉緒はそそくさと会議室を出た。

一年ほど前に異動でやってきた渡会とは、仕事以外の会話も交わすことはあったが、特にプライベートでの付き合いはない。しかし図書館閉鎖の話が出てからは、こうして莉緒の今後を心配してか、よく声を掛けてくるようになった。

ありがたいことではあるけれど、同時に少し気が重い。付き合っているわけでもないのに、ああまでプライバシーの領域に踏み込んでくる人は、あまり得意ではないのだ。以前から気にはなっていたが、最近はそれに拍車がかかってきた。

莉緒は洗面所のドアを潜《くぐ》ると同時にため息を吐く。

(基本的には悪い人じゃないんだけどなあ。……困ったもんだ)


退勤時刻の午後六時を迎えると同時に、莉緒は図書館のバックヤードに引っ込んだ。

更衣室でエプロンを外したあとは、化粧室に駆け込んで手洗いを済ませる。そして鏡の前に立ち、結んでいた髪を解《ほど》いて、これまではしたことがない『化粧直し』をやってみることにした。

あぶら取り紙でしっかり額《ひたい》と鼻筋を押さえ、ファンデーションを上から重ねる。眉を描き直して、最後に薄紅色《うすべにいろ》の口紅を引くと、ぱっと華やいだ気分になった。

支度が終わって廊下へ出たところ、通用口付近で「なにあれ！」という大きな声がする。

振り向いてみれば、声の主は同僚の司書である瀬田だった。通勤用の大きなバッグを肩から下げている。

嫌な予感がした。そろそろと後ろから近づいていくと、案の定、彼女が見ているのは篁家の車だ。おまけに、例によって青戸執事とドライバーの女性が、大粒の雨が降っているというのに車の外で待っている。

(ああ、まずい……どうしよう!)

迫りくる嵐の予感に、莉緒は手のひらで額《ひたい》を押さえた。

しかし、こうしているあいだにも雨脚はどんどん強まるばかり。このまま瀬田がいなくなるまで、彼らを立たせておくわけにもいかない。

そうこうするうちに、通用口の中にいる莉緒の姿を見つけたのか、黒い大きな傘を差した青戸が小走りにやってくる。瀬田が後ずさりして、その拍子に莉緒にぶつかった。

「ひっ……莉緒さん! びっくりしたあ!」

「瀬田さん、お疲れ様」

ねぎらいの言葉をかけると、何かに気づいたらしい瀬田がこちらに向き直る。そして莉緒の顔をまじまじと見つめ、口に手を当ててにやりと笑った。

「あれえ、もしかして今日はデートですか?」

「そ、そういうわけじゃ……あ、もしかして瀬田さん、傘持ってないの?」

「そうなんですよ。夕方から雨だって天気予報で言ってたのに、忘れちゃって」

そこへ青戸がやってきて、莉緒の前で深々とこうべを垂れた。彼の手には傘がもう一本ある。

「中條様、お疲れ様です。お迎えにあがりました」

青戸の言葉を聞いて、瀬田が目を丸くした。青戸と莉緒の顔を交互に窺《うかが》い、何か言いたそうにしている。

莉緒はこほん、と咳払いをして執事を見る。

「青戸さん、同僚の瀬田さんに傘をお借りできませんか？」

「それはもちろん結構でございますが……もしよろしければ、ご自宅までお送りいたしましょうか？」

「えっ？　えっ、えっ？」

明らかに戸惑っている様子の瀬田の代わりに、莉緒がうなずいた。

「そうしていただけると助かります。確か瀬田さんの自宅まではそう遠くないので」

「かしこまりました。では、どうぞ車にお乗りください」

莉緒は青戸が持ってきたもう一本の傘を受け取り、それを瀬田に手渡す。そして青戸の差し出す傘に入り、ドアサービスを受けて車に乗り込んだ。

反対側のドアから運転手の補助で後部座席へ乗り込んだ瀬田が、訝《いぶか》るような目つきでにじり寄ってくる。

「ちょっと莉緒さん、一体どういう――」

「しっ。わけは聞かないで」

莉緒は瀬田に顔を近づけて、人差し指を唇に当ててみせた。彼女はすごすごと引っ込んで、まっすぐに前を向く。

相手が職員の中で一番仲のいい瀬田でも、朗読の件を話すつもりはなかった。図書館の人間関係は狭いのだ。いくら信用できる相手とはいえ、彼女を発端として全体に広まってしまう可能性もある。そうなったら、せっかくよくしてくれている篁家に迷惑がかかるだろう。

青戸に住所を尋ねられて、瀬田が普段より二オクターブほど高い声で答えた。運転手がカーナビを設定して、すぐに車が発進する。

図書館のある路地から大通りへ出ても、瀬田は前を向いたまま無言だった。ぴっちりと両膝を揃え、背筋を伸ばして借りてきた猫のように静かにしている。

堪《たま》らず莉緒から話しかけた。

「瀬田さんは明日も出勤？」

「はい、そうです」

緊張しているのか、瀬田の返事は棒読みだ。

「えっと……最近、瀬田さんはどんな本を読んでるの？」

「『少年探偵Jシリーズ』と、『漂泊《ひょうはく》の箱庭』『徳田梅子《とくだうめこ》の生涯』『アンスリープグッディ』『じんがらどん』、それから……」

「それから？」

莉緒が促《うなが》すと、瀬田が勢いよくこちらを向いたので、思わずびくっとする。

（な、なに!?）

彼女はにこりともせずに、顔をずい、と近づけてきた。

「私が今ハマってるお話で、なんの変哲《へんてつ》もない女の子が主人公の本があるんです。昼間はしがないスーパーの店員なんですが、実はとんでもない大金持ちのお嬢さんで、夜になると困ってる人たちのところに行って、バンバンお金や物をバラまいて人助けをしちゃうんです。もう気持ちいいほどに！　バンバン！」

最後のところは興奮したらしく、とんでもない大声で彼女はまくし立てた。

一体何だというのか。ハマっているというからには、おすすめだと言いたいのだろうが。

「な、なんか、すごいね」

たじたじになって応じると、瀬田が莉緒の顔を覗き込んできた。

「もしかして……莉緒さんも？」

「はい？」

「お金持ちなんですか？」

ちらちらと青戸執事の方を見ながら、小声で尋ねてくる。莉緒は苦笑して手を振った。

「全然違うから」

「じゃあ、彼氏？　がお金持ちとか」

（か、彼氏!?）

一瞬どきっとしたが、間違っても恭吾は彼氏ではない。しかし否定したら、この迎えは一体なんなのかということを説明しなければならなくなる。

面倒なことになった、と困っていると、青戸がこちらを振り返った。

「お話し中のところ失礼いたします。瀬田様、そろそろ到着ですので、ご準備を願います」

「はっ、はいっ」

「外は相変わらず雨降りのようです。傘はそのままお持ちいただいて結構ですので」

「はいっ、ありがとう存じます！」

瀬田は窓の外をきょろきょろと確認して、運転席のシートにかかった傘入れから傘を取り出した。莉緒はほっと胸を撫《な》で下ろす。

（助かった……さすが青戸さん。場の空気が変わって、さっきまでの会話の内容がどこかへ飛んでいっちゃったよ……）

間もなく瀬田の自宅前に到着し、青戸のドアサービスで彼女が外に出る。

「じゃ、瀬田さんまた明日」

「はーい、お疲れ様でした！」

「では、お足元にお気をつけてお帰りくださいませ」

青戸は丁寧にお辞儀をして瀬田を見送り、戻ってきた。肩を濡《ぬ》らして助手席に座る彼を、莉緒はヒーローを讃《たた》える気持ちで迎える。

「青戸さん、ありがとうございます。いろいろと助かりました！　それでは、篁家に向かいます」

ふたたび車が発進して、莉緒は今度こそゆったりとシートに背中を預けた。

腕時計の針が示す時刻は、午後六時半。寄り道をしたけれども、今日は少し早く図書館を出たので昨日と同じくらいの時間には着くはずだ。

今夜もまた、夢の世界への扉を潜《くぐ》れることに、莉緒の胸は躍《おど》っていた。

今日はどんなお話を読むのだろう。恭吾はどんな顔で自分を迎えるのだろう、と。

瀬田と別れて一時間が経過する頃には、莉緒はまたしても貴族が食べるような食事を前にしていた。

オーバル型の皿に盛りつけられた、手の込んだ前菜の数々。テリーヌにかかったジュレが、天井から降り注ぐ明かりになんと美しく輝いていることか。

その様子はさながら宝石箱だった。周りに散らされた色とりどりのエディブルフラワーが、料理に華やかさを添えている。

今日この屋敷に着いてまず驚いたのは、玄関の扉が開いた瞬間、ずらりと並んだ使用人たちに『お帰りなさいませ、中條様！』と迎えられたことだ。

昨日は確か、『いらっしゃいませ』だったはず。

まるで賓客《ひんきゃく》の扱いだが、昨日の帰り際、青戸に言われたように、彼らは『中條様を大切にするように』という恭吾の言いつけを守っているのだろう。

と、突然。屋敷内にリンゴーン、と鐘の音が響いた。

にわかに廊下が慌ただしくなり、莉緒はフォークを口に運ぶ手を止める。

ダイニングの扉は閉まっていたが、衣擦《きぬず》れの音と、廊下に敷き詰められた絨毯《じゅうたん》を踏み鳴らす音が微かに聞こえた。

察するに、先ほどの鐘の音は誰かがやってきたという合図で、玄関前に使用人たちが集結しているのではないだろうか。

なるほど、自分がやってくる時、屋敷の中はこんなふうになっていたらしい。

時間からして、おそらく恭吾だ。それに気づいた途端、胸の鼓動が早鐘を打ち始め、とても落ち着かない気分になる。

「旦那様がお帰りになったようですよ」

男性の給仕がやってきて、空《あ》いた食器を下げながら教えてくれた。

莉緒は礼を言って、膝の上で両手を揃える。しばらくののちノックする音がしてから、両開きの戸が開かれた。

「失礼いたします。坊ちゃまがお帰りになりました」

青戸が扉の前で一礼して、中に入ってくる。そして、少し遅れて恭吾が姿を現した。

「やあ、莉緒さん。ただいま」

「お、おかえりなさい。お邪魔しています」

莉緒の返事に、恭吾は入り口で足を止め、にっこりと微笑む。

「ああ、そのままで」

立ち上がろうとする莉緒を右手で制して、彼は正面の席に着いた。

今夜の恭吾は、すでにスーツのジャケットを脱いで、濃紺《のうこん》のベストに白いシャツ、シルバーのネクタイという出で立ちでいる。

肩幅は広く、筋肉で押し上げられたシャツが少し窮屈《きゅうくつ》そうだ。わずかに緩めた首元からは、男らしい喉仏が覗いている。

なぜか昨日はじめて見た時よりも、数倍素敵に見えた。そのお陰で、先ほどつい条件反射で『おかえりなさい』と返したことが恥ずかしくなってくる。熱くなっている顔に気づかれませんように、と心の中で祈った。

「お仕事でお疲れのところ、私のわがままにお付き合いいただきありがとうございます」

恭吾が腕まくりをしながら言う。

「いえ、それほど疲れていませんので大丈夫です。それより、すっかりご馳走《ちそう》になってしまって」

「いいんですよ。あなたがいらした時には食事を召し上がってもらうように、と指示したのは私ですから。シェフの腕前を自慢する機会は、滅多に訪れないものです」

そう言って彼は、いたずらっぽく目を輝かせて笑った。

給仕がやってきて、莉緒の前にオマール海老《えび》のビスクを、恭吾の前には、先ほどまで莉緒が食べていた前菜と同じものを置いて下がっていく。

恭吾が言ったとおり、篁家のシェフは相当の腕前だった。目の前に置かれたスープからは、得も言われぬおいしそうな香りが立ち上《のぼ》っている。ひとさじスプーンですくって舌に載せた瞬間、魚介のうま味を凝縮《ぎょうしゅく》した風味が、ふわりと鼻腔《びこう》に広がった。

その後、魚料理、口直しと続いたが、肉料理が出る前に続きは辞退した。料理はすごくおいしいのに、なぜだか今日はあまり入らない。残すのも申し訳ないので、先に断ることにしたのだ。

「どこか具合でも?」

恭吾が心配そうな顔で尋ねてくる。

「いいえ。ちょっとお腹がいっぱいになってしまって……。篁さんはたくさん召し上がってくださいね」

「では遠慮なく。よろしかったら、先に書斎へ行ってお待ちになりますか？」

「えっ。でも……」

「私のことは気にしなくて結構です。夕食は大抵ひとりですから」

優しく微笑まれて、では、と首を縦に振る。相手が食事中に席を立つのは悪い気がしたが、朗読の前に化粧室へ行っておきたい。

青戸に椅子を引いてもらって立ち上がり、失礼します、と言って中座する。

化粧室はダイニングから出て、廊下を少し歩いたところにあった。先代が建てたというだけあって、化粧室もそれなりに年季が入っているけれど、リフォームされているし、とても清潔に保たれている。

化粧室で用事を済ませて出てくると、ダイニングの前の廊下に恭吾がいた。彼はまだ高校を出たばかりといった見た目の若いメイドを前に、やや厳しい顔をしている。

どうやら、メイドは彼に叱責を受けているようだ。離れたところにいる青戸は、かしこまった様子で両手を前で組み、軽くこうべを垂れている。

こんなタイミングで出ていくのもどうかと思うので、莉緒は壁から少し引っ込んだ化粧室の前に待機して、陰から様子を窺《うかが》うことにした。

「知らないことを知らないと言うのは、恥ずかしいことではないよ。むしろ、知らないことを隠したまま間違ったやり方で仕事を進めて、周りの人に迷惑をかける方が恥ずかしいことです」

彼は落ち着いた口調でメイドに言い聞かせている。相手を咎《とが》める時でも、彼の言い方はソフトで優しいようだ。

「今夜のことはよく反省して、あとでいいからみんなにきちんと謝りなさい。いいね？」

「はい……すみませんでした」

彼に叱られたメイドは、今にも泣き出しそうな顔をして廊下の先へ消えていく。

その背中を見送った彼が、そばに控えていた青戸を呼んだ。同時に、胸ポケットから小さなメモ帳を取り出して、万年筆で何かを書き始める。

「申し訳ないがフォローを頼むよ。あとで彼女の部屋に、何か甘いものとお茶を持っていってくれ。これをつけてね」

そう言ってメモ帳を一枚破り取り、青戸に渡した。

「かしこまりました」

受け取ったメモを胸ポケットにしまって、青戸がお辞儀をして去っていく。

ようやく嵐が過ぎ去ったようだ。莉緒はホッと胸を撫《な》で下ろし、そろりと顔を出す。

しかしその瞬間、まずいことに恭吾が振り返った。

「莉緒さん？」

（しまった……！）

もう一度顔を引っ込めたが、あとの祭りだ。しっかりと目が合ったからには、このまま隠れているわけにもいかない。

莉緒が廊下に足を踏み出すと、恭吾はゆっくりと近づいてきた。

「見られてしまいましたか」

「すみません……。覗くつもりはなかったんですが、ちょうどタイミングが」

「あなたは何も悪くありませんよ」

目の前にやってきた彼は、ばつの悪そうな笑みを浮かべて後頭部に手をやる。

「人を叱るのはどうも苦手です。会社の跡継ぎがこんなことではいけないのでしょうが」

「篁さんは優しいから、きっと自分が疲れてしまうのですね。……あっ、すみません。知り合ったばかりなのに、こんな不躾《ぶしつけ》なことを」

慌てて謝ると、恭吾が白い歯を見せて、はにかみ微笑む。

「いいえ。あなたにそんなふうに言ってもらえるなんて幸せです。さあ、行きましょうか」

書斎にたどり着いて、ふたりはそれぞれ昨日と同じ位置に座った。しばらく雑談を交わしたあと、早速朗読の準備に取り掛かる。

恭吾に指示されたのは、昨日読んだ『古竜の眠るほこら』の続きで、主人公の少年エリックが妹のエマと再会する感動のシーンだ。

万病に効くとされる竜の鱗《うろこ》を手に入れたエリックとチェスターじいさんだったが、ここから徒歩で帰っていては、その間に妹が死んでしまう。途方に暮れたエリックを見て、じいさんが竜へひとつの提案をする。

すなわち、自分の命と引き換えにエリックを竜の背中に乗せて、故郷まで連れ帰ってほしいというものだった。人間の心臓は竜にとってのスタミナ源であり、体力の衰《おとろ》えた年老いた竜でも、それを食べれば空を飛べるはずだ、と。

エリックは当然反対した。じいさんは確かにひねくれ者だったが性根は優しく、本当は大好きだったのだ。しかし、じいさんの決意は固く、提案をのんだ竜に命を奪《うば》われてしまう。

そこから莉緒は、泣きながら読んだ。

エリックが慟哭《どうこく》したシーンでは胸が抉《えぐ》られるような思いがしたし、竜が息も絶え絶えになりながらも夜通し飛び続け、エマの死の間際にぎりぎりで間に合ったシーンでは、心から安堵した。

そして、役目を果たして力尽きた竜に、今度は自分の心臓をあげるとエリックが言うシーン。

あまりにも心を揺さぶられて、もう読めないかもしれないと感じた。しかし、頬に涙を伝わらせつつも、なんとか読み切ったのだった。

なんとも残酷すぎる話だ。エリックとエマはみなしごで、街の人が嫌がる雑用や汚れ仕事を請け負って日銭を稼《かせ》いで暮らしてきた。そんな苦労の果てに妹を救ったエリックが、いくら恩人のためとはいえ、竜に命を捧げようとするのは辛い選択だ。

莉緒は鼻をすすりながら深々と頭を下げる。

「すみません。まともに読めませんでした」

朗読において登場人物に感情移入するのは不可欠だが、それで泣いていては、仕事として対価をもらうには失格だろう。恭吾をがっかりさせてしまったかもしれない、としょぼくれた気持ちで顔を上げる。

ところが彼は、猫脚椅子から立ち上がり、とても満足そうな様子で拍手を始めた。

「ありがとう、莉緒さん。何度も読んだはずなのに、こんなに感動するとは思いませんでした。あなたは私が大好きな物語に、命を吹き込んでくれる人だ。本当にありがとう」

よく見れば、彼自身もわずかに目を潤《うる》ませている。最後はすっかり涙声だったから、聞き取りづらかったろうに……。

「こちらこそありがとうございます。そんなふうに言っていただけて、すごく嬉しいです」

「疲れたでしょう。ひとまずお茶にしましょうか」

そう言って恭吾は、ウォーターサーバーの隣にある棚のところまで行った。扉を開けて、電気ポットと茶葉の入った缶を取り出す。

「あっ、私がやります」

莉緒は慌てて立ち上がったが、恭吾に手を上げて阻止されてしまった。

「お掛けになっていてください。あなたのために、とっておきの茶葉を用意しておいたのです」

「は、はい。……では」

莉緒はすごすごと引き下がり、元のようにソファに腰掛ける。

あなたのために、という言葉が嬉しかった。彼はいつも、誰にでも優しく接しているのだろうが、今だけは『あなたのために』と言って、特別に選んだ茶葉でお茶をいれてくれている。

ふと、先ほど恭吾に叱られていたメイドのことが頭を過《よぎ》った。

（彼女、もう元気になったかな……）

おそらく、ひと晩悩んだとしても、彼のフォローのお陰で明日には元どおりになっているだろう。これだけ思いやりに溢れた、非の打ち所がない主《あるじ》に雇われているなんて、彼女をはじめ屋敷の人たちは皆幸せ者だ。

お湯が沸くまでのあいだに、恭吾はテーブルと椅子の位置を調整して、クロスでテーブルのガラスを拭いた。こういったことはすべてメイドにやってもらうものだと思っていただけに、かなり意外だ。

「お待たせしました」

ほどなくして、彼がふたり分のミルクティーと、皿に載ったお菓子を運んでくる。お菓子はショートブレッドとチョコレートだ。

「いただきます」

莉緒は言って、カップのお茶をひと口する。

「おいしい……！」

彼がいれたミルクティーは以前、有名な店で飲んだものと近い味がした。まずミルクのまろやかな風味がふわっと口に広がり、次いで茶葉の爽《さわ》やかな、それでいてパンチの効いた香りがやってくる。

「あくまでも私の好みですが、ミルクティーをいれる際には、香りが強めの茶葉を使っています。これはミルクティー専用に開発された商品で、前回イギリスに行った時に買ってきました」

恭吾は立ち上がって、棚の上にある茶葉の入った四角い缶を持ってきた。莉緒はそれを受け取って、手の中でくるくると回して眺める。

「確かに、今まで飲んでいたミルクティーとはちょっと違う気がします。イギリスにはいつ行かれたんですか？」

「先週の月曜から一週間ほど。月に数回海外に行きますが、そのうちの半分はイギリスです」

「月に数回……やっぱりお忙しいんですね」

「もう少しゆとりがあればと思いますが、仕方がありません」

莉緒はにこにこして相槌《あいづち》を打つが、頭の中は疑問符でいっぱいだ。

図書館で青戸に声を掛けられたのは、昨日のことだった。彼がたまたま図書館を訪れて、莉緒の朗読を気に入って声を掛けてきたのだと思っていた。

しかしそうなると、恭吾が先週イギリスに行った時に、この茶葉を莉緒のために選んだという話とは辻褄《つじつま》が合わなくなる。

『あなたのために』と言ったのは、ただの社交辞令だったのだろうか。でも彼は、女性を喜ばせるために嘘を吐くような人には見えない。

「お茶のおかわりをいかがですか？　莉緒さん」

恭吾に尋ねられてハッとした。

「では、いただきます」

「今度はストレートを用意いたしましょう。あまりカフェインを摂《と》っては眠れなくなるでしょうから、デカフェで」

彼はカップを替えて、今度はストレートの紅茶を持ってきてくれる。そしてデスクのところまで行くと、右袖の一番下の引き出しを開けて何かを取り出した。

「実は、今夜はもう一冊読んでいただきたい本があります。私にとって、とても思い入れのある話です」

彼が莉緒の目の前に差し出したのは、『星くずのきかんしゃ』というタイトルの子供向けの絵本だ。

「うわあ……懐かしいですね、これ！」

渡された本を手に取って、思わず口元を綻《ほころ》ばせる。

今は絶版になってしまったその絵本は、莉緒も子供の頃、図書館で何度も読んだものだった。母親を亡くした少年が、真っ暗な夜の街を駆け抜けていく汽車に乗って、仕事をしている父親へ会いに行く話だ。

表紙には、煙の代わりに星くずをたなびかせて夜空を走る汽車と、その窓から子猫が顔を出したイラストが描かれている。

「覚えていらっしゃるのですね。あなたにどうしてもこれを読んでほしくて、だいぶ探しました」

「よく見つかりましたね。私も図書館の蔵書に加えようとして何度か探したんですけど、もう絶版になっているのでどこも品切れで。あの、もしよかったらなんですけど……」

「なんでしょう」

「篁さんが座っていらっしゃる椅子をお借りしてもいいですか？」

そう言って猫脚椅子に視線を向けると、彼は快《こころよ》く立ち上がった。

「構いませんよ。では私は、ソファでゆったりと聞かせてもらうことにしましょう」

「ありがとうございます」

莉緒はソファから腰を上げ、彼と入れ替わりに猫脚椅子に座る。

深く腰掛けてみると、非常にしっくりくる感触に心が躍《おど》った。ソファはお腹が圧迫されて呼吸がしづらいし、なんとなくこの猫脚椅子は、朗読係の指定席といった感じがしてかっこいい気がするのだ。昨夜この椅子を目にした時から、一度座ってみたいと思っていた。

紅茶で軽く喉《のど》を潤《うるお》してから、莉緒は一ページ目を開く。

「では、読みます。『星くずのきかんしゃ』。沢谷《さわたに》ふみ子作。豊中《とよなか》あつし絵」

夜空を走る汽車の話を知っていますか。

遠い世界にある、どこかの国のことだから、あなたは知らないでしょう。でも、ちょっとだけ話を聞いて、一緒に夜の世界を旅してみませんか。

母親のいない少年は、とても怖がりでした。とくに夜が嫌いです。

夜は暗いし、さびしいし、それに、おばけが出るかもしれません。

お父さんは仕事で、夜はるすにしています。だから少年は自分で寝るしたくをして、布団に入ります。

さあ、そこからがたたかいです。

ちょっとでも物音がしたら、布団を頭まですっぽりかぶります。

そして、音がなくなるまで、がたがた震えて縮こまっているのです……

絵本を読み進めるうち、莉緒は自分が段々と不思議な感覚に囚われていくことに気づいた。

本の内容が懐かしいというだけではない。遥《はる》か昔、自分が子供の頃に、この絵本をこうして誰かに読んであげた記憶があるのだ。

莉緒には姉がひとりいるが、年下のきょうだいやいとこはいないので、絵本を読んであげる相手などいないはずだ。それに、絶版になって久しい作品であり、図書館で子供たちに読み聞かせをしたというわけでもない。

（おかしいな。どうしてそんなことを思うんだろう……）

「……汽車の後ろを振り返った少年には、星くずの中に、お母さんの笑った顔が見えたような気がしました。おしまい」

おはなし会と同様に、締めくくりの言葉とともに本を閉じた。

やはり本を一冊まるごと朗読するのは気持ちがいいものだ。絵本を胸に抱いて、ふう、と大きく息を吐く。

一拍遅れて、恭吾が拍手をしてくれた。顔を上げると、目をしばたたいている彼の姿が目に入り、ドキッとして視線を逸らす。

（恭吾さんが……泣いてる？）

このお話は少し切ない要素はあるけれども、大人にとっては、そこまで感動するほどの内容ではないはずだ。それなのに、なぜ？ 何か特別な思い入れでもあるのだろうか。

「お、お茶をいれますね」

ガラステーブルの上に本を置いて、そそくさと彼の前を離れた。ばつが悪いと思ったのか、後ろで恭吾が軽く咳払いをする。

「すみません。あなたの朗読があまりにも素晴らしかったので、つい」

「いいえ……。思い入れのあるお話ってあるものですよね」

莉緒は彼に背を向けたまま、ウォーターサーバーから電気ポットに水を注いだ。

後ろで恭吾がぽつりと言う。

「私が小さな頃、近所の図書館でこの絵本を読んでくれた人がいました。とても心に響く、優しく美しい声だったことを子供心に覚えています。図書館は、私の寂しい心を埋《う》めてくれた唯一の場所でした」

彼の言葉を聞いて、莉緒の胸がぎゅっと締めつけられる。

常に穏やかな恭吾のものとは思えない、寂しげな声だ。立ち入ったことを聞くわけにはいかないが、何か事情があるなら汲《く》み取ってあげたいと考えてしまう。

しかし、子供時代のことを言えば、莉緒にも彼に近いものがあった。

自己流でいれた紅茶を先ほどのカップにそれぞれ注いで、莉緒は猫脚椅子に腰掛ける。

「私も、子供の頃は両親が共働きで、夕方遅くまで図書館にいました。学童保育にいたこともありますが、なじめなくて……。友達はあまりいませんでしたけど、本が好きだったので図書館で親を待つのは苦ではありませんでした」

「あなたが？　友達はいっぱいいたでしょう」

彼は不思議な色の目で見つめてきて、少し訝《いぶか》るように口にした。莉緒はカップに触れて首を横に振る。

「それが、そうでもないんです。今は気の合う友人がそれなりにいますけど、小さい頃は引っ込み思案で本だけが友達でした。そんな事情もあって司書を目指したんです」

「そうですか。お互い寂しい子供時代を過ごしたらしい。でも、そのお陰であなたは図書館司書になり、私は本を読んでもらえるようになった。……とてもラッキーでしたね」

にっ、と明るく笑った顔が男性的な魅力に溢れていて、莉緒は自分の胸が激しく高鳴るのを感じた。

慌てて紅茶を口に運ぶが、顔にぐんぐん血液が集まっていくのを止められない。ついには自分でもわかるほど真っ赤になってしまい、下を向いて震える手を握りしめる。

それに気づいているはずの彼は、何も言わずに立ち上がった。

「さあ、今日はもう遅い。下までお送りしましょう」

恭吾はそう言って、莉緒の椅子を引き、右手を取る。

触れた彼の手はあたたかかった。いや、熱いくらいだ。手だけではなく、じっと見つめてくる視線にも熱が籠《こも》っている。

この眼差《まなざ》しが、普段は屋敷じゅうのメイドたちにも向けられているのだと思うと、胸にちくりと痛みが走った。しかし、恭吾と出会ってまだ二日だ。恋愛感情を持つには早すぎるし、第一、彼のことをほとんど何も知らない。

恭吾と一緒に書斎を出て、廊下の絨毯《じゅうたん》を進み、階段までたどり着いた。

昨夜と同様に、二段ほど先を下りる彼が、莉緒を気遣って時折後ろを振り返る。

この屋敷の階段は長く、幅が広い。その上、大きな吹き抜けの空間に曲線を描くように配置されているので、なんだか宙に浮いている気分になるのだ。そのせいか、うっかり下を見ると高さにくらくらする。

おまけに今夜の莉緒は、昨夜と同じショルダーバッグではなく、ハンドバッグを持っていた。莉緒の左側には手すりがあったが、バッグのせいで手が空《あ》いていない。それがいけなかったのだろう。バランスを崩した瞬間に階段を踏み外し、よろめいてしまった。

「きゃっ……！」

嫌な浮遊感に襲われて、莉緒は目をつぶる。落ちる、と思った。

しかし――

脇腹に衝撃が走って、力強い何かに支えられるのを感じた。

「大丈夫ですか？」

真正面から聞こえた声に、莉緒はハッとする。目を開けると、鼻先が触れそうなほど近くに恭吾の顔があった。

（……篁さん!!）

どうやら、すんでのところで助けられたらしく、彼の骨ばった大きな手が莉緒の腰をしっかりと抱いていた。莉緒はバッグをいつの間にか落としていて、脇腹にある彼の右手をきつく掴んでいる。

（ど、どうしよう！　こんな、こんな――）

心臓が激しく鼓動を刻み、今にも壊れてしまいそうだった。全身は燃えるように熱く、彼の手に掴まれた腰が、とくんとくんと疼《うず》いている。

慌ててお礼を言って離れようとするが、彼はじっとこちらを見つめたまま解放してくれない。

吸い込まれそうな目だ。薄茶色をした虹彩《こうさい》の中の、グリーンの斑点《はんてん》まで見える。

「あなたが無事でよかった」

彼はしばらくたってからそう言って、ようやく莉緒の腰から手を離した。そして、大きな身体を折り曲げて、脇に落ちたハンドバッグを拾う。

「これは私がお持ちしましょう」

彼は正面に向き直り、莉緒の右手を取ったまま、ふたたびゆっくりと階段を下りはじめる。こちらの様子を見守っていたメイドたちも、すぐに落ち着きを取り戻した。

しかし、莉緒の胸の鼓動は依然として激しく、まったく収まりそうにない。

彼にすぐそばで見つめられた瞬間から、猛禽《もうきん》に捕獲されそうになった兎《うさぎ》のようになってしまった。

それが単に、彼が並外れて美しい外見を持つ男であるからなのか、それとも、自分が彼に惹《ひ》かれ始めているからなのか、まだわかりそうもない。

恭吾にエスコートされ、莉緒は屋敷の外に出た。空には月こそ出ていなかったが、雨はもうすっかり上がっている。

車寄せにはすでに車が待っていた。その横に立っていた青戸が、ふたりの姿を認めるやいなや、後部座席のドアを開ける。

「篁さん。送ってくださり、ありがとうございました」

莉緒は丁寧にお辞儀をして、車に乗り込んだ。恭吾からバッグを受け取ったところで、青戸が静かにドアを閉める。

莉緒が内側から窓を全開にすると、恭吾は少し身を屈《かが》めて車内を覗き込んだ。

「莉緒さん」

「はい」

窓際に近づいて返事をした莉緒に、恭吾がついさっきまで繋《つな》いでいた手をふたたび差し出す。その手のひらに、莉緒は自分の手をごく自然に重ねた。

長い指だ。手のひらには硬い豆ができている。

莉緒はしばらくのあいだ、その男らしい手を眺めていたが、ふと顔を上げて恭吾を見た。

「篁……さん？」

青戸がすでに助手席に乗っているのに、彼は手を握ったまま離さない。じっと見つめてくる彼の眼差《まなざ》しは、あまりにも切なげだ。わずかにひそめた眉は憂《うれ》いを帯び、昏《くら》くけぶった双眸《そうぼう》は莉緒の両目に据えられ揺れている。

恭吾はそっとため息を洩らして、名残惜《なごりお》しそうに手を離した。

「本当はどこまでもあなたを追いかけていきたいのです。お気をつけて」

住み慣れた小さなアパートに帰り着いたのは、午後十時過ぎのことだった。車に揺られているあいだ、ずっと恭吾のことを考えていたように思う。

最後に彼が見せた、切なそうな顔が頭から離れなかった。

あの眼差《まなざ》しには、どんな思いが込められていたのだろう。『本当はどこまでもあなたを追いかけていきたい』とは、どういう意味で言ったのだろうか。

莉緒は湯気《ゆげ》の上がるバスタブに浸《つ》かって、その言葉を何度も心の中で反芻《はんすう》していた。

彼の表情を思い出すたび、胸がきゅんと締めつけられてしまう。眼差《まなざ》しは寂しげだったけれど、同時に熱い思いを秘めているふうにも見えて……

ふいに、『古竜の眠るほこら』の、昨日読んだシーンを思い出した。

竜の問いかけにエリックがなんと答えるのか、恭吾に尋ねた時、彼は確かこう言ったのではなかったか。

『寂しいと思う気持ちは、会いたい人がいるからじゃないのかな』

エリックが妹に会いたいと思っていた際の描写と、恭吾の寂しげな表情が重なる。

(まさか、篁さんの寂しそうな表情は私に会いたいから……?)

莉緒はいきなりお湯の中に、ぼちゃん！　と潜《もぐ》った。

（一体何を考えてるの⁉　昨日知り合ったばかりなのに！）

しばらく息を止めて、苦しくなったところで水面に顔を出し、呼吸をする。顔をごしごしとこすって、小さく体育座りになった。

今こうしているあいだにも、恭吾が自分を思って寂しさを感じているなんて、ただの妄想だ。

彼は女性としての莉緒に会いたいわけではない。朗読係として気に入っているというだけなのだから。

ざばり、と勢いよくお湯から上がって、バスタブの栓《せん》を抜いた。不埒《ふらち》な妄想から自分を引き剥《は》がすため、恭吾本人ではなく、篁家の屋敷全体について考えを巡らせてみる。

変わった成り行きとはいえ、職場としては本当に素晴らしいところが見つかってよかった。

屋敷はお城みたいに豪華で清潔だし、おいしい料理が出るし、使用人たちも皆親切で生き生きと働いている。

おそらく待遇がよくて教育が行き届いているのだろうが、それだけでは従業員のモチベーションを保つのは難しい。きっと、雇い主である恭吾の人柄が優れているお陰でもあるはず。

彼らの向ける眼差《まなざ》しからして、使用人は全員、恭吾に心酔しているように見えたのだ。

浴室をひととおり掃除して、全体に水を掛けてから外に出た。パジャマを着て、髪を乾かして部屋に戻るとすでに十一時を回っている。

いつもより長風呂だったのは、恭吾のことを考えていたせいだ。彼について多くを知らない分、勝手に想像を働かせるだけだが、それでもなぜか楽しくて、気づけば時が過ぎていた。

もっと恭吾のことが知りたい。こうして離れているあいだ、彼はどんなことをしているのだろう。何を考えているのだろう。また、仕事の時の彼はどんな感じなのだろう……出会ったばかりの人をこんなふうに思うなんて、と戸惑いもあるが、考えるだけなら自由だ。今夜は彼について想像を巡らせながら、眠りに就《つ》くつもりでいる。


篁家で朗読を始めてから、一週間と少しが過ぎた。

あれから本当に毎日が楽しくて、これほど幸せを感じたことは今までなかったのでは、というくらいに充実している。

ここ数日のはやりは、恭吾と互いに好きな思い出の本を持ち寄って披露《ひろう》すること。彼が選んだ本を莉緒が読んだり、逆に恭吾が読んでくれたりもする。

甘い響きをもつ彼の低音は、聞いているととても穏やかな気持ちになった。

先日など、図書館と朗読の仕事で疲れが溜まっていた莉緒が、突然睡魔に襲われて欠伸《あくび》をかみ殺したことがある。すると朗読していた恭吾までもが欠伸《あくび》を始めて、ふたりで噴き出したものだ。

しかしそのお陰で、ふたりの距離は一気に縮まった。今では莉緒も彼のことを、『恭吾さん』と呼んでいる。

そして今日。午後六時を過ぎたが、莉緒は図書館の仕事を終えても、まだ館内に留まっていた。

お仕着せのエプロンを外して、利用者として詩集の書架《しょか》を物色している。明日恭吾に会う時に持っていく、思い出の本を探すためだ。

恭吾はおととい から出張に出掛けていた。帰りが明日の昼頃になるそうなので、朗読の仕事は今日までお休みである。

莉緒が篁家に行くのは、図書館の仕事がある日のみだった。休日に朗読の仕事を入れてしまうと、心身ともに休まらないだろうという恭吾の配慮からそう決まったのだ。

もちろん、恭吾が海外出張などで不在の時もお休みになるため、実質この一週間で彼に会えたのは五日である。まだたった五日だが、会うごとに思いは募《つの》り、数日会えなかっただけで心の底から寂しいと感じた。

でも、明日は会える――そのことを考えただけで、自然と頬が緩み、隠し切れないくらいにそわそわしてしまう。

今ではもう、恭吾を好きだという気持ちを自覚していた。

彼が笑ってくれるたび、喜びを感じる。

彼に褒《ほ》められるたび、胸の中が幸せで満たされる。

そして、彼と目が合うたびに、胸がどきどきと高鳴った。

その気持ちが本物かどうか、明日になって彼に会えば確信がもてるかもしれない。しかし、それは怖いことでもある。どんなに彼を好きになっても、その思いが成就《じょうじゅ》するとはとても思えないからだ。莉緒はほう、とため息を吐く。

(あんなに素敵な人が、私のことを好きになるはずがないよね……)

目当ての詩集を手に取った莉緒は、貸し出し機に向かった。カウンターの中では、遅番の瀬田が欠伸《あくび》を噛み殺している。

「瀬田さん」

莉緒が近づいて声を掛けると、彼女は慌てて返却図書で口元を隠した。

「莉緒さん……！　見られちゃいました？」

「まあね。お疲れ様」

「もう、やだなあ。昨日遅くまでパソコンで調べものをしていたせいで、眠くて眠くて。……はあ。やっぱり素敵ですよね、執事サービス」

(……はい？　執事サービス？)

「え、と……それを調べてて、寝不足になっちゃったの？」

莉緒の問いかけに、瀬田がこくこくとうなずく。

「このあいだの雨の日に、莉緒さんが呼んだハイヤーみたいな車で、家まで送ってもらったじゃないですか。私、あれがすっごく気に入っちゃって、自分でも使ってみたいと思ってたんですよ。そうしたら、執事を派遣してくれるサービスがあるって知って。あれってやっぱり、自分へのご褒美《ほうび》だったんですか？」

きらきらと目を輝かせて尋ねてくる瀬田を前に、莉緒は噴き出すのを堪《こら》えるのに必死だった。

瀬田に目撃された日以来、青戸には図書館の敷地から出て、少し離れた場所で待っていてくれるようにとお願いしている。二度と職員と遭遇《そうぐう》することはないはずだが、予想もしない事態が起こるのが世の常だ。この先、万が一誰かに見られてもいいよう、ここは彼女のかわいらしい勘違いに敢《あ》えて乗っかってみようか。

「なんだ、ばれちゃったか……。もうすぐここも閉館になるでしょう？　ひとつの区切りだから、それまでの一か月はたまにこういうのもいいかなあ、って」

瀬田が、ぱあっと笑顔を咲かせた。

「ですよねぇ〜。私も頼んでみようかな。ねえ、莉緒さん！　今度どこの執事サービスがいいか教えてくださいね」

「うん、私も調べておくね」

そう答えつつ、貸し出し手続きの済んだ本を手に、莉緒は通用口の方へ向かって歩き出す。

事務室の前に差しかかった時、ちょうど中から出てきた総務課の渡会と出くわした。

「お疲れ様でーす」

軽い会釈《えしゃく》で済ませて通り過ぎようとしたところ、後ろから渡会に呼び止められる。

「ちょっといい？」

「……はい？　なんでしょうか」

莉緒は彼に向き直った。

「実はさ、今度総務課の非常勤職員に空《あ》きが出るんだ。もしよかったら、そこで働かないか？」

「えっ……」

莉緒の心の中で、もやもやとした嫌な気持ちが頭をもたげた。

実は渡会には、あれから幾度となく、次の仕事は決まりそうかと尋ねられている。毎日のように同じことを聞かれて、決まったとも決まってないとも言えず、苦痛に感じ始めていたのだ。

気が進まないながらも、こうして彼が気遣ってくれることを『親切』と取らなければと思っていた。しかし、単に同僚を心配するにしては、少し度が過ぎていやしないだろうか。

　グリーンの非常灯の明かりだけが、薄暗い廊下を不気味に照らしていた。

渡会は返事を待っている。眼鏡の奥の重たげな両目で、じっとこちらを見据えたまま。

莉緒は俯《うつむ》いて、彼の視線から逃れた。

「渡会さん、すみません。私、事務職は考えてなくて……それに、次の仕事もやはり本に関わる仕事で、できれば契約職員ではなく正規の職員がいいと思っているんです」

莉緒がはっきり伝えると、わかりやすくため息を吐いた渡会が、不満そうに頭を掻《か》く。

「そうか……わかった」

「すみません。せっかくお気遣いいただいたのに」

「いや、いいんだ。君と一緒に働けるかと思ったけど、これぱっかりは仕方がない。ところで――」

　そう言いかけて、渡会は落ち着きなく身体の重心を左右に移動させる。

「少し前に、黒塗りの車が図書館の前に停まってたけど……あれ、君を迎えに来ていたんだろう？　もしかして、お金持ちの男でもできた？」

（……は？）

莉緒は弾かれたみたいに顔を上げた。そして、渡会がどういう意図でそれを言ったのか量《はか》ろうと、彼の顔をまじまじと見る。

『お金持ちの男でもできた？』――随分と棘《とげ》のある言い方だ。莉緒に失礼なばかりか、恭吾までばかにしたような言葉に、不愉快な気持ちがもたげる。

しかし、憤《いきどお》るより先に自制が働いた。

彼とはまだしばらくのあいだ、同僚の関係を続けなければならないのだ。下手に事を荒立てるのは得策ではない。

渡会の冷ややかな目つきからは、彼が一体何を考えているかなど、微塵《みじん》もわかりそうになかった。莉緒の返事を待つあいだ、非常灯の明かりに照らされた彼の頬が、時折神経質そうに震える。

「そんなこと、あるわけないじゃないですか。あったらいいんですけどね」

無理に口角を上げて、軽くあしらうみたいに莉緒は言った。渡会は何度か瞬《まばた》きをして、ホッとしたような、半分疑いを残したような目つきでにやりとする。

「……そう。ならいいんだ。引き留めて悪かったね。じゃ、また明日」

「はい。お疲れ様でした」

ぺこりと頭を下げて、莉緒はスチール製の重い扉を肩で押した。

外へ出た途端、夕暮れ時の気持ちいい風が、すうっと頬をかすめていく。深呼吸をして、きれいな空気で胸の中を満たすと、少しだけ胸がすいた気がする。

渡会に篁家の迎えの車について聞かれた際、瀬田との会話に出てきた執事サービスの言い訳は、一切浮かばなかった。彼女と会話していた時と、場の雰囲気があまりにも違ったせいだろう。

今日はひとり、じっと歩道に目を落として歩く。水はけの悪い側溝の蓋《ふた》には、数日前に降った雨水が汚らしく残っていた。

どうして渡会はあんなことを尋ねたのだろうか。

なんだかちょっと、怖いと思ってしまった。

翌日の午後六時半。

「やあ、莉緒さん。ようこそ」

車を降りた途端、みずから出迎えてくれた恭吾の笑顔を見て、莉緒は蕾《つぼみ》が一気に花開くような気持ちになった。彼は白いコットンシャツにタイトなパンツ、黒のローファーというこなれた格好だ。出張から戻ってシャワーを浴びたのか、洗いざらしの黒髪が夜風になびいている。

恭吾に差し出された手を、莉緒はおとぎ話の舞踏会に出る貴族令嬢よろしく、優雅に握った。

「恭吾さん、お帰りなさい」

「ただいま。あなたに会いたい一心で、仕事を急いで終わらせて帰ってきました」

そう言って彼は、異国の血を匂わせる目を妖艶《ようえん》に細める。

いきなり熱い眼差《まなざ》しを送られて、莉緒の首から上へ一気に血が上《のぼ》った。本心だろうか？　単なる社交辞令とは思いたくない。

彼に会うのは四日ぶりだ。そのせいか、車寄せのダウンライトに照らされた美しい姿が一層光り輝いて見える。

（恭吾さん、やっぱりかっこいいなあ……）

最近では、モデルのように素敵な彼にちょっとでも近づけるようにと、莉緒も努力を始めている。

今日は少しお洒落《しゃれ》を頑張って、柔らかい生地の小花柄のワンピースを着てきた。久しぶりに会う恭吾に、いつもと違う自分を見てほしかったのだ。滅多に穿《は》かないひざ丈で揺れる裾が、なんだか気恥ずかしい。

その気持ちに気づいたのか、恭吾が莉緒の全身をしげしげと眺める。

「今日の莉緒さんはとても素敵ですよ。どきどきしてしまいます」

「そ、そうですか？　ありがとうございます！」

（やった……！　大成功！）

またもや顔が熱くなり、忙《せわ》しなく頭を下げた。しかし心の中では、大声で叫んで跳び上がりたい気持ちでいっぱいだ。

ちら、と恭吾を見上げると視線がぶつかって、お互いに笑みを浮かべる。その瞬間に心まで通い合った気がして、ほわりと胸があたたかくなった。

恭吾のエスコートで、莉緒は玄関扉を潜《くぐ》る。扉の中に足を踏み入れれば、ほのかにただよう爽《さわ》やかな草原のような香りに包まれた。この屋敷では、いつもどこかでほんのりといい匂いがしているのだ。

今夜もまた新しい世界の扉が開く——莉緒は心地よいアロマの香りを胸いっぱいに吸い込んだ。

いつもと同様にずらりと並んだ使用人たちのあいだを通って、ふたりはまずダイニングルームへ向かい、豪華な食事を済ませた。莉緒はふたたび恭吾に手を取られて一緒に部屋を出る。

ダイニングを出たところ、メイドがワゴンに食後のお茶とケーキを用意していた。恭吾の指示にしたがって、書斎に持っていくために準備をしているらしい。

よく見れば、彼女は先日恭吾に叱責を受けていた若いメイドだ。彼女はこちらの姿を認めてすぐに作業の手を止め、両手を前で組んで頭を下げる。

「こんばんは。いつもありがとうございます」

莉緒が声を掛けると、彼女はあどけない顔をぽっと赤らめて、ぺこぺことお辞儀をした。

まだ二十歳前といったところか。恭吾のような大人の男性に叱られるのは、いくら優しい言い方でも恐ろしかったことだろう。

「彼女はよくやってくれるので助かっているんですよ。ね、佐島《さじま》さん」

恭吾は莉緒にそう言って、佐島と呼んだメイドを見た。すると、みるみるうちにメイドの首から上が真っ赤になる。この屋敷の者はやはり、皆恭吾が好きなのだ。

「ありがとうございます、旦那様。お茶はお部屋にお着きになる頃にお持ちいたしますので、しばらくお待ちください」

「うん。よろしく頼む」

メイドが恭吾の目をしっかり見て話したので、莉緒も安心した。よかった。先日の彼のフォローは、ちゃんと効いたらしい。

彼女が予告していたとおり、書斎に到着して間もなく、ワゴンに載ったお茶が運ばれてきた。メイドの佐島はガラステーブルの上にお茶とケーキを置いて、ワゴンを押して戻っていく。

絶妙な温度まで冷まされた紅茶をひと口すすってから、莉緒は恭吾に尋ねた。

「出張から戻ったばかりで、お疲れなのではないですか?」

いいえ、と恭吾は首を横に振る。

「帰ってきたのは昼過ぎですから、そのあとはずっと家でゆっくりしていました。それに時差の調整にも慣れています」

「今回はどちらへ？」

「アムステルダムです。あなたにお土産《みやげ》を買ってきましたので、楽しみにしていてください」

「わあ、本当ですか？　ありがとうございます！」

莉緒が笑顔を向けると、恭吾もにっこりと微笑んだ。

お土産《みやげ》とは、一体なんだろう。紅茶？　それともお菓子？　なんにしても、彼が自分のことを考えながらお土産《みやげ》を選んでくれたのが嬉しくて、心が躍《おど》る。

恭吾はふたりが飲み終えたお茶のカップを、ウォーターサーバー横の棚に下げた。次いで、棚のなかから取り出したグラスに冷たい水を注ぎながら、ぽつりと言う。

「この三日間、あなたの声を聞けなかったのが、ことのほか辛かった」

「恭吾さん……」

彼は水の入ったグラスをテーブルに置くと、猫脚椅子に座る莉緒の手を引いて、一緒にソファに腰掛けた。

そして、手を繋《つな》いだままもう一方の肘を背もたれの上面に置き、熱の籠《こも》った眼差《まなざ》しで莉緒を射貫く。

「あなたが来てからというもの、私の人生はまったく別のものになってしまったのです。

会えない夜には、雲が月を隠すように胸のなかが暗く霞《かす》んでしまう」

「あ、あの」

まっすぐに見つめられて、胸の鼓動が激しくなった。互いの膝がぶつかり、思いのほか彼の身体が近くにあることを意識させられる。

（それって、どういう意味ですか？　まさか、愛の告白をしようというの……？）

莉緒の手を握ったままの彼の手が熱い。そこから伸びる腕は莉緒の身体など簡単にねじ伏せられそうなくらいに太く、逞《たくま》しく、寛《くつろ》げた襟元からはがっしりした鎖骨が覗いている。

そこに触れたいと思った。

もっとそばに寄って、直接彼のぬくもりを感じてみたい。女である自分がそんなことを願うのは、いけないことだろうか。

恭吾は握っている莉緒の手に指を絡め、まるでベッドの上で女性を求めるように撫《な》でた。

「今夜のあなたは特に素敵です。女性らしい服装もとてもよく似合っている」

彼の顔がじわりじわりと近づいてくる。繋《つな》いでいない方の手が肩にかかり、形のいい唇がわずか十センチほどのところまで迫った。が――

その瞬間、莉緒のスマホがけたたましい音を立てた。驚いて、閉じかけていた目をぱっと見開く。

「す、すみません。電源を切っていなくて」

すっかり火照《ほて》った頬を隠すみたいに、慌ててバッグを掴んで立ち上がる。

震える手でバッグの中のスマホを取り出してみると、同僚の渡会からの電話だ。

（もう、こんなタイミングで……！）

握ったスマホを胸に押しつけて、天を仰ぐ。彼の名を見た途端、昂《たかぶ》っていた気持ちが急激に冷めていくのを感じた。今日は土曜日のため渡会は休みだったが、昨日の帰り際に言われた言葉が、未《いま》だに胸に引っかかっている。

こういう場合、着信を中断させた方がいいのだろうか。そんな雰囲気ではなかったとはいえ、恭吾は仕事の相手でもある。

「電話に出てください」

莉緒の逡巡《しゅんじゅん》を打ち破るように、背後から鋭い声が放たれた。

振り返ってみると、恭吾がソファの上でゆったりと脚を組み、『どうぞ』とばかりに手で促《うなが》している。

莉緒はうなずいて彼に背を向けた。そして、通話ボタンをタップする。

「もしもし」

——ああ、ごめんね。急に電話して。

「いいえ、大丈夫です。……何かご用ですか？」

莉緒はおずおずと尋ねた。

――うん。明日、中條さんも休みだろう？　よかったら映画に行かないかと思ってさ。

「えっ、明日ですか？　えーっと……」

明日は確かに図書館も朗読の仕事も休みだったが、渡会とふたりきりで出掛けるのは気が進まない。しかし断るならば、彼が納得する理由を言わなければならないだろう。

頭をフル回転させて考えるが、どちらかというと嘘をつくのが苦手な莉緒には、気の利いた返事がすぐには浮かばない。そうこうするうちに、渡会がまたしゃべり出す。

――ちょうど今、見たい映画があるんだよ。弓島《ゆみじま》こうすけが原作で、文学賞の候補にもなった『髑髏《どくろ》の咲く丘』ってタイトル、君も知ってるよね？

「はい。もちろん知ってますが――」

――君、確か最寄駅は元町駅だったよね？　映画は十一時からだから、明日の朝十時頃に駅で待ち合わせにしよう。じゃ。

「えっ？　ちょっと待ってください！　……あれ？　渡会さん？　もしもーし――」

画面を確認すると、『通話終了』とある。どうやら切れてしまったようだ。

「ええ……」

思わず声を洩《も》らして唇を噛む。

なんて一方的な電話だろう。断られる前にとばかりに、一気にまくし立てられた感もある。

　シフトが知られているのは同じ職場だから仕方がないとして、住んでいる場所まで知られているのはいかがなものか。

（こんなの、総務という立場を利用した職権乱用じゃない！）

　ひとりであれば叫ぶところだが、あいにくそういうわけにもいかない。

「すみません。失礼しました」

　頭を下げて暗い気持ちでソファに戻る。恭吾が自分を見ていることは、顔を上げなくてもわかった。

　ふと、電話の直前の状況を思い出して、悲しくなってしまう。しかし、もう電話がかかってくる前の雰囲気には戻らないだろう。仕事中はバイブにしている着信を、終業と同時に音声に切り替える習慣があるのが裏目に出た。

（こんなことなら、夕食が終わったタイミングでまたバイブにしておくんだった……）

「莉緒さん」

　耳元に恭吾の声が響いて、莉緒は弾かれたみたいに顔を上げた。

「はっ、はい！」

「明日の日曜日、もしよろしかったら、一緒に出掛けませんか？」

恭吾はソファの背もたれに肘をかけて、どこかからかうような目つきでこちらを見ている。

「海外の希少本を集めた個人コレクターの展示会があるのです。あなたも興味がおありでは？」

「えっ――」

突然のことに、素《す》っ頓狂《とんきょう》な声が出てしまう。

「希少本の展示会ですか⁉」

莉緒は思わず、プレゼントをもらった子供よろしく満面の笑みを浮かべた。

しかし、すぐにあることを思い出して、ふにゃりと頬の力が抜けてしまう。……そうだ。さっきの電話で、渡会との約束をはっきりと断れなかったのだった。

希少本の展示会なんて、行きたいに決まっている。しかも、実質恭吾とのデートだ。何もしがらみがなければ、喜んでついていくところなのに。

だんまりを続ける莉緒を置いて、恭吾は立ち上がった。彼は書斎に隣接した書庫へ向かったかと思うと、ややあって、一冊の本を手にして戻ってくる。

「読んでいただきたい詩集がありましたが、気が変わりました。今夜はこちらの本を読んでもらいたい」

目の前のガラステーブルに置かれたのは、重厚なハードカバーの本だ。紺色《こんいろ》の背表紙に銀で箔押《はくお》しされたタイトル以外は、表紙にも裏表紙にも何も書かれていない。

莉緒はそれを手に取ってぱらぱらとめくってみた。主な登場人物は一組の男女で、西洋のヒストリカルもの。どうやらラブストーリーらしい。

恭吾はガラステーブルの位置を調整すると、莉緒の右隣に腰掛けた。さっきキスをしようとした時のように、かなり距離が近い。

そう思った次の瞬間、彼の腕が頭の上を過《よぎ》ったのでどきっとした。後頭部を通過した腕はソファの背もたれの上に着地し、莉緒の左肩に置かれる。

莉緒は思わず本を口元に当てて、恭吾を見た。彼は端整な顔をわずかに傾げて、莉緒の顔をじっと見つめている。

ものすごく近い。

それはそうだ。お尻と太腿が密着していて、なにより、肩を抱き寄せられるような格好になっているのだから。

「二〇〇ページあたりを開いて」

甘くかすれた声を耳のすぐ近くに感じて、腰にぞくりとさざ波が生じた。

震える指でなんとかそのページを開く。彼の指によって、そこからさらに数ページ先までめくられ、五行目の文頭が示された。

「ここから」

「……わかりました」

からからに渇いた喉《のど》を潤《うるお》すため、莉緒はまず、テーブルに置かれたグラスに手を伸ばす。水をあおってグラスを置き、何度か発声練習をすると、本を読みやすい高さに掲《かか》げた。

「読みます。『聖なる乙女の誤算』。リンダ・エヴァンス作」

「だが君は、フレイザー卿の誘いを断らなかった。私の気持ちを知っていながら、ほかの男に秋波《しゅうは》を送り、まんまと彼をしとめた。そうだね？」

ネイサンの言い方は極めて紳士的で優しかったが、内容は辛辣《しんらつ》なものだった。

彼女は何も言えず、頬の内側を噛んで立ち尽くした。今となっては、彼のために食費を切り詰めて新調したドレスも、レースのついた手袋も、ヒールの高すぎる靴も、虚《むな》しいだけだ。

実際、フレイザー卿を誘惑したことなんて、ただの一度もない。彼と自分とは、教会の支援者と、経営状況の苦しい救済院の娘という関係でしかないのだ。

しかし、複雑にもつれあった糸は、うまく解《ほど》けそうになかった。

不意打ちとも言える不運が重なりすぎた。それに、肝心のネイサンがかつての人間不信を拗《こじ》らせて、何も信じられなくなっている。

どう答えても、きっと彼を傷つけることしかできないだろう。なら、どうすれば？

答えはひとつだ。身体で教えてあげるしかない。

森の深くに湧く泉のように清らかで、海のように大きな、すべてを受け入れる愛を——

マルグリットは、窓際の燭台《しょくだい》を手にしてネイサンに近づく。

彼がびくっと身体を震わせるのがわかった。彼は怖いのだ。真実を知るのが怖い。マルグリットを受け入れるのが怖い。自分が怖い。

「ネイサン。目を閉じて」

彼の脇にある小机に燭台《しょくだい》を置いて、彼女は言った。

ネイサンが小さく首を横に振る。マルグリットに向けられた顔の、くっきりした二重まぶたが際立っていた。

「お願い」

懇願《こんがん》すると、彼はしぶしぶと震えるまぶたを閉じる。

マルグリットは彼の分厚い両肩に手をかけ、思い切り背伸びをした。そして目を閉じて、そっと彼の唇に自分の唇を重ねる。

ふたりの柔らかな部分が触れ合った途端、彼女の中で何かが弾けた。

これは欲望だろうか？　それとも、彼への愛なのだろうか？

彼女は彼の引き結ばれた唇を強引に舌でこじ開け、中に忍び込んだ。彼の口腔《こうこう》はワインの味がする。それと、彼自身の味。それを味わい尽くそうと、懸命《けんめい》に舌を伸ばす。

身体の奥に眠っていた獰猛《どうもう》な何かが目を覚まして、外へ這《は》い出てきそうだった。ネイサンの両肩にあった手は、今や彼の後頭部を掴み寄せ、彼の三つ編みが解《ほど》けるのも構わずに銀色の髪を捏《こ》ね回している。

ネイサンの喉《のど》の奥から低い唸《うな》り声が響き、マルグリットの唇に伝わった。

彼の手は彼女の背中にあった。棒切れみたいに立ち尽くしているわけでもなく、ちゃんと彼女を求め、腰をまさぐり、舌を生きもののようにうごめかせている。

やがて、マルグリットは息が苦しくなって彼を解放した。しかし彼の目は満たされぬ欲望に濡《ぬ》れ、明らかに彼女を欲している。

嬉しかった。思わず場違いな笑いが込み上げて、彼のクラヴァットが化粧で汚れるのも気にせず、厚い胸に顔を押し付けた。

「ねえ、人がなぜキスを交わすかわかる？　人間の身体の中で、唇が一番原始的な器官だからよ。私はあなたにもう一度教えたいの。人は誰でも人を信じることができるということを」

何かが頬に触れて、莉緒はハッと息をのんだ。恭吾が指で頬を撫《な》でていたらしい。

「頬が真っ赤だ。かわいらしい」

耳に息がかかるほどの至近距離で言われて、心臓が爆発しそうになる。

莉緒はさっと下を向いた。

朗読をしていると、どうしても主人公と気持ちがシンクロしてしまうものだ。

今の莉緒はもちろん、『聖なる乙女の誤算』のヒロインであるマルグリットと同化していた。情熱的なキスを交わしたあとに、男性の大きな手で腰を撫《な》でられていた気持ちになっていて……。

恋愛ものだとわかってはいたが、恭吾が選んだ箇所がこれほど官能的なキスシーンだとは思わなかった。おまけに朗読の最中、ずっと彼が間近でこちらを見つめていたのだから堪《たま》らない。

「恭吾さん……私、もうだめです」

胸の鼓動も呼吸も苦しくて、莉緒はまるで全力疾走した直後のように喘《あえ》いだ。

恭吾はくっくっと笑って、俯《うつむ》いたままでいる莉緒の後頭部を撫《な》でる。

「すみません。ちょっといじわるが過ぎました。このお詫びは、明日埋《う》め合わせをしたいと思います」

「えっ」

莉緒は、がばりと勢いよく顔を上げた。

「でも明日は……その、映画を見に行く約束があって……」

そう言いながら、ふたたび俯《うつむ》いて自分の手を見る。

本当はこんなこと、口にするのも嫌だった。渡会と不本意な約束をしてしまったなんて、信じたくもない。

恭吾は長い脚を組んで、膝の上に肘を置いて身を乗り出した。

「約束というと、先ほどの電話の件ですか？　もしかして、相手の方は男性？」

「そうです。うまく断ることができなくて」

「その人のことが好きなんですか？」

突然の問いにドキッとした。

好きだなんてとんでもない。どちらかと言えば好きじゃない。いや、むしろ強引で一方的な渡会を嫌いになりかけている。

「いいえ、全然っ！」

ぶんぶんと首を横に振った。

「では、あなたは好きでもない男性とデートをするのですか？」

そう言った恭吾が、自分を見ているのが視界に映る。

莉緒の胸は、ずきん、と疼《うず》いた。穏やかな言い方だが、おそらく咎《とが》めているのだ。先ほど朗読した物語のネイサンのように。

「それは……会社の同僚なので無下《むげ》にもできなくて……。でも、正直言って行きたくないです」

「嫌ならはっきりと断った方がいい。人生は有限です。あなたも、彼も、お互いに無駄な時間を過ごしたくはないでしょう」

いつになく厳しい声音で言われて、莉緒は俯《うつむ》いていた顔を上げる。

視界に飛び込んできた彼の表情は、声同様に厳しいものだった。以前に見た、メイドを叱っていた時の顔つきよりも毅然《きぜん》としている。

ショックだった。あの時泣いていたメイドの気持ちが、今ならわかる。普段は砂糖菓子みたいに甘い彼が怒ると、ずしんと心に響くのだ。

出かかった涙を引っ込めようと、ぱちぱちと目をしばたたく。すると、恭吾の手がそっと肩に置かれた。顔を上げてみたところ、彼はもういつもの優しい表情に戻っている。

「明日、彼との約束はどうなっていますか？」

「午前十時頃に、元町駅に彼が来ると……」

「ではそれより早く私が同じ場所へ向かい、あなたを攫《さら》うことにしましょう。……ああ、もしも嫌なら断ってもいいんですよ？」

莉緒は思い切り息を吸い込んだ。

「い、いいえ、行きたいです！　さっきの約束はきちんと断りますので、連れていってください！」

勢いよく言うと、彼はにっこりと微笑んで、莉緒の頭を優しく撫《な》でた。

「わかりました。では明日、楽しみにしています」

帰り支度を済ませた莉緒は、いつもと同様に恭吾のエスコートで階段を下りていた。

この時間になると常に思うことだが、今夜は特に帰りたくない。

はじめの頃は、居心地のいいホテルのようなこの屋敷の空気が好みだからそう感じるのだと考えていた。

だが、今は違う。

もっともっと、できることなら恭吾とずっと一緒にいたかった。夜通し大好きなお話について語って、疲れたら眠って、朝起きると同時に彼の穏やかで美しい顔を見たかった。

今夜はいろいろなことがあったから、余計にそう思うのかもしれない。いっそこのまま、永久に夜が続けばいい。明日も朝から会えるというのに、なんだろう、この気持ちは。

物思いに耽《ふけ》りながら階段を下りていると、少し下から、くすくす笑う声が聞こえてきた。

見れば、恭吾が小刻みに震えつつ笑っている。

「恭吾さん？」

彼は足を止めて、楽しげに弧を描く目をこちらへ向けた。

「……すみません。はじめに展示会の話をした時のあなたの嬉しそうな顔が忘れられなくて。まるで飼い主が帰宅した時の子犬のようだったので。失礼――」

そう言って俯《うつむ》くが、まだ笑っている。

それを見ていたら、なんだか自分までおかしくなってきた。

本来ならちょっと怒ってもいい場面かもしれないが、いつも紳士的な彼がこんなふうに笑うのを見て、とても嬉しい発見をしたと思えたのだ。

玄関から外に出て、車へ向かう途中で恭吾が言う。

「莉緒さん、お土産《みやげ》があるという話は覚えてますか？」

「は、はい。覚えてます」

正直なところすっかり忘れていたのだが、そう答えた。

「では、後ろを向いて」

「こうですか？」

恭吾の言葉にしたがって、莉緒は車の横で彼に背中を向ける。ご丁寧にまぶたまで閉じて。

後ろで車のトランクを開ける音がしたのち、彼の足音が近づいてくる。

そして、彼の指が後ろ髪を掻《か》き上げ、うなじのあたりを触ったような感覚があった。

莉緒はくすぐったさに肩を竦《すく》める。

(何をしてるんだろう。うなじに触れるお土産《みやげ》って、一体何？)

「できました」

恭吾が言って、莉緒は目を開けた。きょとんとして彼を見るが、恭吾は何も言わない。

ふと、後部座席の窓ガラスに目をやると、胸元で何かが光っている。

「……えっ？」

莉緒は窓に近づいて目を凝《こ》らし、驚きのあまり声を失った。

よろよろと車の前方に歩み寄り、今度はサイドミラーを見て、震える手で口を押さえる。

ワンピースの襟元にちらちらと揺れているのは、大粒の宝石がはまったネックレスのチャームだった。大きさにして一センチはありそうだ。ダウンライトの明かりだけでははっきりとしないが、おそらくダイヤモンドだろう。

（ダ……ダイヤモンド!?　大きい！）

自分の胸元で揺れているものに、顔から血の気が引いた。

これが海外出張のお土産《みやげ》だなんて、信じられない。きっと、想像もできないほどの値段のはず。

莉緒は急いで後ろを振り返る。

「こっ、こんなのいただけませ――」

その途端、逞《たくま》しい胸に声が吸い込まれた。突然息ができなくなり、慌てて彼の背中のシャツを掴む。

「そんなことを言わないでください。あなたに何が一番似合うか、散々悩んで選んだのに」

恭吾の声が、厚い胸板を通して頭に響く。顎《あご》を反らしてなんとか気道を確保し、彼の顔を見上げた。

「あの、恭吾さん⁉」

ダウンライトの光が、整った彼の顔に暗い影を落としている。恭吾は少し悲しそうな目をして、莉緒を見下ろしていた。

「どうか受け取ってください。でなければ捨ててください。あなたのために選んだものなのですから、受け取ってもらえないなら意味がない」

ぶんぶん！　と彼の腕の中で首を横に振った。捨てるなんて、そんな選択肢はあるはずがない。

しかし、本当にこれをもらっていいのだろうか。身につけて歩くことすら憚《はばか》られるような、高価な品なのに……？

「本当にいただいてもいいのですか？　後悔しませんか？」

おずおずと尋ねると、ふっと笑みを浮かべた彼が一層強く抱きしめてくる。

「するはずがないでしょう。本音を言うと、あなたのことだって帰したくないのです。いつでも手元に置いておきたいのですから」

優しく耳元で囁《ささや》かれて、火が噴き出そうなほどに顔が熱くなった。

なんて甘い言葉。砂糖菓子でもこれほど甘くはないだろう。

「あ、ありがとうございます。……嬉しいです」

すっかり腰が砕けてしまい、蚊《か》の鳴くような声で礼を述べる。

（これは現実なの？　それとも夢？　幸せすぎて、今夜は絶対眠れない……）

「莉緒さん」

「はい」

「あなたさえよろしければ、ここから毎日図書館へ通いませんか？」

「えっ」

勢いよく顔を上げて、ふたたび彼を見る。

「そっ、それはさすがに……そうしていただく理由がありませんし」

すると恭吾は、莉緒の髪を愛《いと》おしそうに撫《な》でながら、じっと見つめ返してきた。

彼の目は蠱惑的《こわくてき》に揺れ、星を散らしたようにきらめいている。その様子があまりにも美しくて、莉緒の視線は釘付けになった。

「あなたを愛しています。それでは理由になりませんか？」

その瞬間、莉緒は短く息を吸い込んだ。

目をみはってまじまじと恭吾を見る。彼は至って真面目な顔をして、慈《いつく》しみに満ちた眼差《まなざ》しで莉緒の顔を覗き込んでいた。

好きになっても叶うはずがない。そう思っていた彼が、自分に愛の言葉を囁《ささや》いている。

しかも、『好き』ではなく、いきなり『愛してる』だなんて――

膝がガくがくと震え、頭の中が真っ白になった。

なんとか言葉を紡《つむ》ごうとするけれど、浮かんだ言葉は霧散《むさん》して一向にまとまりそうもない。

口を開けて呆然としていると、彼は困ったように眉を下げて、ふっと息を吐いた。

「驚かせてしまいましたね。返事は今でなくても構いません。――青戸」

恭吾に呼ばれた青戸が、少し離れた場所からすぐに飛んでくる。

「ドアを開けてくれないか」

「かしこまりました」

青戸が後部座席のドアを開けてから、恭吾は未《いま》だ放心状態の莉緒が頭をぶつけないよう、細心の注意を払い車に乗せてくれた。そして、ドアを開けたままトランクに向かい、手提げ袋を手にして戻ってくる。

「莉緒さん。これは向こうの空港で買った紅茶とクッキーです。帰ったらまずはお茶でも飲んで落ち着いてください」

「あ……ありがとうございます」

莉緒が紙袋を受け取ると、恭吾はドアの脇にしゃがみ込み、優しく微笑みかけてきた。

「明日は朝からあなたに会えるなんて、楽しみで仕方ありません。では、おやすみなさい」

恭吾が莉緒の手を取って、そっとそこにキスを落とす。それから立ち上がって静かにドアを閉め、車の屋根を軽く叩いた。

すぐにスロープを滑《すべ》り出した車が、あっという間に屋敷から遠ざかる。振り返れば、車寄せにひとり残った恭吾が、いつまでも手を振っているのが見えた。

莉緒は得も言われぬ高揚感に包まれて、シートに背中を預けた。つい今しがた彼の口づけを受けた左手を掲《かか》げて、ほう、とため息を吐く。

あたたかくてしっとりとした、王子様のキス。その感触を忘れまいと、自宅に着くまでのあいだ、彼の口づけを受けた左手の甲をずっと眺めていた。

雲ひとつない、絵に描いたような天気のいい朝だ。

モーニングコールは鳥のさえずり。窓辺にかけられた白いレースのカーテンからは、柔らかな朝日が差し込んで、起き抜けの素肌をくすぐる――という、気持ちのいい目覚めには程遠かった。

ピピピピ、ピピピピ、ピピピピ……

「んー……」

がなり立てる目覚まし時計を、莉緒はぴしゃりと叩いて止める。

のろのろとベッドから起き上がり、大きく伸びをした。小さなキッチンに入って電気ポットをセットすると、まずはシャワーへ。熱いお湯を浴びないことには、まぶたが開いてくれない気がするのだ。

「あー……眠い」

覚束《おぼつか》ない足取りで洗面所まで行き、パジャマを脱いで洗濯かごに放り込む。続いてキャミソールとショーツも脱ぎ、それも洗濯かごへ。ブラジャーは寝る時には着けない主義だ。

昨夜はちょっと興奮しすぎた。遅くまで今日何を着ていくか、彼からもらったネックレスが映《は》える服装はどれかとファッションショーをしていたせいで、余計に気持ちが昂《たかぶ》ったらしい。

予想していたとおり、ベッドに入っても一向に眠くはならなかった。空が白《しら》み始める頃になんとなく意識が遠のいた気がしたが、その後すぐに、朝六時にセットした目覚まし時計に叩き起こされたのだった。

髪をバレッタとクリップで留め、バスルームに足を下ろす。床の上には、昨夜使った時の水分が、まだ残っている。鏡に向かい、じっくりと肌の調子を確認した。

寝不足ではあるけれど、思ったよりも悪くない。いや、むしろつやつやと輝いているように見えるし、ぴんと張り詰めた肌は水も弾きそうだ。恭吾に愛の言葉を囁《ささや》かれたお陰かもしれない。

そのことを思い出した途端、昨夜の出来事がまざまざとよみがえってきて、勝手ににやついてしまう。だらしなく緩んだ顔が視界に入って、鏡の中の自分から視線を外した。

ほとんど眠れなかった昨夜、彼がくれたあのセリフを、何度記憶の箱からひっぱり出しただろう。

——愛の言葉。

『あなたを愛しています』とはっきり言われた。『帰したくない』『いつでも手元に置いておきたい』とも。

彼が、どんなふうに言葉を口に載せたのか。

どんな顔をしてそれを言ったのか。

その時、どんな匂いがしたか。

自分を包み込む彼の体温は、どんなあたたかさだったか。

甘い恋愛映画を見ているように、鮮《あざ》やかな映像として繰り返し味わった。

記憶の中の彼は映画俳優よりも素敵で、思い出すたびに胸がときめく。

「もう、やだ……」

声に出して、顔を覆《おお》ってしゃがみ込んだ。

今日は一体どのような顔をして彼に会えばいいのだろう。とても彼の顔を直視できそうにない。

恭吾とは、渡会との約束よりも一時間早く、九時に最寄り駅で待ち合わせをしている。渡会には昨夜のうちに電話を入れた。根掘り葉掘り尋ねられたが、詳しいことは濁してある。ほかの男性とどこかに出掛けるのかとも聞かれたが、もちろん恭吾については話していない。

莉緒は、不安と緊張と希望に包まれて駅へ向かった。

何度やり直しても眉がうまく描けなかった気がするし、靴の色が微妙に合っていないかもしれない。まるで恋に恋する年頃の少女みたいに、ナイーブだ。さらに、膝上で揺れるスカートの裾が、どうにも落ち着かない。

今日は、彼がくれたダイヤのネックレスがよく見えるようにと、襟《えり》のついたストライプシャツを選んだ。それに合わせるとなると、丈が短くて仕事には不向きという理由で、ずっとクローゼットに眠っていたこのスカートしかなかったのだ。ほとんど穿《は》いたことがないせいか、似合っているかどうか自信がない。

汗をかかないようにと、いつもよりだいぶ時間をかけて駅に着いた。それでも待ち合わせの時刻にはまだ十分ほどある。

どきどきしながらあたりを見回したが、恭吾の姿は見えない。

そういえば、彼は駅まで何で来るのだろう。やはり、日頃莉緒が世話になっている、お抱え運転手が送ってくるのだろうか。

（もしかして、デートも運転手つきで……？）

駅の改札口から続く階段と、ロータリーとを莉緒は交互に見ていた。

すると、ロータリーに滑《すべ》り込んでくる白い高級車に、ふと目が留まる。ぴかぴかに磨かれた、外国産の大型セダンだ。その車が、ロータリーをぐるりと回り、莉緒の前で停まった。

窓が開いて、恭吾が顔を覗かせる。莉緒は、あっと息をのんだ。

「おはよう、莉緒さん」

「恭吾さん……！　おはようございます」

彼を見た途端、予測していたとおり顔が熱くなってしまった。髪で顔を隠すようにして、深くお辞儀をする。

今日の恭吾は、スーツでいる時よりもラフな感じに髪をセットしていた。黒いシャツに白のパンツ、少しまくったシャツの袖から逞《たくま》しい腕が覗き、手首には大ぶりの黒い時計をはめている。

彼のスーツ姿はもちろん最高だが、私服もいい。シンプルで洗練された大人のお洒落《しゃれ》という感じだ。

朝日の中で見る彼は、はっきりした顔立ちが際立って、一段と素敵だった。昨日の晩にあんなセリフを言われなくても、きっと彼の顔をまともに見ることはできなかっただろう。

恭吾はわざわざ車を降りて助手席に回り、ドアを開けてくれた。

「ありがとうございます」

「どういたしまして」

車に乗り込んだ莉緒は、念のため後部座席を振り返ってみる。

黒い革のシートは外側同様きれいに磨かれていて、もちろん塵《ちり》ひとつ落ちていない。

今日はお付きの者もいない様子だ。ふたりきりのデートということがわかって、さらに胸の鼓動が速度を上げる。

恭吾は運転席に戻ってシートベルトを締めた。そのあいだにも、彼がちらちらと視線を投げかけてくるので、どきどきが止まらない。

彼の口元には、官能的な笑みがうっすらと浮かんでいる。素肌まで見透《みす》かされた気分になり、莉緒は膝がしらをそっと手で押さえた。

「今日のあなたは、太陽すらも嫉妬《しっと》するほどにきれいだ。そのあなたに選んでいただけたのだと、少しはうぬぼれてもいいのでしょうか」

「そ、そんな、照れちゃいます。それから……恭吾さんもすごく素敵です」

歯の浮くようなセリフを口にしても、恭吾なら気障《きざ》には見えない。海外の男性は臆面《おくめん》もなく女性を褒めたりするが、彼自身、異国の男性の雰囲気があるので、違和感がないのかもしれない。

「ありがとう。莉緒さんのことをもっと眺めていたいところですが、後ろがつかえているのでそろそろ出発します。またあとでじっくりとあなたに見惚《みと》れることにしましょう」

そう言って彼は、ゆっくりと車をスタートさせた。

駅前通りから国道に入り、車は繁華街へと向かう。

恭吾の運転は、アクセルやブレーキ、ハンドル捌《さば》きが穏やかでソフトだ。

まさに彼の性格そのもの。初デートに緊張していなかったら、昨晩の寝不足もあって隣で眠ってしまったかもしれない。

途中、コンビニでの休憩を挟み、一時間ほど車を走らせて都内西部の都市に着いた。

この時間になると、だいぶ日が高くなってくる。それに合わせて人も増えてきたので、展示会の会場近くの駅には人が溢れていた。

有料駐車場に車を停めたふたりは、展示会場になっているギャラリーへ向かって歩き出す。もちろん、莉緒の手は恭吾の大きな手のなかだ。

恭吾は莉緒の手をしっかりと握り、人の流れを器用に避けながら少し先を歩く。

「疲れていませんか?」

恭吾が振り返って尋ねてきた。

莉緒は隣に座っていただけなので、なんだか申し訳ない気分だ。

「いいえ、全然。恭吾さんの運転が上手でしたから……。ご自分でもよく運転されるんですか？」

「いいえ。ご存知のとおり、日本では運転手がいるのでたまにしか運転しません。時々、休みの日にドライブを楽しむのと、長期の海外出張の際に乗るくらいでしょうか」

「長期？　長期の出張があるんですか？」

「はい。行き先が数か国にわたる場合は、日本に戻らずにそのまま移動を重ねることもあります。長くて半年、短くてひと月といった具合に」

（半年も……？）

莉緒は心がすっと冷えるのを感じた。先週はたった三日会えなかっただけで、彼に会いたくて堪《たま》らなくなったのだ。半年も会えないとなったら、自分はどうなってしまうのかと不安になる。

「随分長いですね」

「商社ではよくあることです。私の場合は副社長といっても、まだ半分修業している立場ですから、楽はしていられません。……あ。ですが、出張に出ているあいだも、報酬はきちんとお支払いしますので安心してください」

しょぼんとした莉緒を気遣ったのか、恭吾はおどけたように言って笑みを浮かべる。

しかし、そうではない。そういうことではないのだ。

突然、恭吾が立ち止まって振り向く。

「どうかしましたか？」

「い、いいえ。なんでもないです」

顔に出ていたらしい。慌てて首を横に振り、笑ってごまかす。

そこでふと、莉緒はあることを思い出した。

昨日の別れ際、篁家の屋敷から図書館に通わないかと、恭吾に聞かれた件への返事をまだしていない。

初デートに浮かれていたせいで、そのことをすっかり忘れていた。しかし、眠れなかった昨夜、ベッドの中で返事だけは考えたのだ。

莉緒の答えはノー。ただしそれは、篁家から図書館に通うということについてのみ。

確かにあの屋敷での生活は魅力的だが、豪華すぎて気づまりにならないかと不安になる。ひとり暮らしが長い分、常に人がいる状況というのにも慣れていない。

それに、住めば都とはよく言ったもので、今のアパートもそれなりに快適なのだ。とりあえず図書館が閉鎖されるまでのあいだはアパートに住んで、仕事を朗読一本に絞ってから、じっくりと考えたかった。

ちなみに、もう一方の『愛している』という言葉への返事は、もちろんイエスだ。

出会ってからわずかな時間しか一緒に過ごしていないが、莉緒は紛れもなく恭吾を好きになっていた。彼に愛を告白されたからというわけではない。見た目がいいからとか、裕福だからというわけでもない。

同じものを好きだと思う感覚。

人を愛し、敬《うやま》い、思いやる心。

優しいだけでなく、だめなものはだめだと、物事にははっきり白黒つける性格。

そのほかにも、好き嫌いなく何でも食べるところとか、本の趣味が似ているところとか、彼を好きな理由は枚挙にいとまがないくらいだ。

早くそのことを伝えたかったが、タイミングが見つからない。

（もう一度チャンスがあれば、勇気を振り絞って気持ちを伝えるんだけどな……）

「莉緒さん？」

「はいっ」

恭吾に名を呼ばれて、びくりとする。彼の魅力について考えるあまり、ぼーっとしたまま薄ら笑いを浮かべていた。

「……本当に大丈夫ですか？」

「だ、大丈夫です。ほら、このとおり」

しゃきん、と背筋を伸ばして微笑むが、彼は依然として気遣うような目つきで見ている。

「大丈夫という顔ではありませんね」

肩を掴まれた途端、恭吾のヘーゼル色をした両目が迫ってきた。

(まさか、こんなところで口づけを!?)

慌ててギュッと目をつぶったけれど、まったくの勘違いだったらしい。自分の額《ひたい》に彼の額《ひたい》のぬくもりを感じた途端、恥ずかしさのあまり泣きたくなった。

(熱なんてありませんから……!)

「大丈夫みたいですね。よかった」

彼はそう言って、優しく莉緒の頭を撫《な》でる。キスではなくて、ホッとしたような、残念なような。

改めて明るいところで見る彼は、一緒に歩くのが恥ずかしいくらいに輝いていた。

どうしてこんな人が私のことを? と、考えれば考えるほど、疑問に思わずにいられない。

ギャラリーの中は、むしろ外の通りよりも空《す》いていた。

そのビルは表通りから少し入った静かな路地にあって、エレベーターで昇った三階が会場になっている。

部屋には窓がなく、温度も湿度も快適に保たれている。やはり展示会を開くほどのコレクターというだけあって、本を大切に扱っているのだということが窺《うかが》える。

「さすがにここは涼《すず》しいですね」

受付で芳名帳《ほうめいちょう》に名前を記して、恭吾が言う。

「本当に。気持ちいいです」

散歩がてらにと、駅近くの駐車場に車を停めてここまで歩いてきたので、ほのかに効いたエアコンに肌が喜んでいた。莉緒も同じことを考えていたものの、せっかく連れてきてもらったのに第一声がそれでは申し訳ないと思っていたのだ。

ふたりはギャラリーの中をゆっくりと歩きながら、ガラスケースに入った古びた書物を端から見ていく。

「今日はこれで、お客が多い方です」

恭吾がぽつりと言った。

「そうなんですか？」

顔を上げてちらりと見回したが、学校の教室ふたつ分くらいの広さの会場には、ざっと見て十人ほどの人がいるだけだ。

「こういったマニア向けのイベントは、会員に限ったクローズドで行《おこな》われることも多いため、あまり一般には認知されていないのです」

「恭吾さんも会員になっているんですか？」

「いいえ。私はこの展示会の主催者が友人なので、黙っていても招待状が届くのです」

「なるほど」

今日は海外の希少本の展示会だから、品物はすべて外国語だ。しかし、どんな内容かは日本語で丁寧な説明がついていて、一般の人にもわかるようになっている。

展示物は多岐《たき》にわたっていた。古地図や兵法書、植物、鳥類の図鑑、音楽の教科書に載っていた有名な作曲家による直筆の楽譜もある。

非常に貴重なものはガラスケースに守られていたが、それほど希少性の高くないものは、直接手に取って見ることができる。

室内には、古い紙の匂いとインクの匂いが充満していた。最高だ。その本が人から人へと渡り、長い歴史を旅してきた記憶が染みついているのだと実感できる。

当然のことながら見たことのない本ばかりのため、莉緒は興奮しきりだ。

恭吾はというと、ガラスケースをひとつ見るごとに誰かしらに挨拶《あいさつ》されていて、別の意味で落ち着かない。

「恭吾さん、さすが顔が広いんですね」

「そうでもありません。すべて篁家の——つまり、親の威光というやつですよ」

そう言ってはにかんだ彼が、そのすぐあとに、莉緒の肩越しにある何かを見て、一瞬眉を上げたのがわかった。

「やあ。君に来てもらえるなんて光栄だ」

背後から声がして、莉緒が後ろを振り返る。

声の正体は、恭吾より少し年上に見える男だった。黒い革のジャケットに黒のパンツ、顎《あご》にうっすらと髭《ひげ》を生《は》やした、いわゆるチョイ悪といった風情《ふぜい》の男性だ。

「どうも。楽しませてもらってるよ」

恭吾はそう言って、男と親密な様子で握手を交わす。しかし男が、ちらりと莉緒に視線を走らせると、彼は明らかな警戒の色を浮かべた。

「へえ。君が女性連れとは珍しい。彼女を紹介してくれるんだろう？」

男の言葉に、恭吾の喉仏がごくりと動く。次の瞬間、彼の手が自分の腰を抱いたので、莉緒はびくっと肩を震わせた。

「彼女は私の――」

恭吾が言いかけてこちらを見る。見つめ合ったまま、少しの時間が経過した。やがて彼の方から視線を外して、ふたたび男へ顔を向ける。

「……ごく親しい友人の中條さんだ。莉緒さん、こちらは私の学生時代の友人で、折原《おりはら》君。今日の展示会のホストです」

友人と紹介されたことに、莉緒は一抹《いちまつ》の寂しさを覚えた。しかしそれは仕方のないことだ。彼の告白に返事をしていないのは、ほかならぬ自分なのだから。

とはいえ、腰にある恭吾の手はあたたかかった。彼にこんなことをされるのは、階段から落ちかけた時以来なので、どぎまぎしてしまう。

莉緒は折原の方を向いて、丁寧にお辞儀をした。

「こんにちは。素敵な本ばかりをお見せいただき、ありがとうございます」

「はじめまして、莉緒さん。今日はよく来てくれました」

目の前に折原の手が差し出された瞬間、莉緒の腰に回された恭吾の手が、ぴくりと動く。

「よろしくお願いします」

莉緒は彼の握手を受けようと手を差し出した。指先が触れ合った途端に強い力で握り返され、思わず息をのむ。

折原は口角を微かに上げて、誘うような目つきで見つめてくる。――と、隣で恭吾がわざとらしく咳払いをした。彼の顔はあくまでも涼《すず》やかだったが、莉緒の腰にある手は熱く、力強く、何事かを雄弁《ゆうべん》に物語っている。

「莉緒さん。折原とは学生時代によく遊んだ仲です。共通の趣味があるので今でもいい付き合いをさせてもらっているんですよ」

「そうです。彼と僕は親友と言ってもいい。……いや、腐れ縁かな？　莉緒さんも、この手の本にご興味があったら、いつか僕の自宅にお越しください。あなたでしたら、いつでも歓迎しますよ」

彼はジャケットの内ポケットから、金属製の名刺入れを取り出した。差し出された名刺を、莉緒は両手で受け取る。

「ありがとうございます」

折原にお辞儀をして、頭を上げる時に、ちら、と隣の恭吾に視線を投げる。すると、彼が折原に向かって、意味深に片眉を上げるのが視界に入った。

では、と言って折原のもとを去っても、恭吾の手は莉緒の腰から離れない。彼は上から覆《おお》いかぶさるように身を寄せてきて、耳元で囁《ささや》く。

「彼はいい奴ですが、女性にはすこぶるだらしがないのです。気をつけた方がいい」

莉緒はハッとして、恭吾の顔を見上げた。

（恭吾さん。まさか……）

はじめて会った時を彷彿《ほうふつ》とさせる、冷たい目だ。彼が誰かを批判するなんて珍しいが、その言葉を聞いて、やっとさっきの行動を理解した。彼は折原に莉緒を取られたくなかったらしい。

胸の奥から嬉しい気持ちが込み上げてきて、全身がむずむずする。

莉緒は思いきり背伸びをして、恭吾の耳元に唇を近づけた。

「大丈夫ですよ。恭吾さんのそばをずっと離れませんから」

彼が大きく目をみはる。そして、莉緒の腰を抱く手に一層力を込めて、驚きと照れくささとをない交ぜにしたような顔で、じっと見つめてきた。

書物の匂いと、彼の大きな身体のぬくもり。

大好きなものに包まれて、なんていい休日なんだろう、と莉緒は幸せを噛みしめるのだった。


展示会をあとにしたふたりは、高級寿司店で昼食をとったのち、街歩きの途中で目についた雑貨店や、昔ながらの素朴《そぼく》な本屋を覗いたりした。

デートは至って順調だ。何をしても、どこを見ても『楽しい』という感想しかなかったが、それは隣に恭吾がいるからにほかならない。

彼が買ったソフトクリームを羨《うらや》ましそうに眺めていると、「一口食べますか？」と差し出してくる。そのお返しにと、今度は莉緒が持っている苺《いちご》がたっぷり入ったクレープを、彼にかじらせるのだ。

それをおいしそうに咀嚼《そしゃく》する恭吾を見ていると、なんとも言えない幸せな気分になる。その正体が一体なんなのか、莉緒にもよくわからない。

日が傾く頃、恭吾の道案内で大きな書店に入った。

折原の展示会からこっち、ずっと離れずにいたふたりだったが、本屋だけは別だ。それぞれ気に入った本を探そうと、自動ドアを潜《くぐ》ってすぐに別行動を始める。

莉緒はまず、海外ファンタジー小説のコーナーを見て、次に児童書、絵本、日本の現代小説を見て回った。

恭吾とは好みが重なる部分も多いためか、時折気づくと隣にいることがある。

莉緒が手にした本を「これ、よかったですよ」とアドバイスしてくれる彼に、忙しいはずなのに一体いつ読んでいるのか不思議に思う。やはり、すきま時間を使うのがうまいのだろうか。

吟味《ぎんみ》を重ねた本を二冊持ってレジに向かうと、先に恭吾が並んでいた。彼はいつの間にか会計用のかごを手にしていて、その中には五、六冊本が入っている。

「いいのが見つかりましたか？」

恭吾が振り向いて尋ねてきた。

「はい。恭吾さんにおすすめされた本と、笠村《かさむら》はじめさんの新刊です」

「いい選択ですね。笠村さんの新刊は、実は私も読みたいと思っていたところです」

彼がおもむろに莉緒の手から本を奪《うば》って、自分が持っているかごに入れる。

「えっ？　えっ？」

莉緒は戸惑い彼を止めようとしたが、その時ちょうど前の人の会計が終わり、そのまま恭吾の順番になってしまった。

「恭吾さん」

どうしたらいいのかわからず、莉緒は大柄な恭吾の後ろからひょこひょこと顔を覗かせる。しかし彼は、莉緒を無視して自分の財布からクレジットカードを取り出した。

「恭吾さん！　私、自分で払いますからね」

いくら彼が正真正銘のお金持ちでも、趣味のものを買ってもらうのは申し訳ない気持ちになる。

「莉緒さん」

ふたたび振り返った彼の人差し指が、莉緒の唇をぴたりと塞《ふさ》ぐ。

「本は読む人の知識となり、心を育《はぐく》む糧《かて》にもなる。私の朗読係であるあなたのためになるものですから、これは必要経費ですよ。――カードでお願いします」

「かしこまりました」

恭吾が差し出したカードを店員が受け取る段になって、莉緒はやっと諦めた。

（必要経費か……。変わった考え方だけど、あれだけの使用人を屋敷で雇っていたら、細かな調整でポケットマネーを出すこともあるのかもしれない……）

本屋を出ると、外はすっかり夜のとばりが下りていた。そろそろ六時を迎える頃だろうか。風は穏やかだが、少し冷たくなった気がする。

「恭吾さん、本当にありがとうございます。あの、せめて荷物は私が持ちますので」

莉緒は手を差し出したが、その手に掴まされたのは本が入った袋ではなく、恭吾のあたたかく大きな手だ。

「私にはこちらの方が嬉しいです」

そう言って彼は、指を互い違いにずらして恋人繋《つな》ぎの形にする。

「恭吾さん……」

「ね？」

にこっと優しく微笑まれて、後ろめたい気持ちがどこかへ飛んでいってしまった。彼はこんな細かいことなど気にしていないのだろう。そういう次元にはいない人なのだ。

手を繋《つな》いだまま、幸せな気持ちで道を歩いていると、数軒先にあるコーヒースタンドの看板に目が留まった。恭吾の方を振り返ったところ、彼も同じ看板を見ている。

「少し肌寒くなってきましたね。何かあたたかい飲み物でも買ってきましょう。莉緒さんは何がいいですか？」

「ええと……じゃあ、ココアで」

「わかりました。ではここで待っていてください」

彼は莉緒の足元に書店の紙袋を置き、歩道の人波を横切って店のひさしの下に立った。

彼の顔はここからだと見えないが、それでも莉緒は、なんとかしてその大きな背中だけでも眺めようと、身体を横に傾けて覗く。

その時、誰かに二の腕を掴まれて、莉緒は鋭く息を吸い込んだ。

「やっと会えた」

声がした方を振り返る。そこにあった顔を見て、莉緒は片手で口を押さえた。

「渡会さん……！　どうして⁉」

こんなところに彼がいるはずがない。Tシャツにジーンズというラフな姿をした彼を、最初は別人かと思ったが、紛れもなく総務課の職員、渡会だ。

「随分探したよ。あのヒントだけじゃわからないって」

彼は莉緒の手を離して、不自然な笑みを浮かべる。

その瞬間、莉緒は昨夜彼と電話で話したことを後悔した。詳しい場所は言わなかったはずだ。ただ、あまりにもしつこく食い下がる彼に根負けして、『本の展示会に行く』とだけは伝えていた。

渡会の目の下にはくまが現れていて、相当疲れて見える。

（まさかこの時間まで、該当しそうなギャラリーを片っ端から訪ねて歩いていたとでもいうの……⁉）

「さあ、今からなら最終の回に間に合うから、急いで映画に行こう」

彼は、やつれた頬をほんのりと上気させて迫ってきた。莉緒は思わずあとずさりする。

「無理です。昨日の夜、断ったじゃないですか」

その言葉を耳にした彼は、突然険《けわ》しい表情になった。

「なんだよ。君だって一度はいいと言ったのに」

「いいとは言ってません。それに、そのことは昨日謝って、渡会さんもわかったって言ってくれたじゃないですか！」

「昨日は君が困っている様子だったからああ答えたけど、納得なんてするわけがない。さあ、時間がないから行こう」

押し問答の末、渡会が肩に手を回してくる。ぞわり、と寒気がして、背筋に虫の大群が走ったように肌が粟立《あわだ》った。

「離して！」

「だめだ！」

「お願いだからやめて！」

渾身《こんしん》の力で振り解《ほど》こうとするも、男性相手では歯が立たない。莉緒は泣き出しそうになった。道行く人の目がたくさんあるのに、誰も助けようとしてくれない。でも、直《じき》に恭吾が助けてくれるはずだと信じて抵抗を続けた。

そこへ――

「莉緒さん……！」

恭吾の声だ。そう思った途端、肩がフッと軽くなる。

振り返ると、氷のように冷たい表情を浮かべた恭吾が、渡会の手首を掴んで高く掲《かか》げていた。

「……彼女に何かご用でも？」

恭吾は莉緒を背中に庇《かば》い、渡会に尋ねる。渡会の顔がみるみるうちに、驚きの表情から怒りの表情へと変わった。

「そういうことか……俺が先に約束してたのに！」

「なるほど、執念《しゅうねん》深い方のようだ」

恭吾が低い声で静かに言った途端、渡会の顔が一変し、苦しみ出した。恭吾に掴まれた彼の手首はうっ血し、肌に指が深く食い込んでいる。

「くっ、くそっ！」

ぱっと恭吾が手を離すと、渡会は手首を庇《かば》いながら慌てて逃げていった。

恭吾はその姿を見送っていたが、渡会の姿が見えなくなるとこちらを素早く振り返った。

その顔は青ざめ、眉間に深い皺《しわ》が寄っている。彼は莉緒の身体をふわりと抱きしめ、愛《いと》おしそうに頭を撫《な》でた。

「すみません。怖かったでしょう。あなたをひとりにするのではなかった」

大きな身体にすっぽりと包まれた途端、全身に安堵がじわじわと広がっていく。

恭吾の言うとおり、とても恐ろしい出来事だったが、彼がそばにいるとわかっていたから随分違った。彼がこちらを気にして振り返ってくれてよかったものの、気づいてもらえなかったらどうなっていたことか……

「大丈夫です。それより私の方こそごめんなさい。約束を断る時に、彼に本の展示会があると話してしまったんです。それで探し歩いていたみたいで」

「いえ、謝らないでください。彼のあの様子では、断るのも大変だったでしょう」

「恭吾さん――」

（本当に、なんて思慮《しりょ》深くて優しい人……）

今こそ好きだという気持ちを伝えるべきではないだろうか。そう思って逡巡《しゅんじゅん》の末に顔を上げたところ、ほんの一瞬早く、恭吾が口を開いた。

「夕食に行こうと思っていましたが、今日は予定を変更して自宅に戻りましょう」

彼が腰を曲げて、本の入った袋を持ち上げる。それから一緒にコーヒースタンドまで戻って、とっくに出来上がっていた飲み物を受け取った。

恭吾の両手が塞《ふさ》がっているのをいいことに、莉緒は彼の腕に自分の腕を巻きつける。その頃には少し風が強くなっていたが、恭吾とふたりなら寒くはなかった。

帰りの車内は静けさに包まれていた。

特に陰鬱《いんうつ》とした雰囲気があったわけでも、険悪なムードが漂《ただよ》っていたわけでもない。

ただ、生まれた会話はすぐに途切れて、長く続かなかった。

渡会に水を差されるまでは、デートは順調で会話に溢れていたのだ。だから今日のことで、莉緒は心から渡会が嫌いになった。

正直なところ、明後日《あさって》職場で顔を合わせるのも嫌だが、そういうわけにもいかない。彼との付き合いもあと三週間ほどで終わる――それだけが救いだ。

屋敷に戻っても、やはり会話は少ないままだった。

夕食の席、莉緒の正面に座る恭吾は物思いに耽《ふけ》っている様子で、手と口を動かしながらも視線を宙にさまよわせていることが多い。そして時折、あの人を惹《ひ》きつける目で、じっと見つめてくる。

彼の眼差《まなざ》しを感じるたび、莉緒はたじろいだ。

今夜の彼はいつもと違う。少し怖いような、何かを内に秘めたような、硬い表情をしている。

……そうだ、目が笑っていないのだ。視線が絡み合えば、口元だけはわずかに上げてみせるが、目は笑っていない。はじめて会った時の彼を思い出す――非情な人なのかと莉緒を勘違いさせた、冷たい眼差《まなざ》しをしていた。

(恭吾さん、どうしたのかな……)

ふと、考えないようにしていた想像が頭をもたげる。

つまり、あのまま渡会が現れずに食事に向かっていたら、そのあと恭吾は一体どうしただろうということだ。

大人のデートは大抵、ホテルで締めくくられる。しかし絵に描いたような紳士である彼が、初デートでいきなりホテルに誘うだろうか？

昨日の晩、キスは未遂に終わっている。

ダイヤモンドをもらいはしたが、指輪ではない。

愛しているとは言われたけれど、その返事はまだしていないわけで――

「どうしました？」

恭吾の声に、ハッと我に返る。

「い、いいえ。ちょっと考え事をしていて――」

莉緒は取り繕《つくろ》って、自分の前の料理に目を落とした。

黄金色に輝くスープは、表面にうっすらと膜が張っていたし、給仕がそのままにしておいてくれた前菜の皿も、ほとんど手つかずだ。

あまりの行儀の悪さに、自分に嫌気が差した。手にしていたスプーンを静かに元の位置に戻す。

「すみません。なんだかあまり進まなくて」

「今日は疲れているのでしょう。気にしなくても大丈夫ですよ。ほら、私も同じです」

彼は自分の皿が置かれた上に両手を広げて、苦笑いを浮かべた。そしてナプキンを外すと、軽く畳《たた》んでテーブルの上に置く。

「私は仕事が残っているので、少し自室に籠《こも》ります。あなたはそのあいだ別の部屋で休んでいてください」

去り際に莉緒の肩へ手を置いて、彼はダイニングルームを出ていった。


莉緒がメイドの案内で連れていかれたのは、はじめて足を踏み入れる区画にある、二十帖ほどの広さのゲストルームだった。

部屋の中には大きめのベッドがふたつと、大人数人がゆったり座れるサイズのコーナーソファ、オットマンつきの立派なひとり掛けのソファ、それからローテーブルが置かれている。

アイボリーを基調とした壁には、はめ込み式になった大画面のテレビがあった。が、今は見る気がしない。あるいは本ならば、と考えたものの、恭吾に買ってもらった本は、確か彼が青戸に預けてしまったはずだ。

カーペットの上を、所在なくただ歩き回る。

本音を言えば、今はどうにも疲れ切っていて何もしたくない気分だった。一度欠伸《あくび》をすると、もう止まらない。

彼の仕事はあとどれくらいかかるのだろう。仕事が終わるまで待っていてほしい、といったニュアンスだったが……

適度に光度の落とされた明かりが、どうしようもなく眠気を誘う。とりあえず休もう――と、ひとり掛けのソファに座り、靴を脱いでオットマンに足を投げ出した。

（だめだ……眠すぎる）

すぐにまどろみがやってきて、泥の中に引きずり込まれそうになる。しかし、完全に眠るわけにはいかない。無理やりに現実へ戻ろうとして、ハッと目を覚ますが、今度はさらに強い眠気が襲ってくる。

これを繰り返していて、どれくらいの時間がたっただろうか。

睡眠と覚醒《かくせい》のせめぎ合いに辟易《へきえき》していた矢先、部屋のドアがノックされて飛び起きた。

「中條様、失礼いたします」

「は、はいっ」

メイドの声に、ソファから立ち上がってスカートの皺《しわ》を伸ばす。

ドアが開いて顔を見せたのは、以前、恭吾に叱られていた若いメイドの佐島だ。彼女は頬を赤く染めて、内緒話でもするように囁《ささや》き声で言う。

「お風呂の準備ができておりますので、どうぞお越しになってください」

（……え？）

莉緒は一気に覚醒《かくせい》し、目をしばたたいた。

「お風呂……に入るんですか？　私が？」

「はい。お疲れのご様子なので、と旦那様に指示を受けております」

「えーと、でも……」

風呂に入れと言われても、着替えはどうするのだろう。服は同じものを着るとして、下着は汚れたものをふたたびつける気には、ちょっとならない。

困惑していると、ドアの陰からもうひとり、莉緒よりも少し年上らしきメイドが顔を出した。胸に付けられたネームプレートには、関本《せきもと》と書いてある。

「中條様、突然失礼いたします。お召し替えのことを気にされていらっしゃるのですか？」

「ええ。何も持っていませんので」

「そのことでしたら、ご心配なさらずとも結構です。ご入浴後にはネグリジェをお使いいただけますし、今お召しになっているものはこちらで洗濯いたします」

「洗濯？」

きょとんとして、莉緒は小首を傾げる。

「はい。篁家では、お客様の長期のご滞在にも対応できるよう、専門の資格をもったクリーニング師が常駐しております。お預かりしたお召しものは、翌朝にはご用意できますのでご安心ください」

関本はやや胸を反らして、誇らしげな笑みを浮かべた。しかし、もはや気掛かりな点は着替えのことではなく、別のことにすり替わっている。

（今着ている服を翌朝まで預かるということは、まさか――）

莉緒は両手を握りしめて、拍動する胸に押しつけた。

「あの……もしかして私、今夜はこちらに泊まることになっているんですか？」

「はい。旦那様がそのようにおっしゃっております」

「恭吾さんが」

そう呟いて、視線をメイドの顔から外し、宙にさまよわせる。

続く言葉が何も出てこなかった。いろいろな考えが頭を過《よぎ》るものの、ついさっきまでうとうとしていたせいか、疲れているせいなのか、ちっともまとまらない。

まごまごしているうちに、メイドふたりに腕を掴まれてしまった。

関本が微笑んで言う。

「さ、参りましょう。この屋敷のお風呂はとても素敵なんですよ。中條様にもきっとお気に召していただけると思います」

「えっ、あ、あの」

莉緒は半ば引《なか》っ立てられるようにして、バスルームへと連れ去られたのだった。

一流ホテルのスイートルームでさえ、これほど豪華なバスルームを備えているところなどないだろう。

きめ細かな泡の出る円形のバスタブに浸《つ》かりながら、莉緒は立ち上《のぼ》ってゆく湯気《ゆげ》を目で追った。

視線の先にあるのは、ドーム型の天井にきらめく見事なシャンデリア。バスタブの縁《ふち》には神殿風の立派な柱がそびえていて、オーガンジーのカーテンが優雅に垂れ下がっている。

ほのかに漂《ただよ》うのは、甘くセクシーな夜を思わせるパフュームの香り。

（なんて素敵なの……）

バラの花びらを浮かべたお湯をすくって肌にかけ、女神にでもなったようだと、うっとりと目を閉じる。

ゲスト用の区画にあるこのバスルームは、洗練された癒《いや》しの空間だった。

デザインが優美であるというだけでなく、打たせ湯や寝湯、ミストサウナといった本格的な設備も揃っている。そして何より、白い大理石の壁が、これ以上ないくらい美しく磨き上げられていた。

大きな窓にはドレープの効いたカーテンがかかっていて、端から窓の外を覗いてみると、庭の木々と明かりが見える。昼間のバスタイムはさぞ明るく開放的なことだろう。

屋敷の緑が朝日に映《は》える初夏など、高原のリゾートで朝を迎えた気分になれるかもしれない。

すっかり旅行にでも来た気分に浸《ひた》りながら、バスタブから脚を引き抜いた。

気づけばだいぶ疲れは抜けていて、身体が軽く感じる。

風呂に入るようにと突然言われた時は戸惑ったが、やはり入ってよかった。ひとりでなければ、この感動を誰かと分かち合うところなのに。

メイドに言われたとおり、脱衣場にはロマンチックな純白のネグリジェと、白のナイトガウンが用意してあった。下着類はなかったけれど、今夜ばかりは仕方がない。

髪を乾かしてスキンケアを済ませると、靴の代わりに置いてあったスリッパを履《は》き、浴場の外へ出る。廊下には先ほどのメイドふたりが待っていた。

「お部屋までご案内いたします」

佐島が丸い頬を上げて言う。はにかみ屋で若いこのメイドに、莉緒は親しみを感じていた。彼女の顔を見ると、思わず頬が緩むのだ。

「ありがとう。迷いそうだと心配していたので助かります」

「お風呂はいかがでしたか？」

赤い絨毯《じゅうたん》敷きの廊下を歩きながら、関本が尋ねてきた。

莉緒は興奮冷めやらぬといった調子で目を輝かせる。思い出しただけでうっとりと気持ちがとろけそうだ。

「とても素敵でした。なんだかもう、私感動してしまって……。女王様になったような気分を味わわせていただき、ありがとうございました」

頭を下げると、慌てた関本が一緒になって腰を折る。

「いいえ、とんでもございません。お寛《くつろ》ぎいただけたならよかったです。ゲスト様用の浴室は、ご家族でもお使いになれるように広く作られているんですよ」

「確かにそうですよね。あれだけ広くて何種類ものお風呂があったら、楽しくて家族みんなで入りたくなりそうです。お湯加減もちょうどよかったですし、香りもすごくよくて――」

そこまで言って、莉緒はきょろきょろとあたりを見回した。

「あれ？　こっちの方角でしたっけ？」

ふと足元を見ると、いつの間にか絨毯《じゅうたん》の色が変わっている。

ゲスト用エリアの絨毯《じゅうたん》は、赤色に蔓《つる》模様の入ったデザインだが、今歩いている場所には、書斎のあるプライベートエリアと同じ、紺色《こんいろ》の絨毯《じゅうたん》が敷《し》かれていた。

顔を上げてメイドを見るが、ふたりとも黙って前を向き、しずしずと廊下を歩いている。

（どうして何も答えてくれないんだろう？）

怪訝《けげん》な顔でふたりを交互に見ていると、その様子を見兼ねたのか、佐島がおずおずと口を開く。

「旦那様のお部屋にお連れするようにと言われております」

「ええっ⁉」

莉緒は声を上げて勢いよく立ち止まった。一気に鼓動が速くなり、額《ひたい》に変な汗がにじむ。

（恭吾さんの部屋に？　嘘でしょう⁉）

「あ、あの、私はさっきの部屋に戻るのだとばかり思っていたんですが、違うんですか？」

「はい。自室で朗読をしていただきたいとのことでしたので……」

若いメイドは首から上を真っ赤に染めつつ、申し訳なさそうに語尾を濁した。

（……自室で？　いつものように書斎ではなくて？）

助けを求めようと関本の方を振り返るけれど、彼女はむしろ嬉しそうに頬を緩めて、にこにことこちらを見ている。

（だめだ。とても頼りにできそうもない）

「ええと、今日は一応、朗読はお休みなのですが……」

莉緒はそう言って俯《うつむ》くが、本当は休息日かどうかなんてどうでもよかった。

彼にはまだ伝えていないことがあったし、話したくないというわけでもない。

しかし、ネグリジェの下に何も着けていないことがどうしても気になる。そんな落ち着かない状況では、彼に対する思いをうまく伝えられる気がしない。

「あのー……どうしても行かなきゃだめですか？」

お尻のあたりを押さえながら、関本に尋ねてみる。これで最後だ。もしもだめだと言われたら、潔《いさぎよ》く恭吾の部屋に飛び込んでみよう。

半《なか》ば予想していたとおり、彼女は申し訳なさそうな笑みを口の端に浮かべて首を横に振った。

「それは、わたくしどもではなんとも申し上げられません。旦那様の言いつけにしたがっているだけですので」

「……ですよね。わかりました。では、恭吾さんのお部屋に案内してください」

「かしこまりました」

明るい口調で言って踵《きびす》を返す彼女に続き、莉緒は紺色《こんいろ》の絨毯《じゅうたん》の上をふたたび歩き始める。

しばらく進んだところにある階段を上《のぼ》ると、見慣れた形の扉や照明器具がある廊下に出た。

おそらくもう、恭吾の部屋の近くだろう。両手を合わせて強く握りしめるが、そんなことではとても震えが収まりそうにない。

いつもの書斎の前を通り過ぎて、その先にあるドアの前でメイドたちは足を止めた。

「旦那様、中條様をお連れいたしました」

関本がドアを二回ノックしたのちに声を掛ける。

「ありがとう。中へお通しして」

低く張りのある恭吾の声を耳にした途端、莉緒の心臓は張り裂けんばかりの勢いで鼓動を打った。

（私、本当にここへ来てよかったのかな。すっぴんだし、こんな格好だし、下着だって着けていないし――）

「ご苦労様」

扉が開いて、恭吾が姿を現す。こちらを向いて微かに笑みを浮かべる彼を見て、莉緒は目をみはった。

彼はシルクの黒いパジャマの上に、黒のナイトガウンを羽織《はお》っている。莉緒と同じような時間に風呂に入ったのか、洗いざらしの髪はまだ少し湿っているようだ。

普段の彼はきちっと髪をセットしていて、一点の隙もないビジネスマンといった風情《ふぜい》だが、今夜は違った。思いのほか柔らかそうな髪は動くたびにさらさらと揺れ、いつも落ち着いた印象の彼を幾分若く見せている。

その髪に触れてみたいと思った。互いの体温を感じるほど近くで語らい、彼の匂いを直接感じてみたい。とろけるような甘い声で、耳元で愛を囁《ささや》かれてみたい……

普段ガードの固い莉緒ですらそんなふうに惹《ひ》きつけられるほど、無防備な彼の姿は蠱《こ》惑的《わくてき》だった。

「さ、中條様」

莉緒は息を潜《ひそ》めて関本の後ろに隠れていたが、メイドふたりに背中を押されて恭吾の前に突き出された。

「こ、こんばんは」

邪《よこしま》なことを考えていたせいで、素《す》っ頓狂《とんきょう》な声が出てしまう。

こちらの全身を素早く眺めた彼が、一瞬目を細めた。

「よく来てくれました。どうぞ中へ」

「は、はい」

恭吾に促《うなが》されて、室内に足を踏み入れる。彼がメイドを帰して扉を閉めているあいだに、部屋の中をざっと見回した。

プライベートエリアで出入りしたことがあるのは書斎と書庫だけなので、彼の私室を訪れるのははじめてのことだ。ひとりで使うには広すぎる場所だということが、ぱっと見ただけでもわかる。

何しろ夕食後に通された客間と比べて、二倍強の広さがあるのだ。

明るい印象の客間とは違い、壁も天井も絨毯《じゅうたん》も、シックなブラウン系の色でまとめられている。

部屋の真んなかには毛足の長いベージュのラグがあり、その上にこげ茶とベージュのツートンカラーのソファが置かれていた。座面に置かれたいくつかのクッションはそれぞれ黒、アイボリー、赤と、差し色になっている。

「莉緒さん」

後ろから恭吾に手を取られて、びくりとした。彼の方に向き直ると、静かな秋の森のような目に、一瞬にして囚われる。

美しい目だ。何度視線を合わせようとも、いくら一緒の時間を過ごしても、はじめて見た時と同様にハッとしてしまう。

「あなたにほかの男の匂いがついていることが耐えられませんでした。わがままをお許しください」

「は、はい」

指先にキスを落とされて、胸の奥に甘酸《あまず》っぱい思いが広がった。

恭吾はそのまま莉緒の手を離さずに、部屋を横切ってソファへと導く。

「こちらへ」

彼に促《うなが》されて、莉緒はソファのまんなかあたりに腰を下ろした。しかし彼は一緒には座らず、入り口の脇に置いてあるワゴンへ向かう。

「たまにはお酒でもいかがですか？　ワインとか、ウイスキーとか」

尋ねながら、彼はワゴンの下部にある扉を開けた。莉緒は落ち着かない気分でバスローブの合わせ目を直す。

「あまり強くはありませんけど、ワインは好きです」

「それはよかった。先日上等なワインが手に入ったのですが、ひとりではなかなか飲む機会がなくて」

そう言って、恭吾は扉のなかからワインの瓶とグラスをふたつ取り出す。それをテーブルまで持ってくると、もう一度ワゴンとのあいだを往復して、おしゃれなおつまみを盛った皿を運んできた。

大きな白い皿の上には、アボカドにクリームチーズを詰めて輪切りにしたものと、野菜のピクルス、生ハムと、二種類のディップにグリッシーニを添えたものが載っている。ピクルスは飾り切りになっていて、花の形にカービングされたオレンジの器に盛りつけられていた。

「わあ、きれい！　おいしそう――」

つい大きな声を出してしまい、ハッと口を押さえる。おつまみの美しさに感動するあまり、我を忘れてしまった。ムードも何もあったものではない。

その様子を見た恭吾が、楽しげな笑い声を立てた。

「あなたのそういうところが大好きです。もっとありのままの姿を見せてくださってもいいのに」

彼は莉緒の右隣に座って、テーブルに並べたグラスに見事な深紅《しんく》のワインを注ぐ。

「そんな……ありのままを見せたら、きっと嫌われちゃいますよ」

「嫌う？　どうして？」

「えっ……それは」

まさか、彼がそんなことを尋ねてくるとは思わなかったので困惑してしまう。

誰だって好きな相手には、いいところだけを見せたいはずだ。

たとえば、鏡の前で自分が一番かわいく見える角度を研究していることや、頭の中で彼とのキスをシミュレーションしていること、彼のスーツの中身について想像を巡らせていたりすることなんて、知られたくはない。

「い、言えません」

熱くなりつつある頬を俯《うつむ》いて隠す。

膝の上で重ねた手をじっと見ていると、彼が隣でくすりと笑った。

「それは残念です。あなたも私と同じで、心の中では邪《よこしま》なことばかり考えていたらいいと思っていたのに」

その言葉にハッとして、莉緒は下を向いたまま目を見開く。

からかっているような口調だ。ちら、と横目で見たところ、リラックスした様子でソファの背もたれに肘をかけ、謎めいた笑みを浮かべている彼と視線がぶつかった。

そんな言い方をされたら、詳しく尋ねないではいられないではないか。莉緒は唾をのんだ。

「邪《よこしま》というと、それは、たとえばどんな……？」

「たとえば――」

一旦言葉を切った彼が、大きく息を吸った。スーツの下に隠されていた逞《たくま》しい胸元が上下して、莉緒の胸をざわめかせる。

不思議な色をした彼の目がゆっくりと瞬《またた》き、莉緒を熱っぽく捉えた。

「あなたの唇のことをいつも考えていると言ったら、驚かせてしまうでしょうか。あるいは、耳たぶのほくろが色っぽいとか、ウエストのラインがきれいだとか。先ほどは仕事中にもかかわらず、あなたがゲスト用のジェットバスで脚を伸ばしている姿を頭に思い描いていました」

そのことを思い出したのか、彼の口の端に官能的な笑みが浮かぶ。

（う、嘘……恭吾さんが⁉）

丁寧な口調が紡《つむ》ぎ出す赤裸々《せきらら》な言葉に、全身が火を噴きそうなくらいに熱くなった。

短い付き合いながらも、莉緒の中で恭吾は、常に紳士的な態度を崩さず、下心など微《み》塵《じん》も感じさせない男だというイメージで固定されている。

その彼の口からそんな言葉が飛び出したことに、かなりの衝撃を受けた。が、嬉しくもある。

ふたりきりでデートまでした仲だ。色っぽい想像をひとつもされなかったら、悲しくなってしまったことだろう。

「あなたは？　やはり私と同じには思っていただけないのでしょうか」

彼は切なさを秘めた顔つきで、探るように尋ねてくる。

莉緒はたじろいだ。

正直なところ、彼の素肌や筋肉質な肉体を想像したことは何度もあるし、それどころか、ここ数日はベッドに入るたびに彼に抱かれる自分を妄想してもいる。しかし、そんなことを口に上《のぼ》らせるわけにはいかない。

「さ、さすがにそこまでは……もちろん、いろいろ考えたりはしますけど」

「いろいろ。私のことをですか？」

「……はい」

「たとえば、どんな？」

恭吾は興味津々《きょうみしんしん》といった様子で、蠱惑的《こわくてき》な目を向けてきた。

熱い彼の手が、膝に置かれていた莉緒の手をすくう。莉緒はしばらく何も言えずにいたが、指先で優しく手をもてあそばれているうちに、戸惑いの中に不思議な高揚感が湧いてくるのを感じた。

今なら言えるかもしれない。いや、今しかない気がする。昨日の夜、彼がくれた愛の言葉への返事を、この場で勇気を振り絞って伝えるべきだ。

莉緒は震える息を懸命《けんめい》に整えつつ、恭吾に向き直った。彼の手を強く握り返し、唇を舌で舐《な》めて湿らせる。

「あ、あの……恭吾さんはいつも素敵で、スーツが似合ってるなって。それから、優しく穏やかで、それでいて太陽のように強いとか……ええと、つまり、何が言いたいかというと――」

「うん？」

恭吾が両方の眉を上げて、上目遣いに顔を覗き込んでくる。その表情があまりにも色っぽかったので、ただでさえしどろもどろだった言葉が頭から吹き飛んだ。

あとに残されたのは、たったひと言。こうなったらもう、本当に伝えたかったその言葉を伝えるしかない。

「私、恭吾さんが好きです」

それだけ告げると、堪《こら》え切れずに彼の手を振り解《ほど》いて、顔を両手で覆《おお》った。熱い頬を包む手は緊張で冷え、それでいてじっとりと汗ばんでいる。

言ってしまった。

言ってしまった。

こんな告白をしたのは、生まれてはじめてのことだ。恥ずかしくて、とても彼の顔を直視できそうにない。

ところが——

「もっと言って」

（……えっ？）

かすれ気味の恭吾の声に、莉緒は顔から手を離した。

すぐさま彼の手が両手を掴む。その力は今までで一番強く、もう離すまいという彼の意志が伝わってくるようだ。

「言ってください。私が好きだと、あなたの口からもっと聞きたい」

懇願《こんがん》する彼の両目は、期待と喜びのためか揺れている。

その顔を見た途端、胸がギュッと締めつけられた。彼ほどの男がどうして、一介の図書館司書でしかない自分をこんなにも好きでいてくれるのか、さっぱりわからない。

「恭吾さんが……好きです」

「もっと」

「好きです」

「もっと」

「好き。……大好きです」

「うん。もっと言って」

「恭吾さんが好きです！」

だんだん慣れてきて、ついにはふたりのあいだにくすくす笑いが生まれる。しかし、その笑いはすぐに収まった。恭吾が顔を近づけてきて、互いの鼻先が触れるほどまで距離が縮まったからだ。

「莉緒さん……」

彼が発した言葉に乗って、あたたかな息が唇にかかる。莉緒も彼の名前を呼ぼうとしたが、声なんてとても出せない。

恭吾の手が肩にかかった。

ふたりの前髪が触れ合う。鼓動は胸に痛みを感じるほどに速く、強くなっていた。莉緒は震えるまぶたを閉じる。

やがて、唇にそっと何かが触れた。そこからひと息に柔らかなものが押し付けられ、莉緒の唇は熱を帯びた恭吾のそれに優しく包まれる。

彼の唇は大切な宝物を愛《め》でるように、何度もソフトに唇を食《は》み、愛を伝えてくる。その甘く切ない感覚が唇から全身へと広がっていき、身も心も震える思いがした。

キスとは最大のコミュニケーションだと、何かの本で読んだことがある。

恭吾のキスは感触も、唇の使い方も、ペースも完璧だ。もしかして、ふたりの相性はばっちりなのではと、うっとりととろけた頭の隅で考える。

はじめてにしては長い口づけだった。唇が離れた時には頬が焼け石みたいに熱くなっていて、息も絶え絶えになりながらまぶたを開く。

しかし恭吾は、莉緒の肩を掴んだまま解放してくれなかった。彼の方に傾いた身体を引こうとしたところ、力強い腕にきつく抱きすくめられてしまう。

彼の胸元からは、自分のものとは違う石鹸《せっけん》の香りと、彼自身の匂いが立ち上《のぼ》っていた。とても男らしく、安心する匂いだ。それを堪能《たんのう》したくて、恭吾のガウンの合わせ目に顔をこすりつける。

「……ここまで本当に長かった。感無量です」

彼が洩《も》らした言葉は、意味がよくわからなかった。

でも、彼の腕のぬくもりにすっぽりと包まれた状態の今、それを尋ねるのは無粋《ぶすい》な気がする。

だから質問を投げかける代わりに、自分が恭吾のどこを好きになったのかを告げることにした。

「恭吾さんをはじめて見た時、もしかして冷たい人なのかな、と思ったんです。でも、すぐに間違いだと気づきました。本の趣味や、朗読を聞いてくださっている時のあたたかな眼差《まなざ》し、それから、お屋敷で働いている方たちとの接し方も……。まだ知り合って間もないですけど、とても愛に溢れた人だと、今ではわかります」

そう呟くと、莉緒を抱きしめる彼の腕により力が籠《こも》る。

「かいかぶりすぎですよ。私はそんなに清らかな人間ではありません」

「いいえ。絶対にそうだと、私、断言できます。昨日の晩、同僚の誘いを断り切れなかったことだって、恭吾さんに窘《たしな》められていなかったら、一体どうなっていたことか――」

途中で言葉を止めて、彼の腕の中で小さく震える。口にしたせいで、今日の夕方に起きた恐ろしい出来事が、まざまざと頭によみがえったのだ。

恭吾には感謝してもし切れない。

今、こうして彼に抱きしめられ、安らいだ気持ちでいられるのは、昨夜の恭吾が電話の内容を敏感に察知して、渡会と会うのを止めてくれたからこそ。それから今日の夕方、渡会に無理やり連れていかれそうになったところを助けてくれたお陰にほかならない。

あの渡会の様子では、彼と一緒に映画に行っていたら、その後何をされていたかわからなかったと思う。そこまで考え、莉緒は恐怖を新たにした。

「あの時、はっきり言ってくださってありがとうございました。正直びっくりしましたけど、私のためを思ってくれているのがわかって嬉しかったです。それから、今日の夕方助けていただいたことも……。本当に感謝してます」

「どういたしまして」

　恭吾の手が莉緒の頭をさらに引き寄せ、髪に口づけを落とす。

「莉緒さんは心の美しい人ですね。普通は単なる嫉妬《しっと》から私があゝいう行動をとったのだと考えるものですが……ここはあなたの優しさに甘えましょう。さ、ワインがまずくなってしまう。乾杯しませんか」

　莉緒の身体から手を離して、恭吾がワイングラスを取ってくれる。彼が自分のグラスを軽く掲《かか》げて、甘い眼差《まなざ》しをこちらへ向けた。

「ふたりで過ごす夜に――」

「乾杯」

　ふたり同時に声を上げて、グラスを掲《かか》げる。

　ひと口含んだ瞬間、芳醇《ほうじゅん》な香りが鼻腔《びこう》に広がった。味は甘めだ。最後にほのかに感じる渋みが、ワイン全体を引き締めている。

「ん……おいしい」

「お口に合いますか？」

「はい、とっても。ワインには詳しくありませんが、好きな味です」

「それはよかった。フランスにある取り引き先の醸造《じょうぞう》会社の社長がくれたのです。『仕事抜きのプレゼント』だと言っていましたが、営業と見て間違いないでしょう」

恭吾は陽気に笑って、ふたたびグラスを傾ける。

彼に勧められて、美しく盛られたおつまみにも手を出した。料理長がわざわざ腕を振るって用意してくれたというだけあって、見た目もさることながら味も素晴らしい。酒の肴《さかな》となると味つけの濃いものや揚げ物に偏《かたよ》りがちだが、これらはどれも素材の味や食感を生かした作りになっている。

ふたりで他愛《たあい》もない話をして、笑って、そしておいしく料理をつまんでいるうちに、気づけば杯を重ねていた。

明日は休みで、今夜は帰らなくていいと思うと気が楽だ。しかし、ほのかに酔いが回ってきた中でも、莉緒は頭の片隅で、彼が朗読を希望していたということを忘れずにいた。

「もう少し飲みますか？」

莉緒のグラスが空《から》に近いのに気づいた恭吾が尋ねる。彼はボトルの口をグラスに傾けたが、莉緒はそれを制した。

「私はもうこれで。これ以上飲むと朗読に差し支えそうです」

「疲れているなら無理をしなくてもいいんですよ」

間髪《かんはつ》をいれずに恭吾が返してくる。

「大丈夫です。メイドの佐島さんから聞いていましたし」

莉緒は自分がちゃんとして見えるよう、はっきりした口調で言った。実際にはもうかなり気持ちよくなってしまっているけれど、寝る時間にはまだ早い。それに、恭吾が希望するならば、今夜も朗読をしてあげたいと思う。

重くなりつつあるまぶたで、ゆっくりと瞬《まばた》きをした。

目を開けるたびに、見目麗《うるわ》しい素敵な男性――しかも相思相愛の仲である人が目の前にいるなんて、こんなに素晴らしいことがあるだろうか。

もっと素直に甘えてみたいが、隣にいる恭吾の顔色は普段と変わらないようなので気が引ける。彼はだいぶお酒に強いらしい。自分ばかりが顔を赤くしていて、ちょっと気恥ずかしかった。

「ありがとう。今夜もあなたの朗読が聞けるなんて嬉しいです。では、少し待っていてください」

恭吾はそう告げて席を立ち、書斎にあるものをやや小さくしたような机に向かって歩いていく。そして天板に重ねてあった本のなかから一冊を取り、戻ってきた。

「今日展示会に行ったのは、折原に頼んでいたこの本を受け取るためでもありました」

彼に渡された本を受け取って、布張りされたハードカバーの表紙を見る。しかし本の外側にはタイトルすら書かれていない。

こういった、製本して布張りしただけの本を、彼の書斎で何冊か見たことがある。大きさはいずれも四六判《しろくばん》。表紙に使われている布の材質は同じようだが、色はすべて違う。濃い青灰色《せいかいしょく》の表紙をめくると、遊び紙の次に『漆黒《しっこく》の騎士は仮面の下で乙女を愛す』とある。

「エメリア・サランドン」

タイトルの下にある、はじめて見る作者の名前を呟いた。すると恭吾が、ワインをひと口のみ下して口を開く。

「アメリカの女性作家です。この本は一度原書で読んで気に入ったので、翻訳を依頼していました。しかし、あなたに来ていただけることがわかって、仕上げを急いでもらったのです」

「翻訳？　個人的に、ですか？」

恭吾がうなずいた。

「著作権を持っているアメリカのエージェントにたまたま知り合いがいて、ＯＫが取れました。それに、今日莉緒さんに紹介した折原の知り合いに、腕のいい訳者がいるのです。私は仕事上、いくつもの言語を知っていますが、やはり日本語の表現が一番しっくりくる。好きな話であればあるほど、邦訳されたものを手元に置いておきたいと思うのです」

いきいきとした表情で語る恭吾に、莉緒は深い共感と感銘を覚えた。

外国語が堪能《たんのう》な彼とは事情が違うけれど、莉緒も同じような考えを何度ももったことがある。

気に入った海外の作家の、まだ邦訳されていない本が読みたい。しかし、原書で読む力はないからと、諦めたことが幾度あったか。

自分に限らず、同じことを考えた人はごまんといるはずだ。そんな、個人翻訳という読書家の夢を、実現してしまえる人脈も、資金も、能力もある恭吾を心から賞賛したい。

「素敵……恭吾さんがそれほどまでに気に入った本を読ませていただけるなんて光栄です」

「莉緒さんにそう思っていただけるのは、私も嬉しいです。それに、この世に一冊しかない本の秘密を、たったふたりで共有できるのが何よりの楽しみです」

彼の目がきらりと輝いて、莉緒を射貫いた。

「秘密？」

「そう、秘密です」

恭吾が囁《ささや》くみたいに言う。そして、差し出した親指をそっと莉緒の唇に当てた。

莉緒の唇よりもあたたかい指だ。唐突に彼の口づけが欲しくなったが、彼は艶《つや》めいた視線だけ残してテーブルに向き直った。

「二〇四ページ、七行目」

「は、はいっ」

おもむろに言われて、莉緒は慌ててページをめくる。大変貴重な本だ。誤って破いたりしないように気をつけなければ。

恭吾は銀盆に伏せてあったグラスをひっくり返して、水差しから水を注ぐ。そのあいだに、本の冒頭からところどころをかいつまんで読み、大筋を把握する。

タイトルから予測できたとおり、ベースは恋愛ものだ。西洋に似た架空の世界を舞台とした王宮物語で、ヒーローとヒロインと思われる男女が言い争いをしているシーンばかりが目につく。

「少し説明しましょう」

莉緒の前にグラスを置いて、恭吾がこちらを見る。

「このお話は、捕虜《ほりょ》になった敗戦国の王女と、王の言いつけで彼女を守ることになった護衛騎士とのあいだで繰り広げられる恋物語です。気の強い王女はとても誰かに守られるようなタイプではなく、自分を冷たくあしらう騎士を信用できずにいがみ合っています。そんななか、国家転覆《てんぷく》を狙う反逆者集団が、政治利用のために王女を誘拐《ゆうかい》しようとする。それを救ってくれたのが、見たこともない覆面《ふくめん》の男でした。それ以来、自分のもとへ夜な夜な訪れるようになった男に彼女は恋をしますが、男は一切正体を明かそうとしない」

恭吾は意味深ににやりとした。

おそらく、その覆面《ふくめん》の男の正体がいがみ合っている護衛騎士なのだろう。だとしたら、彼女は夜の男の正体が護衛騎士だとは気づかずに、昼間自分のそばにいる彼に対して辛辣《しんらつ》な態度を取り続けるはずだ。また護衛騎士の方でも、自分がその覆面《ふくめん》の男だと明かすことができずに、悶々《もんもん》とする日々を送るのではないか。

恋の歓《よろこ》びと隣り合わせの背徳感、正体を明かせぬ辛さ、敵を愛してしまった切なさ、覆面《ふくめん》の男の正体に気づいた時の後悔――そういったものに向き合い、葛藤《かっとう》する主人公ふたりが導き出す結論が非常に気になる。

王道だが、とても面白そうな話だ。頬が緩むのを抑え切れないまま、恭吾に向き直る。

「そういうお話、私も大好きです！　ちなみにふたりはそれぞれ何歳くらいですか？」

「王女はまだ十八歳と若く、騎士は二十代の後半です。では、準備ができたらお願いします」

「はい」

莉緒は答えて、指を挟んでおいた二〇四ページをいそいそと開いた。興味深いお話だから、あとで借りて読んでみようと思いながら。

ところが。

（こ、これって――）

指定された部分の前後数行に目を通しただけで、恥ずかしさのあまり今すぐここから逃げ出したい衝動に駆られる。

夜になり王女のもとを訪れた男は、顔を覆《おお》った布の口元部分だけをまくり上げて、王女の舌を欲望のままに貪《むさぼ》っていた。彼の手は薄い夜着をまとった彼女のヒップに添えられていて、もう一方の手はバストを揉《も》みしだいている。

とても濃厚なキスシーンだ。それから彼は王女の身体を軽々と抱き上げ、脚を開かせた状態で椅子へと下ろす。ちょうどこの屋敷の書斎に置いてある、莉緒がいつも朗読をしている赤いビロード張りの猫脚椅子にそっくりな椅子の上に。

腰がむず痒《がゆ》くなって、莉緒は思わず身じろぎした。

（本当にこれを読むんだろうか。もしかして、ページを間違えていない？）

そう思い、ちらりと横目で恭吾を窺《うかが》う。

しかし、彼はソファの背もたれに左腕を載せて、妖艶《ようえん》な目つきでこちらを見るだけだ。

莉緒の胸は、どきどきと激しく脈打った。いつの間にそばに寄ったのか、互いの膝が密着するほど近くに彼の身体がある。

朗読を聞くというよりも、今まさに愛を語ろうとでもしているような距離感だ。しかも彼が背もたれに腕を載せたため、莉緒は大柄な彼の身体にすっぽりと収まる形になっている。

おかしな気分になりそうなのは、この官能的な物語のせいだろうか。だとしたら、彼がこのお話の、このページを指定したのはなぜ？

しかし恥じらう一方で、朗読者としてのプライドもあった。莉緒はグラスの水を半分ほどあおり、彼が指定した二〇四ページに改めて視線を落とす。

「読みます。『漆黒《しっこく》の騎士は仮面の下で乙女を愛す』エメリア・サランドン。アンジェラの身体は、その椅子の上にそっと下ろされた。男はアンジェラの夜着の裾をまくり上げ、太腿を片方ずつ、椅子の肘掛けにかける。アンジェラはされるがままになっていたが、正面に男がしゃがみ込んだ時、ようやくこれから起こることに気づいて息をのんだ。『だめよ』アンジェラは手を伸ばしたけれど、それを振り解《ほど》いて、男が彼女の太腿を押さえつけるようにして開く。『だめ、いけないわ』しかし男は無視を決め込んで、身を乗り出して両脚の付け根に顔を近づけた。この距離では、下草の中に隠された場所が完全に見えてしまうだろう。体温も、匂いも、彼は何もかもわかっているはずだ。ああ、神様――アンジェラは目をつぶり、唇を噛んだ。もう何度目かの夜だ。彼を受け入れたことは片手の指に余るほどあるが、そこを口で愛撫《あいぶ》されたことなど一度もない」

莉緒は唐突に読むのをやめた。両手でページを押さえていたが、右手を離して、真っ赤になった頬に手の甲を当てる。

「どうしました？」

恭吾が低い声で囁《ささや》く。その際に彼の唇が耳に触れて、腰にぞわりと震えが走った。

くる。

彼は莉緒の背中に回した手で髪をもてあそびながら、誘うような視線を投げかけて
「い、いえ」

実は、先ほどのシーンを読んでいる最中も、恭吾の鼻先はずっと莉緒の耳の近くにあったし、指は絶えず髪を愛撫《あいぶ》していた。

彼の身体は熱くて、大きくて、密着しているせいで鼓動まで感じるのではと錯覚してしまう。

そんな状況では、とても平常心でいられるはずがなかった。朗読は物語の世界に深く没入する作業だ。登場人物の心境とシンクロしている今、ベッドの中で恋人とシーツにくるまっている気分から自分を引き離すのは難しい。

「続きを」

今度は吐息まじりの声が耳たぶにかかる。

莉緒は静かにうなずいた。羞恥《しゅうち》のあまり心が折れかかっていたが、諦めたくはない。彼の要求に応《こた》えられないのは、朗読係としての沽券《こけん》に関わる気がするのだ。

すぐ近くに熱い視線を感じつつ、深呼吸をしたのち再開する。

「濡《ぬ》れた舌先が、秘密の谷間に押し付けられた。その瞬間、鋭い快感が全身を突き抜け、アンジェラは弓なりに仰《の》け反《ぞ》った。なんて甘く、背徳的で淫《みだ》らな行為だろう。神様はこ

んなことをお許しになるかしら？　ああ、でも……どうしてこんなにも気持ちがいいの？　……衝撃を受けたのは、ほんの数秒のことだった。その強い快感と罪悪感に、彼女は瞬《また》く間に屈服し、そして打ちのめされた。所詮《しょせん》本能には抗《あらが》えない。この愛《いと》しい男に請われれば、自分はいつだって聖衣の紐を解《ほど》き、彼の目の前に脚を開いてみせるだろう……」

朗読を続けるうち、莉緒は次第に物語に没頭していった。例によって、気持ちはヒロインと一体となり、自分が愛撫《あいぶ》を受けているイメージに囚われる。すぐ隣にいる恭吾がちょっかいを出してくるのも、まるでベッドの中で前戯《ぜんぎ》を受けているかのように感じてしまう。

「男はぎらぎらと目を輝かせ、挑発めいた眼差《まなざ》しを向けてきた。アンジェラはうろたえて視線を外す。『私を見ろ』男は低く囁《ささや》いた。『見るんだ』強い語気で言われて、彼女は男の方を見た。その瞬間、茂《しげ》みの向こうに、敬虔《けいけん》な信徒のごとく跪《ひざまず》く彼の姿が目に入った。彼は、よく見ろ、と言わんばかりに舌を突き出して、濡《ぬ》れそぼった谷間を舐《な》める。そして固く尖らせた舌の先端で、ひときわ敏感な箇所を何度も繰り返し――」

その時、突然首筋にあたたかなものが触れて、莉緒は息をのんだ。恭吾がそこにキスをよこしたのだ。

しかし今度は彼の方を見るつもりはなかった。いいと言われるまで読むと決めたのだ。

頬に何度キスをされようとも、感じやすいうなじを撫《な》でられようとも、怯《ひる》むわけにはいかない。莉緒はふたたび、朗読を続ける。

「次々と訪れる強い快感に、アンジェラは身も心も砕け散りそうな感覚に襲われた。椅子の背もたれを、頭の横から回した手できつく握りしめる。し烈なまでの快感が脚の付け根に凝縮《ぎょうしゅく》され、弾けて、全身に広がっていくのを感じた。今まさに、絶頂に達したのだ。愛する男の舌による愛撫《あいぶ》で――あ……ん」

区切りのいいところまで読んだと安堵した瞬間、堪《こら》え切れずに、ついに吐息を洩《も》らしてしまった。

恭吾の右手は莉緒のナイトガウンの合わせ目に忍び込み、内腿をまさぐっている。もう限界だ。これ以上深いところまで進入を許したら、その場所がすっかり潤《うるお》っていることを悟られてしまう。

不埒《ふらち》な行為をやめさせようと、彼の腕を掴む。ところが彼はその手を引き寄せて、いきなり莉緒の唇を奪《うば》った。まぶたを閉じる直前に見えたのは、端整な顔を狂おしげに歪《ゆが》めた彼の表情だ。

恭吾は莉緒の顎《あご》に親指を当てて唇を開かせ、すぐに舌を捻《ね》じ込んできた。

「んっ、んんんっ……！」

愛する者のすべてを味わい尽くそうとするかのような、激しいキス。告白した時に交わした優しい口づけとはまったく異なる、欲望に駆られた男のそれだった。

莉緒は戸惑いつつも、彼に合わせようと必死に舌を伸ばす。不安はない。先ほど感じたとおり、ふたりのキスの相性は抜群だったからだ。

ワインの香りがほのかに残る彼の舌を、莉緒も積極的に吸い、貪《むさぼ》った。互いの唾液を味わい、舌のざらつきを確かめ、口の中の粘膜《ねんまく》を舐《な》め尽くす。

彼の手が莉緒の髪をまさぐり、後頭部を掴んで引き寄せた。より深く、親密な絆《きずな》を結ぶかのように、強く唇を押しつけてくる。

お互いの唇が離れた時には、ふたりともすっかり息を荒くしていた。恭吾は莉緒の頬を両手で包み、灼《や》けつきそうな眼差《まなざ》しで射貫く。

「あなたのすべてをいただけませんか」

かすれた声で懇願《こんがん》される。

莉緒は目を見開いて、恭吾のはしばみ色の両目を交互に見た。

どきどきと、心臓が激しく存在を主張している。

今、首を縦に振れば、すぐにその時が訪れるだろう。逆に断れば、紳士的な彼のこと、いくら欲望に駆られていても、この場は穏やかに微笑んで引き下がるはずだ。

しかし莉緒の中には、もはや断るという選択肢はなかった。彼のことをとても好いているし、先ほどの朗読のせいですっかり気持ちが昂《たかぶ》り、身体は熱を帯びている。

恭吾との愛の行《おこな》いについて、素早く想像を巡らせた。

彼はどんなふうに私を愛してくれるのだろう。覆面《ふくめん》の男がアンジェラに喜びを与えたのと同様に、めくるめく快感をもたらしてくれるのだろうか？　そして彼の逞《たくま》しい肉体は、一体どんなふうに私を包み込むのだろう——

「はい……お願いします」

気づけばそう返していた。

答えた途端に覚悟は決まり、腰を抱いてきた恭吾の腕に身を委《ゆだ》ねる。

彼がふたたび唇を寄せてきて、莉緒は目を閉じた。

うっとりするくらい優しい口づけが、すぐに落ちてくる。羽毛のように繊細《せんさい》で、柔らかな感触。キスがこんなにも心地のよいものだということを思い出させてくれる、素敵な口づけだ。

彼は薄く開いた唇で愛撫《あいぶ》するみたいに、優しく、次々とキスを降らせた。その反面、腰を抱く彼の手には痛いほど力が籠《こも》っている。

きっと、身体の内側から溢れ出す欲望と闘っているのだろう。恭吾に求められていることが嬉しくて、莉緒の胸は弾けそうに高鳴った。

口づけは頬に移り、耳を食《は》んで、首筋をたどっていく。どれもくすぐったくて、愛情に溢れた優しいキスだ。

そっとソファに押し倒され、上体を起こした彼に、腰に結んだガウンの紐を解《ほど》かれた。中にまとったシフォンのネグリジェが顕《あら》わになる。

大きく開いた襟《えり》まわりにレースのついた、バストの下に切り替えが入っているロマンチックなデザインだ。ブラジャーをしていない胸の頂《いただき》が、すでに硬く尖って主張しているのが自分でもわかる。ネグリジェの生地が薄いぶん、彼にはその色まで透《す》けて見えているはずだ。

「美しい」

うっとりと見下ろしながら、恭吾が呟く。莉緒に言ったのではなく、自然に口から出たらしい。

莉緒は激しい羞恥心《しゅうちしん》に駆られて、そろそろと手で隠そうとした。しかし、優しく手首を掴まれて、顔の横で押さえつけられてしまう。

「ちゃんと見せてください。こうすることは、私だけに許された特権なのだから」

莉緒は浅い呼吸を繰り返した。肌を隠すにはなんの役にも立たなそうなネグリジェの上を、ほの暗い劣情を秘めた彼の眼がさまよっている。

まるで視線で犯されているようだ。脚のあいだがきゅんと疼《うず》くのを、敢《あ》えて意識の隅に押しやる。

「は、恥ずかしいです……」

「では、代わりにあなたも私の姿を見るといい。一緒なら恥《ほど》ずかしくないでしょう」

そう言って彼は莉緒の手を離し、ガウンの紐の結び目を解いた。脱いだものをはらりとソファの外に落とすと、シルクのパジャマのボタンに手をかける。

骨ばった恭吾の指先によって、ボタンがひとつひとつ外されていくのを、莉緒は固唾《かたず》をのんで見守った。

何度も想像した、上質なダークスーツの中身が暴《あば》かれる瞬間だ。こんな時でも繊細《せんさい》な動きをする彼の手つきに、つい見惚《みと》れてしまう。彼の手は肌がきめ細やかで、爪は透《す》きとおったピンク色、長い指はすんなりといい形をしている。

ボタンを外し終えた彼がパジャマの前を広げたのを見て、静かに息をのむ。

はじめに、太い首筋と、なだらかな曲線を描く太い鎖骨が見えた。シルクの生地が肩の上を滑《すべ》り落ちると、莉緒のものよりも遥《はる》かに大きく、盛り上がった肩が現れる。次いで、逞《たくま》しく長い腕と、引き締まった胸の筋肉が顕《あら》わにされた。さらにその下には、起伏に富んだ腹筋がある。

肌は浅黒かった。二の腕から手の甲にかけて稲妻《いなずま》のように走る太い血管が、男の色気とみなぎる生命力を表している。

彼はズボンのウエストにも手をかけた。とても見ていられなくなって、彼の身体の向こう側の、何もない壁に視線を向ける。

「目を逸らさないで。さあ、私を見て」

取り払ったズボンが恭吾の指からするりと落ちた。莉緒は恐る恐る彼の身体に目を戻し、その瞬間に喉《のど》を鳴らす。

ショーツ一枚の姿になった恭吾は、申し分ないほど均整のとれた肉体美を堂々と晒《さら》していた。

勇気をもって下半身に視線をやると、その中心部はすでに硬く張り、布一枚隔《へだ》てた向こうで己の存在を力強く誇示《こじ》している。

彼のものは、一般的な男性に比べて随分と立派に見えた。もしも自分がはじめてだったら、恐れをなして逃げ出してしまったかもしれない。

恭吾は莉緒の全身を舐《な》めるように眺めつつ、片手を頭の横につき、反対の手を伸ばして莉緒の髪に触れた。その指を髪の中に潜《もぐ》り込ませて、耳をもてあそぶ。そして頬に向かってスライドさせ、首筋に沿ってなぞっていく。

胸の鼓動が痛いほどに高鳴っていた。思わず小さく声を上げ、肩を竦《すく》める。

彼の指先は、胸の敏感なところを器用に避けつつ、お腹に達した。そしてすぐに戻ってきて、乳房を手のひらですくい上げる。

淡い吐息が自然と洩《も》れた。大きな手でバストを揉《も》みしだかれるたび、硬く尖った頂《いただき》にネグリジェの生地がこすれる。その心地よさにさいなまれていると、恭吾がそこに覆《おお》いかぶさり、ネグリジェの上から頂《いただき》をついばんだ。

「あっ――」

突然もたらされた甘い刺激に、背中が仰《の》け反《ぞ》った。

彼はネグリジェが濡《ぬ》れるのも厭《いと》わず、そこを優しく吸ったり、甘く噛んだりと、莉緒の官能を引き出すような愛撫《あいぶ》を繰り返す。

彼のもう一方の手が反対側の乳房を捉え、同じ場所を指で摘《つま》んだ。さらに甘酸《あまず》っぱい痺《しび》れが全身に広がって、脚の付け根が痛いほど疼《うず》く。そこが潤《うるお》っていくさまが、自分でもわかるほどに。

「ほら、きれいな花が咲いた」

恭吾が顔を起こして、囁《ささや》き声で言う。そして、もう一度乳房をすくい上げて鷲掴《わしづか》みにすると、シフォンの生地に透《す》けて見えているのだろう箇所をうっとりと眺めた。

その姿をしばらく堪能《たんのう》したのち、彼がソファを滑《すべ》り下りる。そうして横たわった莉緒の背中と膝の裏に手を差し入れたかと思うと、あっと思う間もなくその身体を持ち上げた。

莉緒は慌てて彼の首に手を回す。恭吾の力強い腕に支えられて、どこかへ運ばれるらしい。

恭吾は莉緒を抱き上げたまま私室を横切り、奥にある扉へ向かった。少しだけ開いていたその扉を肩で押し、中に入る。

そこには、莉緒がまとっているネグリジェとそっくりな生地でできたカーテンのかかった、天蓋《てんがい》つきのベッドがあった。

部屋にはベッドとサイドテーブルのほかは何もない。あたたかみがあるほのかな間接照明の明かりと、微かなアロマの香りだけがロマンチックなベッドを取り囲んでいる。

恭吾は部屋の中央まで進んで、莉緒をベッドの縁《ふち》に座らせた。

「この部屋には猫脚の椅子がないので」

口元に官能的な笑みを浮かべて、彼が言う。

その意味についてしばし考えを巡らせた莉緒が、まさか、と気づいたのは、恭吾が莉緒の片脚を持ち上げ、肩にかけている時だった。

「だ、だめ」

思わず先ほど朗読した本の人物——アンジェラと同じ言葉が口を突いて出る。

そんなことをされるなんてとんでもない。アンジェラだって、こういう体験は彼と何度か身体を重ねたあとに起きたはずだ。

しかし恭吾は、あの覆面《ふくめん》の男と同じように莉緒の言葉を無視して、ネグリジェの裾をまくり上げた。阻止できるはずもない。莉緒が恥じらう気持ちよりも遥《はる》かに強い、熱の籠《こも》った眼差《まなざ》しに射貫かれているのだから。

恭吾の口の位置にぴたりと合うよう、ヒップが引き寄せられ、外側から回された彼の手で、右の太腿が固定された。

さらに顔を近づけてきた彼が、秘めやかな場所をそろりと舐《な》め上げる。

「はぁんっ……！」

その瞬間、全身がとてつもない快感に襲われて、ぞくぞくと背中に震えが走った。

脚に力が入らない。後ろで身体を支えていた腕の力まで抜けてしまい、目をつぶり慌てて、シーツを握りしめる。

うっすら目を開けると、あられもなく開いた脚のあいだに端整な顔があった。

つい先日までは、自分と接点があるなどとは考えてもみなかったような大会社の御曹《おんぞう》司《し》。その彼が、莉緒を愛していると言い、あなたのすべてが欲しいと懇願《こんがん》し、淫《みだ》らな奉仕に没頭している。

(これは現実なの？　彼がそんなところを舐《な》めるなんて……！)

突然押し寄せたあまりにも強烈な幸福感に、彼とのことはみんな自分ひとりの妄想では、と愚かな考えが頭を過《よぎ》る。

この幸せを、しっかりと手の中に握りしめたい——そのためには、彼とひとつになるよりほかに方法はない気がした。肌のぬくもりを直《じか》に感じ、彼の欲望の象徴でこの隙間を満たされれば、あるいは。

恭吾の舌が、優しく絡みつくように泉のほとりを撫《な》でる。探し当てた敏感な突起を、絶妙な圧力でさいなみ、そっと吸い、唇でついばんで……

そのあたたかくぬめった感触は、莉緒の身体の奥に、徐々に快感を積み上げていった。気づけばいつの間にか高みへ押し上げられていて、快楽の階《きざはし》の、もうかなり上の方にいる。

迫りくる解放の予感に恐れをなして、莉緒は恭吾の腕から逃れようとした。こんなに早く上《のぼ》り詰めたら、手慣れた女だと思われてしまうかもしれない。

しかし、彼の力強い腕は許してくれそうになかった。ぐっと引き戻され、愛撫《あいぶ》が敏感な突起に集中する。

「恭吾さんっ、あっ――そんなに激しくしちゃ、だめっ」

莉緒は喘《あえ》いで、恭吾の舌から遠ざかろうと腰を捩《よじ》った。彼は蕾《つぼみ》をちゅっと吸ってから唇を離して、訝《いぶか》しげな顔で尋ねる。

「どうして？　私には莉緒さんがとても気持ちよさそうに見えるのに」

愛撫《あいぶ》が中断されてホッとしたのもつかの間、今度は舌の代わりに指がそこを撫《な》で始めた。

「はあ、あ……っ、気持ちがいいから、だめなんです」

「……なるほど、感じやすいのですね。かわいらしい」

「んんっ」

突然ぬるりと指が捻《ね》じ込まれて、莉緒は思わず息をのむ。

「では、もっと感じてください。いや、私が感じさせてあげます。あなたはいきたい時にいけばいい」

彼は熱に浮かされた目で言って、蜜口に指を捻《ね》じ込んだまま、もう一度敏感な部分を舌でつついた。

「はんっ――」

強烈な快感が全身を貫《つらぬ》き、弾かれたように仰《の》け反《ぞ》る。

昂《たかぶ》った蕾《つぼみ》を巧みに攻め立てる舌と、甘やかに内壁を撫《な》でる指と。ふたつの愛撫《あいぶ》が互いを引き立て合って、強い快楽をその場所に刻みつけていく。

「あ、あ、だめっ」

身体がきゅうきゅうと悲鳴を上げ、瞬《また》く間に絶頂への階段を駆け上《のぼ》る。愛撫《あいぶ》を受けている場所の感覚が破裂寸前まで高まって、もう身体を支えていられなかった。震えながらベッドに倒れ込んだ莉緒の手を、恭吾の大きな手が握りしめる。

その瞬間、快楽が弾けた。頭のてっぺんから、手の指、足の先まで、甘美な絶頂感が一気に流れ込む。白くとろけた頭の中に浮かんだのは、今、恭吾に抱きしめてほしい、という欲求だ。

ベッドの片側が深く沈んで、莉緒はまぶたを開けた。すぐさま、隣に横たわった彼の腕に包まれる。

「莉緒さん」

耳に触れる恭吾の甘い声。そして熱い胸。涼《すず》やかな素肌の匂いを嗅《か》ぎながら、莉緒はふたたび目を閉じた。

「顔をよく見せてください」

頭の上で彼の声が響く。莉緒は恭吾の胸にこすりつけるように首を横に振った。

「だめ」

はにかみつつ言うと、莉緒が苦しくなるくらいに、恭吾がきつく抱きしめてくる。

「どうして？　恥ずかしいという理由なら無駄ですよ。あなたが達した時の顔をもう見てしまいましたから」

莉緒は縮こまって身じろぎした。ばつは悪かったが、あんな姿を見られたあとでは、現在の顔を見られるのなんてどうということはない気がする。

そろそろと顔を上げると、優しげに見下ろしてくる恭吾の眼差《まなざ》しとぶつかった。

「かわいい」

セクシーに微笑まれて、顔が熱くなる。それと同時に、太腿に押し付けられた彼の欲望の象徴が、ぴくりと脈打った。

彼はまだショーツを脱いでいない。しかしその中心は隆々《りゅうりゅう》と昂《たかぶ》り、先端に当たる場所はすでにしたたかに濡《ぬ》れているようだ。慌てて腰を引いたが、逃げれば逃げるほど、却《かえ》って強く抱き寄せられてしまう。

莉緒は短く息を吸い込んで恭吾の顔を見た。彼の顔からは笑みが消えていて、湧き起こる欲望のためか、眉をひそめている。

一旦腰を引いた彼が、自分の下着を脱いでベッドの外へと放り投げた。そしてふたたび、今度は生身になったそれを押し付けてくる。

太腿に感じる圧倒的な存在感に、莉緒は声を上げそうになった。彼の昂《たかぶ》りはとても熱くて、大きくて、ものすごく硬い。下着の上から見た印象よりも遥《はる》かに立派そうで、恐れすら感じる。

(こんなに大きなもの、私、受け入れられるかな……)

莉緒はたじろいで、緊張のあまり唾をのんだ。すると、恭吾はその気持ちを汲《く》んだのか、眉根を緩ませて穏やかな顔を見せる。

「優しくしますから、莉緒さんは力を抜いて私に任せてください」

そう囁《ささや》かれて、ほのかに不安を残しつつも莉緒はうなずいた。

莉緒の両膝を持ち上げた恭吾が、そのあいだに大きな身体を収める。

すぐに彼の唇が下りてきた。その優しく淫《みだ》らな口づけは、顎《あご》から首筋をたどり、柔らかなふたつの丘にたどり着く。

神経の集まった頂《いただき》を口に含まれると、甘い快感が下半身にまでもたらされた。莉緒は背中を弓なりに反らして、彼の次なる行動を待つ。一度達して十分に濡《ぬ》れてはいるが、まだ受け入れる自信はない。

恭吾は莉緒の乳首を唇で愛撫《あいぶ》したまま、下半身に手を伸ばした。潤《うる》んだ谷間に繊細《せんさい》なタッチで指を滑《すべ》らせ、溢れ出た蜜を塗り込めていく。やがて、秘めやかな肉のあわいに、するりと指が忍び込んできた。

「あ……」

快感に自然とそこが収縮し、恭吾の長い指を締めつける。

一本。二本。

指が増やされるたび、莉緒の身体はますます熱を帯び、心までとろけていく。しかし三本目が入ってきた時、ハッと息をのんで目を開けた。すると、バストの頂点から口を離した恭吾と視線が絡み合う。

「きついですか？」

「少し」

莉緒は落ち着いて正直に告げた。

「しかしよく濡《ぬ》れていますよ。ほら、こんなに」

じっと見つめたまま、彼は胎内に残した指をゆっくりと前後させる。

「ふ、う……ん」

快感のリズムに合わせて立ち上《のぼ》る音がとても淫靡《いんび》だ。やはりややきつく感じるが、その心地よさは苦痛を凌駕《りょうが》している。ふたたびあの感覚が凝縮《ぎょうしゅく》され始めて、莉緒は恭吾の腕を強く掴んだ。

「もういい？」

彼が焦《こ》がれた眼差《まなざ》しで尋ねる。莉緒は喘《あえ》ぎながらうなずいた。

恭吾の右手の指はまだ莉緒の中にあったが、彼は反対の手を莉緒の頭の横に伸ばして、枕の下を探っている。ほどなく目的のものを探し当てた恭吾が、銀色の四角いパッケージを歯で破いた。

避妊具だ。彼は莉緒のなかから指を引き抜くと、パッケージからつまみ出したそれを手早く装着する。

どきん、どきん、と身体じゅうのすべての器官が音を立て、脈を打っているように感じた。

いよいよ彼とひとつになるのだ。そのことは嬉しくもあり、怖くもある。果たして自分がうまくやれるのか、彼を満足させることができるのか、自信がないのだ。

しかし、彼はゆっくりすると約束してくれた。力を抜いて私に任せてください、そう言っていた彼を信じたい。

恭吾が覆《おお》いかぶさり、濡《ぬ》れた蜜口に切っ先が押し当てられた。莉緒のそこは先ほどの愛撫《あいぶ》ですっかり熱を帯び、彼を招き入れようとぐずぐずにとろけている。

唇と唇が触れ合いそうな距離で見つめながら、彼は慎重にその先端を胎内にうずめてきた。

強烈な圧迫感にさいなまれ、莉緒は思わず眉をひそめる。入り口からほんの少し入ったところで彼は一旦腰を引き、スタート地点まで戻った。

「力を抜いて」

そう言われて意識してみるが、なかなか難しい。緊張のせいもあってか、そこの筋肉がこわばっているのが自分でもわかる。

恭吾はみずからの分身を握り、その先端を使って谷間全体に愛液を塗り込めた。湿った卑猥《ひわい》な音が暗い室内に鳴り響く。莉緒は吐息とともに背中を反らした。

「あなたは何も考えなくていい。ただ、私を感じてさえくれれば」

耳元で囁《ささや》きかけたのを合図に、彼はふたたび昂《たかぶ》りを入り口に押し当てる。それに合わせて、莉緒は細く長い息を吐いた。今度はうまく力が抜けて、熱い塊《かたまり》がゆっくりと、押したり引いたりを繰り返しながら徐々に進入してくる。

彼のそこは、思ったとおり大きかった。

入り口を潜《くぐ》り抜けた先端が、力強く隘路《あいろ》を切り開いていくのにしたがい、骨が軋《きし》むような感覚に襲われる。

しかし、宣言していたとおり彼は優しかった。何度も莉緒の様子を窺《うかが》いつつ、時間をかけて押し進めてくる。

「は……あ、恭吾さん」

完全に繋《つな》がり合った瞬間、感動して彼の背中を抱きしめた。

思いを寄せる人のもので隙間をぎっしりと満たされたこの感覚……。最高だ。なにものにも代えがたい充足感がある。

恭吾は莉緒の額《ひたい》の生え際を撫《な》でて、深いため息を洩《も》らした。

「痛くはない？」

莉緒はこくりとうなずく。

「大丈夫です」

「よかった」

恭吾は安心したのか、ふっと頬を緩めた。束になった前髪の奥で、男の色気に満ちた目が細くなる。彼も自分と同じ気持ちでいたのだろうか。莉緒が自分を受け入れられるかどうか、不安に思っていたのかもしれない。

大きく腰を引いた彼が、ふたたびみずからの分身をゆっくりと沈める。

莉緒は目を閉じて息を詰めた。彼は奥の壁を甘く突いてまた腰を引き、今度は腰を大きく回しながら天井をこする。

緩やかな、それでいて強い快感が全身を繰り返し襲った。

その感覚はまるで、うねりをともなった波が砂浜に押し寄せるようだ。寄せては返し、返しては寄せて……原始的で生命力に溢れたリズムで、じわじわと莉緒の快楽を引き出していく。

最初はだいぶきつく感じていた彼のものが、お互いの熱と愛液でなじんだのか、今や莉緒の胎内に絶妙にフィットしていた。

恭吾の熱い肉杭《にくくい》が、狭い蜜洞《みつどう》を激しくかき混ぜる。そして、莉緒の肉鞘《にくさや》は彼が去ろうとするたび強く絡みついて、逃すまいとすがる。

莉緒は快感と感動に打ち震えた。こんなに深く感じたことはかってない。圧縮された快感の種はすでに芽吹《めぶ》いていて、開花の時を今か今かと待ち構えているようだ。

恭吾は休みなく律動を繰り返した。滑《なめ》らかに腰を回しながら敏感な天井をえぐり、熱に浮かされた最奥を小刻みに突く。

やがて、最初はぼんやりしていた快感が、徐々に耐えがたく、はっきりとしたものになっていく。

荒い呼吸を繰り返していたせいで喉《のど》がひりひりした。しかし、心は今まさに掴もうとしている女の歓《よろこ》びに沸き返っている。

一旦、入り口まで引いた塊《かたまり》が、一気に最奥まで貫《つらぬ》いた。

「ああっ……！」

大きな喘《あえ》ぎが唇からほとばしる。彼をさらに深くのみ込もうと、夢中で腰を高く上げる。

恭吾は莉緒の胸に覆《おお》いかぶさり、片方の頂《いただき》を噛んだ。そしてもう片方を指先でつねりながら、何度も腰を打ちつける。

頭のてっぺんがちりちりと痺《しび》れて、熱い血が全身を駆け巡った。短い呼吸を重ねて、しっとりと汗ばんだ彼の背中に爪を立てて——

すぐそこに見える歓喜の瞬間を掴もうと、必死に手を伸ばす。

「あっ、あっ……恭吾さん、いきそうっ——」

次の瞬間、莉緒は一気に、官能の頂《いただき》へと上《のぼ》り詰めた。身体を席捲《せっけん》していたわだかまりから一気に解き放たれ、代わりに得も言われぬ幸福感と安らぎで満たされていく。

陶酔《とうすい》に震える身体を、恭吾の熱い腕が強く抱きしめた。そのままお尻を掴まれベッドに起き上がり、向かい合って座るような体勢になる。彼はさらに莉緒の腰を引き寄せ、絶頂を迎えてきつく締まった洞《うろ》に、容赦なく熱い杭《くい》を打ち込んだ。

「はあんっ」

莉緒はふたたび、熱情の渦《うず》に引き戻された。二度も達した身体に、甘く切ない痺《しび》れが刻みつけられる。彼の手によって腰を上げさせられ、ふたたび彼をのみ込んだ。その際に一番敏感な花芽《はなめ》まで楔《くさび》にこすられて、とてつもない快感が生まれる。

「あ、あ、……もう、だめ」

莉緒は三度目の絶頂を味わった。腰を立てているのが難しくなり、力なく仰《の》け反《ぞ》ってしまう。

しかし、より敏感になった胸の頂《いただき》を甘く噛まれて、また無理やりに愛の行為へと引きずり込まれた。

「愛してる……とても」

彼は激しく突き上げながら、かすれた声に思いを乗せる。

しかし、すぐには返事ができなかった。次々と襲いかかる獰猛《どうもう》なまでの快感に、思考がちりぢりになっていたからだ。

眉根を寄せて腰を振っている恭吾の顔に、やっとのことで焦点を合わせる。

「私も、恭吾さんを……んんっ」

突然口の中に舌が捻《ね》じ込まれ、言葉は奪《うば》われた。洞内《どうない》を捏《こ》ね回すこわばりとシンクロするようにうごめく舌が、何もかもを貪《むさぼ》る。

やがて、ふたたびあの感覚がよみがえってきた。さらなる高みに上《のぼ》ろうとする身体が、自然と下腹部に力を込める。

彼の唇を引き剥《は》がし、喘《あえ》ぎつつ口を開く。

「恭吾さん、また来ちゃう……っ。う、んんっ」

「今度は、私も一緒に」

上気した頬を苦しそうに歪《ゆが》めて、切迫した声で彼が応じた。莉緒は唇を噛みしめて、こくこくとうなずく。

その途端、恭吾の猛追が始まった。枷《かせ》を失った彼は一心不乱に腰を振り、野性的な衝動をぶつけてくる。

身体の芯に溜まっていた快楽が、瞬《また》く間に最大限まで膨れ上がった。

激しい呼吸に手の先が痺《しび》れ、まぶたの下で明るい火花がスパークする。

「あ、あ、いっちゃう……恭吾さんっ」

「莉緒さん、莉緒さん……っ——」

莉緒の全身を、燃え盛る快感の槍が貫《つらぬ》いた。それとほぼ同時に、胎内を席捲《せっけん》する昂《たかぶ》りが膨れ上がり、激しく脈を打つ。

どくん、どくん、と自分の中で精が吐き出されるのを、莉緒はうっとりした気持ちで味わっていた。素晴らしいと思わずにはいられない。好きな人と結ばれる行為が、これほど幸福感に満ちたものだなんて、今まで知らなかった。

恭吾は身体を繋《つな》げたまま莉緒の頭をかきいだいて、深いため息を吐く。

「すみません、余裕がなくて……。こんなに激しくするつもりはなかったのに」

「いいえ」

莉緒は首を横に振った。髪を撫《な》でる彼の手が心地いい。

「……いいえ」

もう一度言って、汗ばんだ彼の首筋に唇を寄せる。

彼の身体からは、成熟した男の匂いがした。たった今愛を交わしたばかりだというのに、恋の季節を迎えた生きもののように、夢中で彼の匂いを求める。

恭吾にうなじへキスをされて莉緒は顔を上げた。お互いの目が合うと、どうにも照れくさい感じがして顔を背《そむ》けてしまう。

「莉緒さん」

彼は少しはにかんで、そっと口づけをよこした。激しい行為のあとの優しく穏やかなキス。

もう一度恭吾と目を合わせると、莉緒の胸の中で唐突に、彼に対する愛情が膨れ上がった。

「恭吾さん……大好き。愛してます」

莉緒の告白を耳にした恭吾の口元から、白い歯が覗く。

「私もです。あなたを見つけられて、本当によかった」

まぶたの向こうに光を感じて、莉緒は寝返りを打った。

朝と呼ぶには強すぎる光だ。それでもなお、けだるさの残る身体が、まだ起きたくないと叫んでいる。

莉緒は無意識のうちに隣へ手を伸ばした。しかしその指には何も触れることなく、そのままシーツの上を宛《あ》てもなくさまよう。

隣にはあの人がいるはずだった。ともに情熱的な夜を駆け抜けた、愛する恋人。

莉緒は重いまぶたをうっすらと開き、また閉じる。それを何度か繰り返したところで、やっと意識がはっきりしてきた。

「……あれ？」

顔を上げてきょろきょろするあいだに、思わず声に出していた。

ベッドに起き上がり、乱れたシーツを裸の胸にかきいだく。

恭吾の姿はどこにもなかった。天蓋《てんがい》からシフォンの垂れ下がる広いベッドには、ぽつんと自分ひとりきり。手を伸ばして彼がいた場所を触ってみるけれど、そこに彼がいた気配など、微塵《みじん》も感じられなかった。

あれは……全部、夢？

少し考えて、まさかそんなはずはない、と自分の裸を見下ろす。

けだるい感覚に、少し動くだけでぎしぎしと軋《きし》む身体。それに、左右の乳房にひとつずつ、彼が残した『証《あかし》』があった。それでも昨夜の出来事は本当にあったことだと確かめたくて、ベッドの脇に置かれたゴミ箱の中を覗く。

……あった。彼が破いた避妊具のパッケージが三つ。

（三つ……）

改めて昨日の夜のことを思い返してみて、途端に熱を持った両頬を手で包む。

一度目の行為を終えたあと、彼に抱き上げられて、同じフロアにある恭吾専用のバスルームまで連れていかれた。

一緒にシャワーを浴びているうちに、ふたたび欲情した彼にその場で抱かれ、そしてベッドに戻ってきて、もう一度。

最後の行為は、明かりを落としてすっかり寝入った頃のことだった。気づけば莉緒は裸にされていて、全身に愛撫《あいぶ》を受けていたのだ。

彼との情熱的な交わりは、窓の外が白《しら》むまで続いた。

最後の方は正直なところ、あまり記憶がない。失神していたのかもしれないし、夢中になりすぎて、何も考えられなかったのかもしれない。

そこまで思い出した莉緒はベッドで膝を抱えて座り、その上に頬を載せた。ほう、と息をついて、うっとりと目を細める。

めくるめく、とはこのために用意された言葉なのだろう。まさか、あの穏やかで物腰の柔らかい恭吾が、あんなに激しい獣性を見せるとは思いもよらなかった。

汗に濡《ぬ》れた髪。逞《たくま》しく引き締まった、しなやかな肉体。ぎらぎらと射貫くような熱い眼差《まなざ》し。そして、力を失うことを知らない、猛々《たけだけ》しい雄の象徴。

思い出すだけで身体の奥が、きゅんと疼《うず》く気がする。

あの瞬間、溶け合ったふたりの身体は完全にひとつになっていたと思う。愛する人と身体を重ねることの素晴らしさを、彼は身をもって教えてくれたのだ。

莉緒は膝から顔を上げた。

それにしても、恭吾は一体どこにいるのだろう。

彼を探しに行こうと、ベッドから滑《すべ》り下り、ガウンをはおった。乱れたシーツを軽く直していると、ふと反対側に置かれた小さなテーブルに目が留まる。

莉緒はテーブルに近づいた。その上には繊細《せんさい》な象眼《ぞうがん》の施《ほどこ》されたトレイが置いてあり、ティーポットとカップ、シュガー、小さな皿に載ったクッキーが用意されている。

カップとソーサーのあいだにカードのようなものを見つけ、それを拾い上げた。二つ折りになったカードを開くと、整った男らしい字でこう書いてある。

『素敵な夜をありがとうございました。目覚めの一杯をいれて差し上げたかったのですが残念です』

カードを胸に抱いて、莉緒はベッドに腰かけた。彼はどこかへ出掛けてしまった様子だ。今日は月曜で図書館は休みだが、一般の会社は休みではないはず。仕方がないとは思うものの、恭吾の隣で目覚める朝を夢見ていただけに、少し残念な気がする。

莉緒はのろのろと立ち上がって隣の部屋へ行き、書斎にあるのと同じ電気ポットで湯を沸かした。

ふたたびベッドに座り、ひとり紅茶を飲む。……おいしい。しかし恭吾が隣にいれば、もっとおいしく感じたかもしれない。

明日の朝は一緒にいられるだろうか。彼の寝起きの顔に思いを馳《は》せながら、クッキーをひと口かじった。

紅茶を飲み終えた莉緒は、明るい日の降り注ぐ廊下を忍び足で歩いている。

恭吾の部屋の時計は午前十一時を指していた。寝ついたのが明け方とはいえ、こんな格好で部屋を出るには遅すぎる時間だ。

彼の部屋には、莉緒の着替えは用意されていなかった。入り口の扉近くに電話機のようなものが設置されてはいたが、何番にかけたらいいのかわからない。仕方なく、ネグリジェにナイトガウンというとんでもない姿で陽光の中に出てきたわけである。

とりあえず、一階まで行けば誰かに会える気がした。紺色《こんいろ》の絨毯《じゅうたん》がクリーム色に変わる階段の踊り場に、ひょこ、と顔を覗かせる。

すると、階段の下の玄関ホールにいた佐島が、きゃっ、と短い悲鳴を上げて飛んできた。たった今取ってきたらしい、郵便物の束を床に置き去りにして。

佐島に手を引かれて、莉緒は手近にあった部屋に押し込まれた。息を切らした彼女が、莉緒の両手を掴んで激しく上下に振る。

「こんな格好でお部屋の外にお出になってはいけません！　旦那様に知られたら、一体どうなってしまうことか」

「そ、そうなんですか？」

「この屋敷には男性のスタッフもたくさんいるのですから」

彼女は困ったような顔をしていたが、はた、と何かに気づいたらしく、突然口を押さえた。

「も、申し訳ございません。きつい言い方をしてしまいました」

そう言って膝の前で両手を揃え、深々と腰を折る。ふたたび上げた顔が今にも泣きそうだったので、却《かえ》って莉緒の方が慌てた。

「待って、私が悪いの。ごめんなさい、あなた方の都合も考えずに。……それに、確かに酷い格好だもんね」

おどけてみせると、佐島が申し訳なさそうにぎこちない笑みを浮かべる。

「いえ、大変失礼いたしました。……あの、内線の使い方をご存知なかったのですか？」

「内線？　もしかして、これですか？」

莉緒はドアのすぐそばにある、恭吾の部屋にあったのと同じデザインの電話機のようなものを指差した。そうです、と佐島がうなずく。

「受話器を外して0を押すと、メイド長に繋《つな》がります。あとはご用件の内容によって、専門のスタッフがお部屋にお伺いするという仕組みです」

佐島は実際に受話器を外して、莉緒に説明してみせる。

「なるほど、そうだったんですね。知りませんでした」

莉緒が答えると、佐島は眉根を寄せて、訝《いぶか》しそうな顔をした。

「旦那様は何も教えてくださらなかったのですか？」

「えっ、恭吾さんが？」

突然彼の名前が出たことに驚いて、莉緒は素《す》っ頓狂《とんきょう》な声を出す。

「……えーと、彼は……そんな余裕はなかったみたいで……」

莉緒がそう言った瞬間、佐島の頬がトマトみたいに真っ赤に染まる。何かおかしなことを言っただろうか、と直前の言動を振り返るうちに、莉緒の顔も火が出そうなほどに熱くなった。

「えっ。そ、そういう意味じゃなくて！　なんていうか、ほかのことで忙しかったというか……あっ、じゃなくて――」

言い訳すればするほど雲行きが怪しくなって、莉緒は慌てて顔の前で手を振る。

「わ、私、中條様のお召し替えを取ってきます！」

佐島は俯《うつむ》いたまま踵《きびす》を返し、そそくさと部屋を飛び出していく。ひとり残された室内で莉緒は頭を抱えた。

（彼女は私よりかなり年下だというのに。もう、最悪だ……）


しばらくののち、佐島は昨日莉緒が着ていた服を携《たずさ》えて戻ってきた。受け取った服に着替え、洗面所を借りて身だしなみを整える。

きれいにアイロンまでかけられた服は、上品なバラの香りがした。とてもいい気分だ。下着まで人に洗わせてしまった気まずさを差し引いても、まだ余るくらいには。

階段を下りていくと、広い玄関ホールに執事の青戸の姿が見えた。彼はホールに飾られた大きな花器に入った数百本にも及ぶ花々を、つぶさに整えている。手にした鋏《はさみ》で葉っぱの端を少し切っては、離れたところで全体を確認して、という作業を繰り返していた。

莉緒の姿に気づいた彼が、花器を置くための台の下にある引き出しを開け、鋏《はさみ》をしまう。そして階段の下まで早足でやってくると、両手を揃えてうやうやしくお辞儀をした。

「おはようございます。中條様」

「おはよう……ございます」

朝の挨拶《あいさつ》には不似合いな時間だ。莉緒は落ち着きなく髪をいじりながら頭を下げる。なんとなく気恥ずかしくて、青戸の目をまっすぐに見られない。この気持ちは、はじめての朝帰りを体験した娘が、父親と顔を合わせた時の心境と似ている気がする。

莉緒の父親が生きていたら、青戸と同じくらいの歳頃だろうか。さっと想像を巡らせるが、記憶の中の父は髪の色と同じ黒々とした眉を下げて微笑むだけで、何も答えてくれない。

「すぐにお食事の用意をいたしますので、お好きなところでおくつろぎになってお待ちください。では、失礼いたします」

青戸はいつもと同じ穏やかな笑みを浮かべて腰を折り、階段を上《のぼ》ろうとした。

「待ってください」

彼の後ろ姿に向かって声を掛け、引き留める。

「何かご用でしょうか」

「あの、恭吾さんはどちらへ？」

莉緒が尋ねると、青戸は階段から足を下ろして、こちらへ向き直った。

「坊ちゃまは、朝一番の便で上海《シャンハイ》へ向かわれました。お食事のあとにでも、いろいろとご説明申し上げようと思っていたのですが」

「……上海？　出張ですか？」

「はい。明日の夕刻にはお戻りになる予定です。中條様には今晩もお泊まりいただいて、明日の朝、勤務先へお送りするようにと仰《おお》せつかっております」

「そうですか。出張……」

莉緒は彼のタキシードのボタンに目を留めたまま、ひとりごとのように呟いた。恭吾が泊まりで出掛けたということがショックで、青戸の言ったことの後半は半分も耳に入っていない。

それに、明け方までベッドを揺らしていたのだから、恭吾はほとんど寝ていないはずだ。その状態で海外出張だなんて、大丈夫なのかと心配になってしまう。

「中條様？」

青戸に声を掛けられて、ハッと顔を上げる。

「は、はい」

「これものちほどご相談申し上げようと思っていたのですが、中條様のお部屋をしつらえるようにと、坊ちゃまから仰《おお》せつかっております。お気に入りのブランドやお色、デザインなどございましたらお申し付けください」

「えっ⁉」

莉緒は目を丸くして息をのんだ。

「それは一体どういう――」

「坊ちゃまは中條様をひとときも放したくないとお考えなのです。彼が長年あなた様だけを思い続けておられたことは、屋敷の者全員周知のところではあるのですが……どうやら昨晩はお伝えする時間がなかったようで」

その言葉を聞いた途端に顔が熱くなり、俯《うつむ》いてしまう。彼はそんなつもりで言ったのではないのだろうが、ゆっくりと話をする時間も余裕もなかったのは確かだ。

ところで、青戸が発した単語のひとつがとても気にかかった。莉緒は少し迷った末に、顔を上げて彼を見る。

「あの……長年というのは、どういうことでしょう」

実直な執事は、彼にしては珍しく、わずかに眉根を寄せて逡巡《しゅんじゅん》する様子を見せた。やがて軽く咳払いをして、いつもと同様に円熟した笑みを浮かべる。

「詳しくはわたくしの口からは申し上げられません。ですが、それはそれは長いこと、坊ちゃまはあなた様を思っておられたのです」

「長いこと……」

彼の口にした内容を、莉緒はそのまま呟いた。

何か心に引っかかるものがある。思い返してみれば、はじめて会った時も、はじめて唇を重ねた時にも、恭吾が以前から莉緒のことを知っていたような口ぶりで話していた気がするのだ。

莉緒としても、住む世界が違いすぎる彼と初対面の日から意気投合できたのが、不思議でならない。また、恭吾を相手に朗読していると、なぜか子供の頃を思い出すことがあった。

(もしかして、過去にどこかで会ってるのかな? こっちが忘れているだけで、彼はずっと私のことを覚えていたとか……)

逸《はや》る心臓を鎮《しず》めようと、胸に両手を当てる。

恭吾と話をする必要がありそうだ。確かに気持ちは確かめ合ったし肉体的にも結ばれたが、一緒に暮らすにはお互いの素性についてもっとよく知り合った方がいい。

「青戸さん」

莉緒が口を開くと、やはり何か考えを巡らせていたらしい執事が、ぱっと視線を上げる。

「はい、なんでございましょう」

「お部屋のインテリアについてなのですが、次回恭吾さんと会って話をしたあとでお返事させていただいてもよろしいですか?」

気を取り直して、莉緒はそう尋ねた。

すると青戸が、目尻に皺《しわ》を寄せて、安らぎを与える笑みを浮かべる。

「もちろん結構でございます。では、食事の準備をしてまいりましょう」

深々と頭を下げたのち、彼はしっかりした足取りで階段を上《のぼ》っていった。

＊

フライトアテンダントが差し出したハーブティーを、恭吾は流暢《りゅうちょう》な英語で礼を言って受け取った。

昨日羽田をたってから、約三十時間が経過している。このまま順調にフライトが続けば、あと三時間余りで莉緒に会える予定だ。

今日仕事先で会った取引先の重役たちにメールを送りながら、ノートパソコンの液晶画面に表示されたデジタル時計を時折確認する。時間は決して裏切らない。絶え間なく莉緒との距離を縮めていく数字を見守る作業は、今の自分にとって何よりも価値があることに思えた。つい先ほど、年間百億もの利益を生む契約を取り付けたことよりも。

大陸にいるあいだ、仕事に集中している時以外の恭吾の頭の中は、ほとんど莉緒のことで埋《う》め尽くされていた。

艶《つや》のある黒髪と、それよりも少し淡い色をした黒目がちな目。色白の頬は陶器《とうき》のようにきめ細やかで、笑うと頬にピンクのバラの花が咲いたかのごとく空気が華やぐ。普段は生真面目で取り澄ました印象の顔が、一気に綻《ほころ》ぶ瞬間が最高だ。

それに、あの涼《すず》やかで甘い声がとりわけ魅力的だった。朗読をしている時の落ち着いた理知的な声もいいが、なんといっても、情交の際に喉《のど》から絞り出されるかすれた声が、恭吾を堪《たま》らない気持ちにさせるのだ。

パソコンの液晶画面を見つめながら、昨夜の行動をひとつひとつ振り返ってみる。シャワーを浴びたあと、莉緒を部屋に呼びよせたのは強引だっただろうかと、彼女が来る直前まで考えていた。

しかし、もう自分の気持ちを抑えることは難しかった。朝からずっと彼女と一緒にいて、手を繋《つな》いで街を歩いていたのだ。共通の話題で心を通わせ合い、彼女のいろいろなしぐさや表情を間近に見て、恋焦《こ》がれる気持ちは募《つの》るばかり。

夕方になり、同僚だという男があの場に突然現れたことが決定打になった。

長年探し続けて、やっとのことで見つけた彼女を奪《うば》われるかもしれない――それは、恭吾にとって何よりも恐ろしいことだ。

同僚の男をひと目見た瞬間、正直な話、取るに足らない人間だとは思った。とはいえ、勤務先が一緒なだけあって、彼には自分よりも莉緒と関わる多くのチャンスがある。

恭吾から見ても、莉緒が自分のことを好いているという手ごたえはあったが、あの時点では、実際のところどう思っているのか、彼女の口から直接聞かされてはいなかった。

彼女の気持ちが知りたい。

ほのかな自信をゆるぎないものにするために、ほかの誰のもとにも行かないという確約がほしい。

だから朗読をしてほしいなどと、もっともらしい理由をつけて、メイドに連れてこさせたのだ。

そして――

莉緒は可憐に唇を震わせながら、恭吾を好きだと言ってくれた。

その言葉を聞いた時には、嬉しくてどうしようもなく、胸がはち切れそうになった。

やっと。やっとだ。子供時代に置き去りになったままの人生が、ようやく音を立てて動き出す。

胸に広がる感動を堪《こら》えかねて、ついにその唇を奪《うば》った。

柔らかなシルクのような感触に触れた途端、これまでの思いが報《むく》われた気がして涙がせり上がる。それをごまかすため、唇が離れてすぐに彼女を胸にかきいだいた。

しかし、そんな平常とはかけ離れた感情が、恭吾を舞い上がらせていたのかもしれない。

気がつけば、朗読の候補に挙げていた二冊のうち、過激な描写のある方を彼女に手渡していた。いや、実際に読んでほしかったのは、まさしくそちらの物語だったのだが……

生真面目な彼女の口から零《こぼ》れる、淫《みだ》らな言葉を聞いてみたかった。

その時、彼女はどんな表情を浮かべるのだろう。彼女の唇がどんなにセクシーにうごめき、美しい声で最も原始的な営《いとな》みを語るのだろう……

そうして恥ずかしさに頬を染めて語る彼女を目の当《ま》たりにした時、自分はこの朗読を切りのいいところまで聞くことはできないのではないかと思った。

彼女の赤いバラの咲いた頬に、触れずにはいられなかった。火照《ほて》った柔肌に直《じか》に触れ、できることなら、口づけをしてみたい。

うなじを撫《な》でると、彼女は無意識のうちに背筋をぴんと伸ばす。

耳をくすぐると、艶《なま》めかしく腰を揺らす。

首筋に唇を這《は》わせると、まるでベッドの中にいるような吐息を洩《も》らす……

堪《こら》えることなど、できるはずがない。

気づけば懇願《こんがん》していた。『あなたのすべてがほしい』と――

そこから先の記憶が一気によみがえってきて、恭吾の脳内は莉緒とのめくるめく情交に埋《う》め尽くされた。

いつの間にか閉じていた目をこじ開け、額《ひたい》に手を当てる。そこが汗でぐっしょりと濡《ぬ》れていたばかりか、完全に目を覚ました下半身が、下着の中で硬く張り詰めている。

ビジネスクラスのシートは個室感を高めてあり、隣の席とは隔離《かくり》されているのが救いだ。しかし、こうも状況をわきまえないほど昂《たかぶ》ってしまうのは、いかがなものか。

少し気持ちを落ち着かせようと、冷めかけたハーブティーを口に運ぶ。震える手で一気にあおり、パソコンの時計に目をやった。

彼女と会えるまで、あと二時間半。

（よかった。やはり時間は裏切らない）

深いため息を吐いて、シートに背中を預ける。

できることなら、あのまま彼女とずっと一緒にいたかった。前夜の余韻《よいん》が残るシーツにくるまり、互いの素肌の感触を味わいながら、いつまでも惰眠《だみん》を貪《むさぼ》っていたかった。

こんな時ほど、忙しいこの身が悔《く》やまれることはない。

と、その時、ふと妙案を思いついて身体を起こした。

飛行機が羽田に着くのは夕方の四時過ぎだ。そこから車で飛ばせば、莉緒の仕事が終わる時間に間に合うのではないだろうか。

パソコンのメーラーを開いて、すぐに青戸へメールを打つ。空港には篁家の車が迎えにくることになっていたが、それをキャンセルして、代わりに駐車場に自分の車を置いておいてもらおう。

メールを送ったのち、五分と待たずに青戸から返事がきた。承知しました、ということと、車のキーは空港のコンシェルジュカウンターに預けておきます、という旨《むね》が書いてある。

それを見届けてパソコンを閉じると、恭吾は大きな欠伸《あくび》をして目頭を揉《も》んだ。ハーブティーが、寝不足と疲れの溜まった身体に心地よい眠気をもたらしたらしい。羽田に到着するまで少し眠ろう——座席のリクライニングをフラットにし、ブランケットを胸まで引き上げる。

まぶたを閉じると、すぐに全身がシートに沈んでいくような感覚が訪れた。数を数える間もなく、深いまどろみに落ちていく。

夢を見ていることに気がついたのは、それからどのくらいたった頃だろう。

現実感のかけらもない、明るすぎる光が周りを取り囲んでいた。鼻腔《びこう》を満たす、夏の草の匂い。空は作りものみたいに青くて、天高く飛ぶヒバリだけが忙《せわ》しなくさえずっている。

ふと足元を見ると、地面を黒い線がうごめいていた。なんだかわからない細かな粒を運ぶ蟻《あり》たちの行列だ。

(ぼくはひとりだ)

靴のデザインは幼かったが、どうやら蟻《あり》を見ても踏みつぶさないくらいの年齢にはなっているようだ。

と、突然場面が変わり、今度は白い漆喰《しっくい》の壁でできた建物の中にいた。たんぽぽの茎《くき》は手のなかから消えていたけれど、興味はもう別のことに移っている。

その興味の元を確かめようと、鼻をすんすん鳴らして周囲の匂いを嗅《か》いだ。思ったとおり、この匂いは図書館だ。なんとはなしに気が急《せ》いてくるのを、夢の中でも感じる。

白い廊下を歩くうちに、見覚えのある木の床が現れた。子供の頃よく通った図書館は確か公民館と繋《つな》がっていて、公民館の部分は床がリノリウムでできているのに、図書館の床は板張りになっていたのが、印象に残っている。

やはり間違いない。ここは思い出深い、あの図書館だ。

鼓動の速さに合わせて、歩くスピードが徐々に上がる。早歩きが小走りになり、最後は全力疾走に変わった。

今日もあの子に会えるだろうか。毎日この時間、窓際の長椅子に座ってひとり静かに本を読んでいる、あの髪の長い、笑顔がかわいい女の子に。

息を切らして、勢いよく図書館の中に飛び込んだ。しかし、そこに彼女の姿はない。というより、自分のほかには人っ子一人いなかった。カウンターの向こうに、司書の姿もない。

（ぼくはひとりだ）

諦めて、本棚のあいだを歩き始める。背表紙に書かれたタイトルをひとつひとつ眺めていくが、どれも懐かしいものばかりだ。

ふと、ある背表紙が目について、絵本の棚の前で足を止めた。自分の目線よりも少し下にある本の上端に指を引っかける。引き抜いた本の表紙には、『星くずのきかんしゃ』と書かれてあった。

その本を手にして、彼女がよく本を読んでいる窓際の長椅子に座る。しかし、ページをめくってみて、あっ、と声を上げた。本来その本は、漢字とひらがなで書かれているはずだが、漢字の部分がわけのわからない記号のようなものにすり替わっている。

胸の中に、もやもやした悲しい気持ちが急速に広がっていった。思い返してみれば、この年頃の時は日本に来たばかりで、漢字がほとんど読めなかったのだ。学校では発音の違いを笑われ、たまに英語が口を突いて出ると『かっこつけるな』『日本人じゃない』とからかわれる。おまけに、小学三年生にしてはだいぶ身体が小さかった。

（ぼくはひとりだ）

預けられている祖父母宅に英語が話せる人はいないし、学校に友達もいない。だから、図書館に入り浸《びた》った。ここには眺めているだけで楽しい気持ちになれる本がいっぱいある。

ほかの本も同じように、漢字がおかしな記号に化《ば》けているのだろうか。確かめてみよう、と『星くずのきかんしゃ』を閉じて顔を上げる。

その瞬間、恭吾は息をのんだ。目の前に、あの女の子が立っている。

肩の下まである長い髪を片方だけ耳にかけた彼女は、きさくに微笑みかけてきた。

「こんにちは」

胸がどきどきと激しく音を立てる。いつもと同じ、優しげなかわいらしい笑顔だ。それに声がとてもいい。

恭吾も挨拶《あいさつ》を返したかったが、彼女にだけは発音をばかにされたくない。ちら、と視線を合わせてすぐに下を向いた。

「ねえ、そのシャツの刺繍《ししゅう》、かわいいね」

女の子に指を差されて、自分の胸元を見下ろす。そこには当時お気に入りだったイギリスのキャラクター、『あひるのスー』の刺繍《ししゅう》が入っていた。勇気を振り絞って、「うん」とだけ言ってみる。

しかし会話はそこで途切れ、彼女は恭吾の膝にあった『星くずのきかんしゃ』に興味を示した。

「その本私も大好き。読める？」

恭吾は首を横に振る。

「読んであげよっか」

そう言って彼女は、恭吾の膝の上から本を取り上げた。隣に腰を下ろして、星空を駆ける汽車が描かれた表紙をめくる。

「夜空を走る汽車の話を知っていますか。遠い世界にある、どこかの国のことだから、あなたは知らないでしょう。でも、ちょっとだけ話を聞いて、一緒に夜の世界を旅してみませんか……」

朗々と読み上げる彼女の声に、恭吾の心は震えた。歳の割に大人びていて、発音も抑《よく》揚《よう》も、かなり板についたものだ。

胸にある名札には、知らない小学校の名前と、彼女の簡単な情報が書いてある。

『一年四組　なかじょうりお』

恭吾は目を丸くした。自分よりふたつも年下だ。驚きのあまり、自分より少し背が高い彼女の顔を、口を開けて見上げる。

『星くずのきかんしゃ』は短くない物語だったが、莉緒は最後までしっかりと読み切った。

「おしまい」のひと言とともに、恭吾はぱちぱちと拍手を打ち鳴らす。子供心にも深く感動した。先月乳母《うば》に連れられて見にいった、有名な劇団の名作劇よりも。

「ありがとう！」

莉緒ははにかんだ笑みを見せて本を閉じる。

「ねえ、あなたの名前はなんていうの？」

莉緒は目を輝かせて尋ねてくるが、恭吾はどぎまぎするだけで名乗ることができない。元いたイギリスで自分の名前を言っても、いつも『きおご』『きよご』としか聞き取ってもらえなかったのだ。だから、人に名乗るのは苦手だった。

「教えて」

　彼女が小首を傾げて繰り返す。諦めて小声で言った。

「……コウ」

「え？」

「コウ」

　もう一度、ややはっきりした口調で告げる。ロンドンにいた頃は友達に〈Ｋｏｕ〉と呼ばれていた。短い単語ならば、発音のおかしさに気づかれることもないはずだ。

「こうちゃん？　こうちゃん、っていうの？」

　仕方なく、恭吾はうなずく。すると莉緒は勢いよく長椅子から立ち上がり、水色のワンピースの裾をひるがえしてこちらを振り返った。ひまわりのような親しみやすい微笑みに、思わずハッとする。

「私はね、莉緒っていうの。こうちゃん、ほかの本も読んであげる！」

　お姉さん風を吹かせ、莉緒はいきなり恭吾の手を取って椅子から立ち上がらせた。目的のコーナーがあるらしく、ずんずんと恭吾を引っ張って前を歩いていく。

　その彼女の背中を追いかけながら、恭吾は言えない言葉をいつまでも胸の中で繰り返していた。

――僕の名前は篁恭吾。九歳だよ。きょうちゃんと呼んで。

繋《つな》いだ手はあたたかく、これから訪れようとする彼女との関係を予感させるには十分すぎるくらいだ。恭吾の恋は、今まさに始まろうとしていた。

*

火曜日の図書館は、いつもに比べて少しだけ忙しかった。休館日明けで貸し出しと返却が多いのと、日々近づく閉館日に向けて、買い替える本と処分する本、修理する本をそれぞれリストアップする作業があるからだ。

莉緒の身体にはおとといの余韻《よいん》が残っていたが、もちろん仕事はきちっとやるし、表面上は通常そのものといった感じを装《よそお》っている。ただしその仮面の下では、内なる葛藤が繰り広げられていた。少しでも気を抜くと、自然に頬の筋肉が緩んでしまうのだ。

あれから丸一日と数時間が過ぎても、莉緒の気持ちはまだ、恭吾とともにベッドの中にある。

昨日は篁家でブランチをご馳走《ちそう》になったあと、青戸の丁寧で遠慮がちな反対を押し切って、アパートまで送ってもらった。

火曜は図書館に出勤しなければならないし、さすがに三日連続同じ服を着るというのは気が引ける。何よりも、今日の夕方恭吾に会うのに、デートした時と同じ服装なのはどうかと思ったのだ。

ただ、渡会に逆恨みされている可能性もあるので、念のため、昨日はひとりきりでの外出を控えた。代わりに夕食をご馳走《ちそう》するという条件で大学時代からの親友を呼び、宅配ピザを頼んで、その後泊まってもらったのだ。その際に新しくできた恋人のことをひと晩かけて友達に語り尽くしたというのに、それでも話し足りない。

彼女は今朝も職場までついてきてくれて、気をつけてね、と肩を叩いて帰っていった。

しかし、いざ事務所に顔を出してみると、問題の渡会の姿がなかった。瀬田に尋ねたところ、彼は体調が悪いから休むと、今朝楢崎課長宛《あ》てに連絡をよこしたらしい。

（もしかして、けがでもしたのかな……）

日曜日の夕方、コーヒーショップの前で恭吾に手首を捻《ひね》られ、ほうほうの体《てい》で逃げていく彼の後ろ姿をよく覚えている。

捻《ひね》られたくらいでは、それほど大事《おおごと》になるとも思えなかった。しかし、恭吾を睨《にら》みつけていた渡会の鬼気迫《ききせま》る顔つきを思い出すと、途端に不安が襲ってくる。おかしな言いがかりでもつけて、彼に迷惑をかけなければいいが……。

午後一時を回って、莉緒は昼休憩をとるため事務スペースへと引っ込んだ。

自分のデスクの引き出しから、朝コンビニで買った昼食の入った袋とスマホを取り出す。そして、事務スペースと直結している会議室のドアを開けた。

「莉緒さん」

中にいた後輩司書の瀬田が、スマホからぱっと顔を上げる。今休憩に入っているのは彼女ひとりのようだ。瀬田はすでに食事を終えたらしく、テーブルの上にはお菓子がいくつか置いてあった。

「瀬田さん、お疲れ様」

莉緒は後ろ手にドアを閉めて、瀬田の向かい側の席に腰を下ろす。

スマホの通知欄のチェックを終えると、コンビニのビニール袋から、ペットボトルのお茶、おにぎりとサラダ、デザート代わりの甘いパンを取り出した。

「莉緒さんもコンビニランチですか？　いつもは手作りお弁当なのに、珍しいですね」

瀬田がチョコレートをつまみながら、興味津々《きょうみしんしん》といった様子で尋ねてくる。

莉緒はペットボトルのキャップを捻《ひね》って開けた。

「昨日の晩、友達が泊まりに来てたから」

「へえ、そうだったんですね。あー……まさか、彼氏ですか？」

疑うような目つきで尋ねられて、飲んでいたお茶を噴き出しそうになる。顔が急速に熱くなるのを感じつつ、両手を顔の前で激しく振った。

「ちっ、違う違う。大学時代から仲のいい子が、たまに泊まりに来るの。一緒に宅配ピザを食べて、録画したドラマを見ながらだらだらしたよ」

「なあんだ。……でも、実は私、気づいてるんですよ。昨日泊まったのは友達だとして、それとは別に彼氏もできたでしょう？」

顎《あご》の下で手を組んで、瀬田がうっとりした顔で見つめてくる。莉緒はおにぎりのパッケージを剥《む》いていた手を止めて、じっと彼女を見た。

「……なんでわかったの？」

莉緒の問いかけに、瀬田が得意げに顎《あご》を上げる。

「そりゃあ見てればわかりますよ。だって莉緒さん、最近ものすごくきれいになったし、着てるものも急に女らしくなりましたもん」

「そ、そう？」

瀬田に言われて、改めて自分の姿を見下ろしてみる。

今日の莉緒は、胸元にリボンをあしらったとろみ素材のブラウスに、膝下丈の紺色《こんいろ》のスカートを穿《は》いていた。ブラウスは白なので、汚れないよう、エプロンのほかにアームカバーでガードしている。

「そういえば、最近ジーンズとか穿《は》いてないかも……」

おにぎりをかじりながら、莉緒は呟いた。

「彼氏が『スカートを穿《は》いてほしい』って言うんですか？」

「ううん。そういうわけじゃないんだけどね」

そう言って、おにぎりを持っているのと反対の手で、恭吾にもらったネックレスを無意識のうちにもてあそぶ。

確かに、篁家に出入りするようになってから、莉緒の服装の傾向は百八十度と言っていいほど変わった。

ついこのあいだまでは、量販店で買ったシンプルなシャツやカットソーとジーンズがお気に入りだったのだが、そういった着回しの利くラフな服は、今やタンスの奥でひっそりと眠っている。代わりに、たまの女子会や同窓会の時に着ていた、大人っぽいきちんとした服の出番が増えた。

それはもちろん、大好きな恭吾にきれいに見られたいからこそだ。加えて今日は、彼にもらったネックレスに合わせるため、これまで仕事の時には着るのを避けていたような服を選んで着ている。

ただでさえ人目を引くこのネックレスを職場にしてくるのは、強い抵抗があった。かといって、アパートに置いて出掛けて、何かあっても困る。そんなわけで、こうして肌身離さず身につけているわけだ。

しかし――

「えっ⁉」

瀬田が口に運びかけていたチョコレートを袋に戻して、莉緒の首元を凝視した。

「な、なに？」

「今なんか、すごいものがチラッと見えたんですけど……！　もしかして、彼氏にもらったネックレスですか？」

（まずい……！）

指摘を受けて、はじめて自分がネックレスをいじっていたことに気づく。莉緒は勢いよく、首元から手を下ろした。

「ちょっとちょっと莉緒さん、拝ませてくださいよー。幸せのおすそ分け。ね？」

眉をひそめながら笑うという器用な表情で、瀬田が手を合わせる。黙って困惑顔をしていたところ、彼女は、ね？　とさらに小首を傾げてねだった。

莉緒は小さく咳払いをして、ブラウスの襟《えり》の中に隠してあったネックレスのトップを引っ張り出す。

それを目にした途端、瀬田はあんぐりと口を開けた。零《こぼ》れ落ちそうなくらいに両目を見開いて、そのまま固まってしまう。次に彼女は口に手を当て、ネックレスと莉緒の顔を交互に見た。

「本物……？」

「おそらく」

「ヤバくないですか!?」

「うん。ヤバいね……」

そろそろと椅子から立ち上がった瀬田が、中腰の姿勢でこちらへ回ってくる。莉緒のすぐそばまでやってくると、鎖骨に息がかかるほど顔を近づけて、ごくりと唾をのんだ。

「何これすごい……ハリウッド女優が超大金持ちの資産家とかと婚約して、プレゼントされちゃうやつじゃないですか？ うん千万とか、億とかする」

莉緒は思わず震え上がった。

「そういうこと言わないで。怖くなっちゃうから」

「で、彼氏って芸能人か何かですか？」

瀬田は莉緒の首元に視線を向けたまま、すぐ隣の椅子に腰掛ける。

「ちょっ……瀬田さん！」

ものすごい食いつきだ。莉緒はまだおにぎりをひと口しか食べていないのに、それにまったく気づく様子もなく、らんらんと目を輝かせている。

「べ、別に芸能人とかじゃないよ。ただ、大きな会社の社長の息子さんというだけで」

「御曹司《おんぞうし》ってことですか？」

間髪《かんはつ》いれずに尋ねてくるが、莉緒が答えるのを待たずして、何かにハッと気づいたような顔になった。

「もしかして、このあいだ雨の日に便乗させてもらった、例の執事サービスって——」

じっと見つめてくる瀬田の目から、莉緒は慌てて視線を外す。

（まずい。ついにバレてしまったか……）

深く息を吸い込んで、唇を引き結ぶ。そして、隣で口を開けっぱなしの瀬田を気まずい思いで見た。

「……ごめん。執事サービスっていうのは嘘なの。夕方になると、彼のお屋敷からああやってお迎えが来てくれて——」

「やだ、莉緒さんてば！」

瀬田が突然大きな声を上げたので、思わずびくっと肩を震わせる。

「もう、そんな楽しい話、ひとり占めしないで聞かせてくださいよお……！　いいなあー、私も彼氏ほしい！」

まったく怒る様子のない彼女を前に、莉緒はホッとして眉を上げた。むしろ瀬田は楽しそうだ。すっかり安心して、テーブルの上に放置していたおにぎりをふたたび手に取る。

「瀬田さんならすぐにできるんじゃない？　友達たくさんいそうだし」

おにぎりをひと口かじって咀嚼《そしゃく》しながら、莉緒はそう答えた。ところが瀬田は、袋の中から取り出したチョコを口に放り込んで、つまらなそうな顔を見せる。

「それがそうでもないんですよ。学生時代の男友達とは今さら恋愛に発展しそうもないし、図書館じゃ子供やおじさんとしか出会いもないし……あ、でも私、今日久々に合コンがあるんですよ」

「へー、合コンかあ。仕事が終わったあと？」

「そうなんです。八時に中町駅にあるお店で、相手はＩＴ関連のサラリーマン。……あー、今日こそいい出会いがないかなあ。もう何年彼氏いないと思います？　三年ですよ、三年。こわっ！」

「そうでもないよ。私なんて、もっと長いことひとりだったんだから」

苦笑いを浮かべて莉緒は白状した。

瀬田がまた口を開きかけたが、会議室の壁掛け時計を一瞥《いちべつ》すると、慌てた様子で立ち上がる。

「いけない！　もう昼休みが終わっちゃう。莉緒さん、また今度彼氏さんのお話、聞かせてくださいね」

「うん。瀬田さんも、今日の合コン頑張って」

はーい、と間延びした返事をして、瀬田は荷物をまとめて会議室を飛び出していった。

午後の仕事がつつがなく進み、莉緒は業務終了の時刻を迎えた。

正面の壁に掛けられた時計に目をやると、ちょうど午後六時。ここ十分ほどは針が一分進むごとに確認していたので、長針と秒針が重なる瞬間まで見逃さなかった。

『明日の夜には坊ちゃまがお戻りになりますので、いつものとおりお迎えにあがります』

昨日の夕方、自宅アパートへ送ってもらう途中の車内で、青戸がそう言っていた。もしかして、もう車は到着しているだろうか。

あと少しで恭吾に会えると思うと、自然に顔が綻《ほころ》んでしまう。身体にはまだところどころ筋肉痛のような痛みが残っていたが、彼と過ごした時間を思い起こせば、それもまた愛《いと》しいものに変わるから不思議だ。

いそいそと帰り支度を済ませて、通用口へ向かう。しかし、ドアノブに手をかけた時、明日が燃えるゴミの日であることを思い出した。

この職場のルールでは、早番の者が出勤してすぐにゴミ出しができるよう、前日の遅番がゴミをまとめることになっている。

念のため、ドアの脇に貼ってある当番表を確認してみると、今日の担当は瀬田らしい。しかし、彼女は今夜合コンがあると言っていた。遅番は夜八時に図書館が閉まってからの退勤となるから、おそらく遅れて行くつもりだろう。自分がゴミをまとめておけば、彼女は少しだけ早く現場に向かえるはずだ。

すぐ近くにある掃除用のロッカーを開けて、指定のゴミ袋を取り出す。

今来た廊下を戻って、まずは会議室の中に置いてあるゴミ箱の中身を回収した。次に事務スペースに続くパーテーションの扉を開けて、各デスクの脇にあるゴミ箱を空《から》にする。

ふたたび廊下に戻って、最後に給湯室内のゴミを回収したら袋がいっぱいになった。図書館のカウンター内にもゴミ箱はあるが、そちらはあまり中身が溜まらないので今回はよしとしよう。

袋の口をしっかりと結び、物置の鍵を持って通用口の外へ出た。来館者用の駐車場がある正面玄関とは逆の方へ回り、物置のところまで歩いていく。

図書館の外壁とブロック塀《べい》に挟まれた通路に、自分の靴音だけがやけに高く響いた。通用口の照明も届かないこの場所は、夜は少々不気味になる。空を見上げてみたが、今夜は曇《くも》っているらしく、頼りになる月明かりもない。

どういうわけか、恭吾とデートした日の夕方、渡会に襲われた時のことが唐突に思い出された。

（やだ……こんな時に）

思わず身震いしたけれど、彼は今日体調不良で休みだ。恐れる必要はないと自分自身に言い聞かせる。しかし、一度ざわついた胸はなかなか鎮《しず》まりそうもない。

半《なか》ば走るようにして物置までたどり着くと、急いで開錠し扉を開けて、ゴミを所定の位置に置いた。

早くここから立ち去りたい。物置の扉を閉め、小刻みに震える手で鍵を差し込んだ。ようやく、かちゃり、と音がして後ろを振り返った。その瞬間——

ハッ、と莉緒は鋭く息を吸い込んだ。

（どうして彼が……⁉）

倉庫の入り口から二メートルほど離れた通路の闇の中に、黒い影が佇《たたず》んでいる。渡会だ。彼はぼさぼさの前髪を垂らした向こうから、じっとこちらを見つめていた。

あの時の恐怖がまざまざとよみがえり、全身の肌が一斉に粟立《あわだ》つ。莉緒は震える手で口を押さえ、もう一方の手で倉庫の壁にすがった。

「中條さん……いや、莉緒」

彼の声で下の名を呼ばれ、あまりの不快感に一瞬めまいまで覚える。

彼はゆっくりとこちらに歩み寄り、徐々に距離を縮めてきた。しかし、叫び声を上げようにも、喉《のど》に綿が詰まったようになって声が出ない。逃げ出そうとしても、こう激しく震える脚では、身体を支えているのがやっとだ。

渡会の姿が、すぐ目の前まで迫った。彼は特徴的な重いまぶたをぴくりとも動かさず、口元だけを不気味に歪《ゆが》める。

「莉緒。君が役所で働けるように、書類を回しておいたよ」

莉緒は目を丸くした。両手で倉庫の横壁にしがみつき、声を絞り出す。

「は……？　どういうことですか？」

「次の仕事、まだ見つかってないだろう？　俺の叔父《おじ》さんが市議会議員でさ、君のことを話したら、面接なしで入れるように手はずを整えてくれたんだ」

そこまで言って渡会は、にいっ、と口の両端を上げた。

「来月からも、ずっと一緒だね」

その言葉に、頭を硬いもので殴られたような衝撃が走る。身体の奥から表現しがたいどす黒い感情が込み上げてきて、興奮のあまり倒れるのではないかと思った。

「役所で働く気はないと、はっきり断ったじゃないですか！」

莉緒が震えながら叫ぶ。ところが、渡会は怯《ひる》む様子も見せずにさらに一歩近づいてきた。

「これほど安定した仕事はないし、近くにいれば何かと助けてやれる。君は俺と一緒に働くべきだ」

「そんな、勝手なこと――」

「君のことが好きなんだよ」

莉緒の反論を遮《さえぎ》って、渡会が言葉をかぶせてくる。

莉緒は唇を固く引き結んで、彼の眼鏡の奥にある落ちくぼんだ目をじっと睨《にら》みつけた。

彼の告白を聞いても、当然嬉しい気持ちなんかにはならないし、むしろ虫唾《むしず》が走るだけだ。

この前の日曜日、莉緒の気持ちが自分に向いていないことは彼もわかったはず。にもかかわらず、一方的な思いを募《つの》らせた上、勝手に仕事の手配をして、ひと気のないところで待ち伏せするなんて、完全に常軌《じょうき》を逸《いっ》している。

「無理です。私、渡会さんのことはなんとも思っていませんから」

ぴくりとも表情を動かさずに、毅然《きぜん》とした態度で言った。怒りに助けられて、普段の声が戻ってきている。

これには、さすがの渡会も何も言えなくなったらしい。両目を見開いたまま、ショックを受けたように立ち尽くしている。

逃げるなら今しかない――そう決意し、物置の壁から手を離した時だった。彼の右手に握られた何かが目の前に突き出されて、鋭く息をのむ。

「ちょっ――どういうつもりなの⁉」

後ずさりしながら叫ぶと、渡会が頬を震わせつつ口の端を奇妙に捻《ね》じ曲げた。月明かりすらない暗がりに、無骨なサバイバルナイフが鈍く光っている。

「君は俺と一緒に来なくちゃならない。従わなければ、君の身の安全について責任は持てないよ」

莉緒は目を見開いた。

「ひどい……そんなことまでして、それであなたは満足なんですか⁉」

「仕方がないよ。俺にはこうするよりほかに方法がないんだから。あの男のようにイケメンというわけじゃないし、すごいお屋敷にだって住んでない」

「……お屋敷? どうしてそれを」

渡会は眉をひそめ、口元だけにやりとしてみせる。

「いつも君を迎えにくるあの黒い車が気になって、あとをつけてみたんだ。……びっくりしたよ。あれ、どこか大きな会社の社長か何かのお屋敷だろう? あんな豪邸じゃ、ネットで調べればすぐに持ち主のことがわかるね」

勝ち誇ったような言いぐさに、莉緒はその場に凍りついた。まさか、彼は恭吾の命まで脅《おびや》かそうというのだろうか。

「やめて……彼には手を出さないで」

震える声で懇願《こんがん》すると、渡会は意地の悪そうな笑みを浮かべた。

「心外だな。まだ何も言ってないのに。……まあいい、どちらにしても君は直《じき》に俺のものになるんだ。さあ、来るの? 来ないの?」

そう言った彼が、やや興奮した口調でナイフを突きつけてくる。もう逃げ道はないようだ。

「わかりました。言うとおりにしますから、彼には何もしないでください」

莉緒は視線を外して、怒りと悔しさをにじませた声で返す。渡会の顔がにんまりと笑みを作るのが視界の隅に映り、唇をきつく噛んだ。

＊

恭吾は長い息を吐きながら、車内のインパネに表示されたデジタル時計と、自分の左手首にはめた腕時計の文字盤とを見比べた。夜のとばりが下りた図書館の駐車場。ふたつの時計はどちらも六時十五分を指している。

（遅い……）

青戸によると、莉緒はいつも六時十分には図書館の外に現れるという話だった。

その予定時刻から、まだたったの五分しか経過していない。

普段であれば、気にすることもないほど些細《ささい》な遅れだ。それが気になるのは、莉緒に会えるのを心待ちにしすぎたせいなのか、それとも、彼女の身を案じているせいなのか……。

あの日曜の夕方に起きた一件以来、渡会のことが頭にこびりついて離れなかった。

『決してひとりにならないように』と、青戸に莉緒への伝言を頼んでおいたが、必ずしも彼女がそれを守れる状況にあるとは限らない。一瞬の隙を突いて暗がりに連れ込まれでもしたら、一大事だ。

さらに一分が過ぎて、恭吾はついに車から降りた。急な残業が入ったという可能性もある。一度中に入って状況を確かめるべきだ。

駐車場を小走りに横切り、正面玄関前の短い階段を駆け上《のぼ》って、自動ドアを潜《くぐ》る。いきなり襲ってきた蛍光灯の眩《まぶ》しさに、恭吾は目を眇《すが》めた。

足早にロビーを抜けて、図書館のセキュリティゲートを通過する。カウンターの中と、その奥にある事務スペースをちらりと見て、書架《しょか》のあいだひとつひとつと、学習コーナーまで確認した。しかし、彼女の姿は見当たらない。恭吾は奥歯を強く噛みしめる。

(まさか、行き違いになって図書館の外に出たのだろうか?)

ふたたびセキュリティゲートを潜《くぐ》り、ロビーに出たところで莉緒に電話をかけてみる。出ない。何度コールしても、何度かけ直してもだ。留守電のアナウンスを三度聞いたところで、やっと諦めた。念のため青戸にもかけてみたが、莉緒からの連絡は入っていないようだ。

焦る気持ちをなんとか抑え、恭吾は唇を引き結んでカウンターへと向かう。

『かしだし』と書かれたプレートの後ろには、莉緒よりも少し若いショートボブの女性が、こちらを向いて座っていた。莉緒の話によく登場する、瀬田とかいう同僚の司書だろうか。

恭吾の存在に気がついたのか、その女性が椅子を引いて立ち上がった。近づいて胸の名札を確認すると、やはり『瀬田』と書いてある。

「こんばんは。貸し出しですか？」

頬をピンク色に染めて、彼女が尋ねてきた。恭吾はスーツのボタンを留めながら、ややぎこちない笑みを浮かべる。

「いえ、そういうことではございません。お忙しいところ大変恐れ入ります。わたくしは中條さんの友人で篁と申します」

「は、はい。お世話になっております。あ……もしかして、莉緒さんの……？」

瀬田の頬がますます赤くなった。一緒に働く同僚に、莉緒は自分のことを話したのだろうか。思いがけず頬が緩みそうになるが、喜んでいる場合ではない。

「はい。彼女とお付き合いをさせていただいております。篁と申します。六時過ぎには外へ出てくると思い、中條さんを待っておりましたが現れないもので。彼女は今どちらに？」

「えっ？　莉緒さんなら、さっき六時になると同時に出ていったような気がしますけど……会いませんでした？」

瀬田は怪訝《けげん》そうに首を捻《ひね》る。

恭吾は平静を装《よそお》って、ええ、とだけ返した。しかし、胸の内は渦巻《うずま》く不安で押し潰されそうだ。ふたたび時計を見ると、無情にも時を刻み続ける時計の針は、六時二十分を通過している。

「ちょっと、裏を見てきましょうか？」

瀬田の提案に、恭吾は間髪《かんはつ》をいれずにうなずいた。

ありがたい。彼女がまだバックヤードに残っているという可能性も考えたが、部外者である恭吾には、それを確認する術《すべ》がなかったのだ。

カウンターから出ていく瀬田の背中を、祈る気持ちで見送る。

彼女を待つあいだも、やきもきしてじっとしてなどいられない。ほんのわずかな時間を、時計を見たり、書架《しょか》の通路を覗きにいったりと、じりじりして過ごす。

瀬田が息を切らしながら戻ってきた。

「やっぱりもう館内にはいないようです」

「そうですか。ありがとうございます。お手数をお掛けいたしました」

恭吾は腰を折って丁寧に礼を述べたが、心の内では頭を抱えて膝からくずおれそうな気分だ。

莉緒は本当に、どこへ消えたのだろう。真面目な彼女が、何も知らせずいなくなった上に電話にも出ないとは、ただごとではない。

恭吾は腕組みをして顎《あご》に指を当てた。こんな時こそ冷静にならなければ。大きく深呼吸をして、この状況で起こりうることをじっくりと考えてみる。

まず、莉緒が急用で家に帰ることになった場合、必ず恭吾か篁家へ連絡をよこすだろうから、それはあり得ない。では、恭吾自身が莉緒の姿を見落としたのでは、とも思ったが、通用口から駐車場へ出てくる人影があれば必ず気づくくらい、目を皿のようにして見ていた。

しかし、気になる点があって、恭吾は口を開いた。

「瀬田さん。通用口はひとつですよね？」

瀬田がこくりとうなずく。

「通用口はひとつしかありませんし、職員は正面玄関から出入りするのを禁止されていますので、必ずそこを通ります」

「なるほど。では、通用口を出て駐車場へ向かうルート以外に、道はありますか？　たとえば、建物の裏側に回る通路とか――」

「ああ、あります！」

恭吾の言葉を遮《さえぎ》るように、瀬田が声を上げた。彼女はジェスチャーをまじえて、一生懸命に説明を試《こころ》みる。

「通用口のドアから右に出ると、こう、正面玄関前の駐車場に繋《つな》がっているんですけど、左へ出ると建物の裏側に回れるんです。でも、駅に向かうには遠回りになるので、莉緒さんが帰る時にはそっちへは行かないと思うんですよね」

「建物の裏側には何がありますか？」

「職員用の駐車場です」

その言葉を聞いた途端、恭吾は背筋が凍りつくのを感じた。もしかして、莉緒は渡会に連れ去られたのではないだろうか。これまでの執拗な様子からして、莉緒を拉致監禁したとしてもおかしくない。無理やり車に押し込まれでもしたら、取り返しがつかなくなる。


「つかぬことをお尋ねいたしますが、こちらに渡会という名の男性はお勤めですか?」

恭吾は慄然《りつぜん》とする思いで、瀬田に尋ねてみる。

「ええ、おりますけど……」

「彼は今、どちらに?」

あー、と瀬田は間延びした声を出して、少し考えるような顔つきになった。そしてちらりと事務所の方を見る。

「……そういえば、今日は体調不良とかでお休みだったんですよね、彼」

「休み?」

恭吾は思わず身を乗り出した。

「ええ。真面目な人なので滅多に休まないんですけど、今朝急に電話があったみたいで」

「昨日は出勤していましたか? その時に具合の悪そうな様子は?」

瀬田はうーん、と唸《うな》りながら首を捻《ひね》る。

「昨日は市役所の方へ普通に出てきたって、上の者が言っていましたし、特に変わったところはなかったと思いますけど……」

「彼がどちらにお住まいか、おわかりになりますか？　……いや、どんな車に乗っていますか？　車種や色は？」

嫌な予感がする。彼女が消えて、普段休まない渡会が休暇を取っていたと知ったら、莉緒が連れ去られた可能性以外考えられなくなった。

成人女性を誘拐《ゆうかい》するとしたら、車が必要になるはずだ。通用口から出たところで彼女を待ち伏せしていて、なんらかの方法で職員用の駐車場に停めた車に乗せたのでは？

瀬田は彼の車を見たことがないのか、考え込むような顔つきになった。明らかに困っている様子だ。

「私はあんまり車には詳しくないので……あっ、楢崎課長！　ちょっといいですか？」

ちょうど事務所の方からやってきた中年の男性に、彼女が助けを求める。

楢崎と呼ばれた男は足早に歩み寄ってきて、瀬田と肩を並べた。恭吾よりもひと回りほど歳上に見えるその男は、女性としては平均的な体格の瀬田と同じくらいに小柄で痩《や》せている。彼は瀬田がクレームを受けていると勘違いしているのか、訝《いぶか》しそうにこちらを見上げた。

「こんばんは。お騒がせいたしまして、大変申し訳ございません」

恭吾は丁寧に頭を下げて、ポケットから名刺入れを取り出す。

「中條莉緒さんとお付き合いをさせていただいております、篁と申します」

「ああ、ご丁寧にどうも。生涯学習課の課長で楢崎と申します」

ビジネスの場のごとく、互いの名刺が取り交わされた。恭吾の肩書を見た楢崎が一瞬ギョッとして、次の瞬間には崇高《すうこう》な名画でも鑑賞するような目つきに変わる。

ふたりのやりとりを窺《うかが》っていた瀬田が、楢崎の方を向いて口を開いた。

「課長、渡会さんの車ってどんなのでした？　車種とか、わかります？」

「渡会の車？　えーっと、そうだな……確か、黒の軽自動車だよ。車種はあのよく見掛ける——なんていったっけ」

楢崎は腕組みをして天を仰ぐ。しかし、たとえ思い出せたとしても、一般的な黒の軽自動車では数が多すぎて、探し出して特定するのは難しそうだ。

もしも本当に渡会が彼女を連れ去ったのだとしたら、車に乗せたあと、一体どこへ向かうだろうか。自宅に戻って監禁するか、あるいはホテルへでも連れ込むか……。

いずれにせよ、大人が相手なのだから簡単には逃げ出せない状況を作るはず。もしかしたら彼女は脅《おど》されているのかもしれないが、とにかく自分の身の安全を第一に考えてほしい。恭吾は奥歯を噛みしめて、そう祈る。

「ところで、何かあったのですか？」

楢崎が、きょとんとした顔つきで尋ねてきた。真面目だという渡会のことを、微塵《みじん》も疑っていないのだろう。

「すみません、ちょっとこちらへ」

恭吾はカウンターの隅にふたりを誘導して、ぎりぎり聞こえるかどうかというほど声を落とす。

そして、おとといのデートの際にあったことと、莉緒が執拗《しつよう》に彼に迫られていたらしいこと、それから現在進行中の出来事について、ざっと話して聞かせた。

「ええっ、渡会さんが!?」

驚いた瀬田が口に手を当てる。恭吾は唇を引き結んでうなずいた。降って湧いたあまりに不穏な話に、楢崎と瀬田はおののいて顔を見合わせている。

「そんなわけで、ゆっくりしてはいられないのです。渡会という男性がどこに住んでいるか、教えていただけますか?」

恭吾は丁寧でありつつも強い口調で楢崎に訴えた。しかし彼は、ついさっきまで同情的な様子だったにもかかわらず、急に渋い顔を見せる。

「住所はちょっと、個人情報なので……。それにまだ、彼が連れ去ったとは限りませんし」

「では、大変お手数ですが、彼に電話だけでもかけていただけないでしょうか」

懇願《こんがん》すると、楢崎は少しためらったもののも、なんとかうなずいてくれた。

ほんのわずかながら希望が湧いてくる。彼が電話をかけてくれたら、試してみたいことがあった。

「館内では携帯の使用は禁止されていますので、どうぞこちらへいらしてください」

楢崎に案内されて、恭吾は瀬田とともに図書館の隅にあるスチール製のドアを潜《くぐ》る。そこは幅二メートル弱の廊下になっていて、左右にいくつかのドアと化粧室、給湯室があった。窓はない。廊下のつきあたりは通用口になっているのか、非常口を示す緑色のランプが炯々《けいけい》と光っている。

楢崎はスーツのポケットからスマホを取り出した。

「スピーカーにしてください」

恭吾の言葉にうなずいた楢崎が、コールを始めてすぐにスピーカー音声に切り替える。五回ほど呼び出し音が聞こえたところで、やっと電話が繋《つな》がった。

「どうもお疲れ。楢崎です」

――お疲れ様です。あ、課長。今日はお休みをいただいてすみませんでした。

「いやいや、こっちは大丈夫だから。身体の具合、どう？　明日は出られるかな」

――ちょっとまだ、なんとも言えません。風邪を引いたみたいで。

少し咳込む渡会だが、恭吾にはわざとらしく聞こえる。

その時、スマホの向こうからけたたましいクラクションのような音が響いた。トラックか何かだろうか。恭吾は握りしめていたスマホの操作を始めた。

「悪い。もしかして運転中？」

――……いえ。今、電話がかかってきたのでコンビニの駐車場に停めました。その……病院へ行っていたので。

「そうか。まあ、こっちは気にせず、帰ったらゆっくり寝てなよ。特に急ぎの仕事もないだろう？」

楢崎がそう返した瞬間、彼のスマホのスピーカーから、別のスマホの着信音が聞こえた。三人が三人、ハッとして目を合わせる。恭吾は自分のスマホの画面をふたりに見せた。その画面には、現在恭吾が莉緒に電話をかけていることを示す内容が表示されている。以前に彼女は、仕事が終わったらスマホの着信をバイブから音声に切り替える習慣があると言っていたのだ。

ふたりが見ている前で、恭吾は通話終了のボタンをタップした。すると、楢崎のスマホから聞こえていた、別のスマホの着信音も同時に消える。

恭吾は深く息を吸って、ゆっくりと吐き出した。やはり莉緒が一緒にいるらしい。楢崎の問いかけに渡会が未《いま》だ返事をしていないのは、莉緒のスマホの音に焦っていたのだろう。

「もしもし？　渡会？　もしもーし」

――はい。……すみません、ちょっと電波が悪いようで。

「いや、いいんだ。あのさ、渡会」

そう言って、楢崎がスマホに口を近づけたまま恭吾の顔を見る。

「人事に明日の朝一番で出す書類があったんだけど、俺、すっかり忘れてでさ。今から君の家に行って、サインと印鑑をもらいたいんだ。いいかな？」

恭吾は楢崎と目を合わせて、深くうなずいた。彼の言っていることはおそらくはったりだ。莉緒を救うため機転を利かせてくれたことに、胸の内で心から感謝する。

当の渡会はというと、戸惑っているのかなかなか返事をしない。しかし、まだ風邪がよくなっていないと自分で言ってしまった以上、家へ帰らずに出歩いているわけにもいかないだろう。

やがて彼は観念したのか、わかりました、とだけ返す。一筋の光明が見えた。恭吾は改めて気を引き締めようと、背筋を伸ばす。

「具合が悪いのに申し訳ないね。今から図書館を出ても大丈夫？」

――はい。十分後には到着しています。

「了解。じゃ、あとで。気をつけてな」

楢崎は電話を切って、沈痛な面持ちでスマホをポケットにしまった。顔を上げた彼に向かい、恭吾が深く頭を下げる。

「ありがとうございました。お心遣いに感謝いたします」

　恭吾が顔を上げると、一瞬だけ楢崎と目が合った。しかし彼はすぐに視線を外して、疲れたように重いため息を吐く。

「彼はいい仕事仲間ですし、気の弱い人間なんです。そんなことをするとは、にわかには信じられません」

　静かに呟く楢崎に、恭吾はうなずいた。自分も部下を持つ立場、彼の気持ちは痛いほどわかる。

　しかし、人は誰でも間違いを犯すものだ。それに普段真面目な人間ほど、一度正しいと思ったことは他人を苦しめてまで完遂しようとして、こじれさせる場合も多い。

　楢崎の導きで、恭吾は彼と一緒に廊下を歩き始める。瀬田は自分もついていくと言い張ったが、何があるかわからないからと、楢崎に待機を言い渡された。

　非常灯の下にたどり着いて、楢崎が通用口のドアを開けた。彼に続いて屋外へ出た恭吾が、楢崎と並んで歩きながらぽつりと言う。

「部下を信じたいというあなたのお気持ちはよくわかります。ですが、恋は人を変えますから」

「人を変える……。彼、渡会はどうしてしまったのでしょうか？」

　磨き上げられた白い高級セダンの横で恭吾は立ち止まった。ドアノブのボタンを押して開錠し、少し冷えた本革シートに身体を滑《すべ》り込ませる。続いて、楢崎が助手席に乗り込んだ。

「彼としては純粋な気持ちで莉緒さんを思っているつもりなのでしょう。しかし、やって許されることと、許されないことがあります」

恭吾はそう言って、イグニッションボタンに触れる。車内に響き渡る小気味よい始動音が、熱い血を奮《ふる》い立たせる気がした。

「少し懲《こ》らしめてやらねばなりません」

＊

明かりの落とされた暗い室内で、莉緒は横向きに床へ転がったまま宙を見ていた。

視界の隅には、渡会が落ち着きなくうろうろと歩き回る姿、それと、つい先ほど莉緒を戦慄《せんりつ》させた異様な光景が広がっている。

図書館裏にある物置の脇で拉致《らち》された莉緒は、建物の裏側を通って職員用の駐車スペースまで引っ張っていかれた。そして、刃物を突き付けられた状態で車の助手席に乗せられ、彼の自宅らしきアパートに連れてこられたのだ。

移動中の車内、渡会には楢崎から電話がかかってきていた。その最中に、莉緒のスマホにも着信があった。おそらく青戸か恭吾だろう。何度もかかってきたところをみると、心配させているに違いない。

楢崎との電話を切ったあと、それまで比較的落ち着いていた渡会の態度が急変した。

彼はひとりごとを口にしながら、コンビニの駐車場から車を急発進させたのだ。イライラした様子でアクセルを唸《うな》らせて、猛スピードで大通りを駆け抜け、急ハンドルを切り――。莉緒はこれ以上彼を刺激しないため、石のように身動きひとつせずに座っているしかなかった。

やがて、渡会の自宅アパートに着いた。はじめて見る彼の自宅は二階建てのアパートの一階で、比較的片付いたなんの変哲《へんてつ》もない部屋だった。ただしその印象も、キッチンを通過して居室へと足を踏み入れ、恐ろしい光景を目にするまでの話だ。

その瞬間、全身の血が凍りつき、胃のあたりに鉛めいた重みを感じた。

少し広めの洋室の壁には、至るところに莉緒の写真が貼られていた。職場の歓送迎会やイベントの時に撮《と》られたものだけでなく、人事に提出した書類に添付したはずのものまで使われている。どれも等身大サイズに引き伸ばされていて、一体なんのために貼っていたのかと、想像するのもおぞましく感じる代物《しろもの》だ。

「俺がどんなに深く君を愛しているか、これでわかっただろう？」

耳元で囁《ささや》かれて、瞬間的に吐き気に襲われた。脚の力が抜け、思わず蹲《うずくま》ってしまう。

そこを押さえつけられ、手足を縛られて口を粘着テープで封じられたのだ。

居室のテラスと、玄関とのあいだとを、渡会は何度も落ち着きなく行ったり来たりした。楢崎を待っているのだ。電話中の渡会の言葉から、莉緒はそう推測している。

「いいか、莉緒。絶対に声を出しちゃいけないよ」

そばにしゃがみ込んで、彼が言う。莉緒はこくこくとうなずいた。彼は依然としてナイフをぎらつかせていたし、さらにベッドの脇には角材のようなものが立てかけられていたからだ。

自分の身に何かあったら、恭吾が悲しむだろう。そんな彼の姿など想像もしたくない。

「もしかして、あの男が助けに来てくれればいいのに、とか考えてる？　彼、かっこいいよね。背は高いし、顔はイケメンだし。見た目で好きになったの？」

そう言って渡会は、莉緒の胸元にナイフを突きつけた。

莉緒は凍り付いて息をのむ。

ブラウスの生地が引っ張られるのを感じるやいなや、ボタンがひとつ弾け飛んだ。後ろ手に縛られているせいで胸が突き出されており、軽くナイフを引いただけで糸が切れたのだ。

渡会の口元に笑みが広がる。もうひとつボタンが飛んで、胸の谷間を顕《あら》わにされた。

「ん？」

たった今までいやらしい笑みを浮かべていたのに、渡会の顔が一転して不快感に満ちた表情になる。

彼はナイフの切っ先を莉緒の乳房のとある箇所に当てた。

「キスマーク……かな?」

その言葉に、莉緒の心臓は壊れんばかりに早鐘を打ち始める。

彼の声には、抑え切れないほどの嫉妬《しっと》がにじみ出ていた。胸に当てられたナイフを突き立てられれば、一瞬ですべてが終わってしまう。

その時、玄関のチャイムが鳴る音がした。莉緒がびくりとした瞬間に、切っ先がわずかに肌に刺さり、鋭い痛みが走る。

ちっ、と舌打ちをして渡会が立ち上がった。楢崎が来たのだろうか。

「いいか、莉緒。絶対に。絶対に声を出すな。動いてもいけない。わかったな」

恐ろしい形相で念を押して、渡会が目の前からいなくなる。審判の時が先延ばしになったことに少しだけ安堵して、上げていた首を力なく横たえた。

彼は居室とキッチンとを隔《へだ》てるドアを閉めていったが、遠く離れた場所で誰かと話す声が聞こえる。やはり楢崎が来たようだ。

粘着テープ越しでも、思い切り声を振り絞れば届くかもしれない。しかし、楢崎は莉緒が捕らえられていることなど知らないのだ。テレビの音だと渡会が言い訳すれば、それをそのまま信じるだろう。それに、渡会が怖くてとてもそんなことはできそうにない。近くに知っている人がいるのに助けを求められないのは、なんともやるせなく、悔しかった。

楢崎が帰ってしまえば、渡会はふたたび戻ってきて自分にナイフを突きつけるはず。そのあとのことは、恐ろしくて想像したくもない。

(恭吾さん……)

彼の大きな腕と、穏やかな春の陽だまりのような笑顔を思い出して、両目の端から涙が零《こぼ》れ落ちた。口を塞《ふさ》がれた状態で泣いたら窒息《ちっそく》しかねないからと、今まで我慢していたのに。

もしも無事に戻れたら、次はどんな本を彼に読もう。愛を語るおとぎ話もいいし、ロマンチックな詩集もいい。木洩《こも》れ日の降り注ぐ屋敷の庭で、彼の腕にゆったりと抱かれながら、安らぎのひとときを与えられたなら——

その時、ベランダの手すりをひらりと越える大きな影が、レースのカーテン越しに映った。莉緒はハッとして顔を上げる。部屋の中は依然として暗かったが、街灯の明かりがあるお陰でシルエットくらいはわかるのだ。

その影の正体を確かめようと、莉緒は思い切り首を起こして窓を見た。しかし次の瞬間、その窓ガラスが割れる音がして、とっさに顔を伏せる。それとほぼ同時に、玄関の方からは、なにやら叫び声と揉《も》み合う音が。

半《なか》ばパニック状態になり、ふたたび顔を上げて暗闇の中に目を凝《こ》らした。すると、ガラスに空《あ》いた穴から差し込まれた手が、窓のクレセント錠を開けようとしている。

莉緒は目を丸くした。恭吾だ。

カーテンの隙間から時折ちらちらと見えるのは、会いたくて仕方がなかった端整な顔だった。間もなくクレセント錠が外れて、彼が靴のまま勢いよく踏み込んでくる。

「莉緒さん、そこを動いてはいけませんよ」

はためくカーテンの向こうに颯爽《さっそう》と現れたヒーローの姿を、莉緒は凝視した。

キッチンの方でばたばたと音がして、恭吾と莉緒は同時にそちらへ注意を向ける。その途端、部屋のドアが音を立てて蹴破《けやぶ》られ、いきなり渡会が恭吾に襲いかかってきた。

「てめえ！」

サバイバルナイフの鈍い光が、恭吾の首筋めがけて降ってくる。

莉緒は思わず喉《のど》の奥で叫んだ。あれはおもちゃなんかじゃない。軽く切っ先が触れただけで皮膚《ひふ》に穴が空くのを、身をもって体験している。

恭吾はひらりと身をかわして攻撃を避けた。が、渡会はすぐに体勢を立て直し、ふたたびナイフを繰り出してくる。恭吾は流れるような動作でそれを退《しりぞ》け、間合いを取りつつ攻撃の隙を窺《うかが》う。

そういった攻防が、幾度となく繰り返された。渡会の攻撃はやみくもではあるけれど、この狭い室内で揉《も》み合っていたら、いずれまずいことになってしまうかもしれない。莉緒はとても生きた心地がしなかった。体格と身のこなしは恭吾の方が断然上に見えるが、渡会は武器を持っている。おまけにこの暗闇の中では、部屋の住人である渡会の方に分があるはずだ。

一進一退の攻防の末、業《ごう》を煮やした渡会が雄叫《おたけ》びを上げながら、腕を大振りして襲いかかる。しかし、その腕を下から恭吾に叩かれて、彼は体勢を崩した。

一瞬の虚をついて、恭吾が彼の後ろに回り込む。そして、固く握り合わせた両手で、彼の背中を思い切り叩いた。

ううっ、と苦し気な呻《うめ》き声を上げて、渡会がよろめく。咳込んで床に手をつくが、そこは散らばったガラスの海だ。まんまとそれで手を切ったらしく、ナイフを取り落とした。

恭吾が走っていって、素早い動作でナイフをベッドの下へ蹴り飛ばす。

「いい加減観念しなさい。君に逃げ場はないし、勝ち目もない」

恭吾は渡会を睨《にら》みつけて、強い口調で言った。

ベランダに背を向けた恭吾と、部屋のまんなかで今にも飛び出しそうな体勢でタイミングを窺《うかが》う渡会の対峙が続く。気がつけば、ベランダや玄関の方から野次馬の声がしていた。半開きになったドアの向こうでは、キッチンにいる楢崎が電話で警察を呼んでいるようだ。

「くそっ」

渡会が横に飛んで、ベッドの脇に立てかけてあった角材を掴む。それを恭吾の目の前で振り回して彼と距離を取り、今度は莉緒に向かって飛び掛かってきた。

「莉緒さん！」

恭吾が叫んだ。強い衝撃が来る——そう思い、莉緒はぎゅっと目をつぶる。しかし、渡会は莉緒を攻撃するのではなく、その後ろに回ってしゃがみ込み、角材を天井に向けて振りかざした。

「俺に近づくな！　彼女は絶対に渡さない」

渡会の手によってブラウスが引っ張られた拍子に、ボタンがさらにふたつ飛んだ。

少し離れたところにいる恭吾の顔が、憤怒《ふんぬ》に染まる。いつも穏やかな表情をしている彼が、鬼の形相で渡会を睨《にら》みつけていた。

「莉緒さんを盾にするのか？　なんて卑怯なんだ！」

「近づくなと言ってるだろう！」

渡会は叫んで、手近にあった何かを取って恭吾に投げつける。それが鈍い音を立てて彼の腕に当たった瞬間、まるで自分がけがをしたかのように莉緒の胸が痛んだ。

おそらく渡会は、莉緒には手を出すことができないだろう。もしも身体が自由に動いたなら、身を挺《てい》して恭吾を守るのに。

渡会は引き続き、矢継《やつ》ぎ早《ばや》にいろいろなものを投げた。しかし恭吾は、一向に怯《ひる》む様子を見せない。

「同じ女性を愛した男としてあなたに同情する気持ちもありましたが、もう我慢なりません」

そう言い放つ彼を前に、渡会は立ち上がった。莉緒が息をのむ。丸腰の恭吾に、渡会は角材を振り回しながら突進した。

雄叫《おたけ》びが闇を引き裂き、角材が唸《うな》りを上げる。それと同時に、恭吾の脚がゆるりとスライドし、渡会の横に回り込んだ。彼はそのまま流れるように身体をひるがえし、空振りしてのめった渡会のうなじに、強烈なかかと落としをお見舞いする。

嫌な音がした。おかしな声が渡会の喉《のど》から振り絞られ、彼はクローゼットとベッドのあいだにどさりと倒れ込む。と、突然、ドアの向こう側から楢崎が飛び出してきて、渡会の上に勢いよくダイブした。

「いい加減にしろ、渡会！」

「うるさい！」

ふたりは揉《も》み合いになったものの、楢崎の身体は渡会よりもだいぶ小さく、相手は手負いの獣だ。ほどなく楢崎の手を振り解《ほど》いた渡会が、ふたたび恭吾めがけて襲いかかってくる。

　恭吾はそれを迎え撃とうと身構えたが、渡会が振りかぶった瞬間に楢崎が渡会の脚に飛び掛かったため、攻撃の軌道《きどう》がずれた。渡会が手にした角材が、莉緒に向かって落ちてくる。

　莉緒は一瞬目を見開き、とっさに顔を伏せて身を縮こまらせた。

「危ない！」

　恭吾が叫ぶ声が聞こえる。鈍い音と、重いものが落ちる音、何かがひしゃげるような音が連続で聞こえて、ようやく静かになった。

　莉緒は恐る恐るまぶたを開ける。そして目の前に映し出された光景に驚いて、目をぱちぱちとしばたたいた。

　何が起きたのかまったく状況が読めなかったが、渡会は恭吾にうつ伏せに組み敷《し》かれていて、角材を取り上げられているところだ。部屋のまんなかにあったローテーブルは裏返しになり、棚の上に置かれていたものが、床の上に散乱している。

　気がつけば、ベランダの外にも玄関付近にも野次馬が溢れ返っており、近づいてくるパトカーのサイレンが、夜の住宅街にけたたましく響いていた。

「楢崎さん、ちょっと代わっていただいてもよろしいですか？　ああ、照明はまだつけないでください」

恭吾が声を張って、電気のスイッチを探していたらしい楢崎を制する。

楢崎に渡会の身柄を引き渡すと、彼はまずスーツのジャケットを脱いで、胸をはだけた莉緒の肩にふわりとかけた。次いで、莉緒の身体を抱き起こして壁に寄りかからせ、傷つけないようゆっくりと、口を塞《ふさ》ぐ粘着テープを剥《は》がす。

無事テープが剥《は》がれて、莉緒は陸に上がった魚のごとく、激しく呼吸を繰り返した。

恭吾の大きな両手が、頬を優しく包む。

「怖かったでしょう。もう大丈夫ですよ」

その穏やかな笑顔を目にした瞬間、胸に熱い塊《かたまり》がせり上がってきて、喉《のど》の奥がちりちりと痛んだ。

「恭吾さん――」

ひとしずくの涙が頬の上にぽろりと落ちる。それを、恭吾がうなずきながら親指でそっと拭《ぬぐ》う。

包み込むような彼の優しさに、涙はあとからあとからとめどなく溢れてきた。ずっと我慢していたのだ。それを止める術《すべ》など、今の自分にはわからない。

警察がばたばたと踏み込んできて、外にあるパトカーへ渡会を乗り込ませた。通報者である楢崎がキッチンに呼ばれて先に事情を聞かれているあいだに、莉緒の手足を縛っていた紐を恭吾が部屋にあった鋏《はさみ》で切ってくれる。

莉緒は両手が自由になると同時に、彼の大きな背中に回した。そして、わんわんと子供みたいに泣きじゃくる。

「莉緒さん……」

恭吾の手に力が込められて、きつく抱きしめられた。彼の広い胸の中にいられる幸せを実感する。恭吾の身体はあたたかく、力強かった。


「坊ちゃま!!」

屋敷のポーチに車が滑《すべ》り込むと同時に、青戸執事が駆け寄ってきた。憔悴《しょうすい》し切った様子の彼は、普段はきっちりと撫《な》でつけている髪を振り乱して、青白い顔をしている。

数時間前、莉緒と恭吾はパトカーの中で簡単な事情聴取を受けたあと、恭吾の車で警察署まで向かった。

小さな会議室のような場所で詳しい被害状況と事件の経緯などを尋ねられ、ようやく解放されたのは、とっぷりと夜も更《ふ》けた頃。現場検証は後日するとのことで、今日のところは篁家の屋敷に戻ってきたのだ。

「青戸。心配を掛けて申し訳ない」

車を降りた恭吾が助手席側へと回って、執事の肩を叩いた。彼は青戸が前に出るのを制し、そのまま助手席のドアを開けてくれる。

莉緒は差し出された手を頼りにして、ポーチのアスファルトに降り立った。すると、目の前に飛んできた青戸が、その場に土下座でもしそうな勢いで身体を折り曲げる。

「やめてください、青戸さん！」

慌てて彼の腕を掴んで身体を起こし、ハッとした。青戸は泣いている。

「まことに申し訳ございません。坊ちゃまに中條様のことをよろしく頼むと言われておりましたのに、こんなことになりまして」

「そんな……！　青戸さんは何も悪くありませんよ。悪いのは私の同僚です。それに、恭吾さんのお陰で、こうしてけがひとつなく帰ってこられたんですから」

「そうだよ、青戸。迎えの車を断ったのは私だし、お前が気にすることじゃない」

恭吾も慰《なぐさ》めるが、青戸は自分自身を許せないのか、悔しげに顔を歪《ゆが》めて首を横に振る。

「いいえ、わたくしが責任をもって中條様の身の安全を確保すべきでした。本当になんとお詫び申し上げたらよいのか」

青戸がさめざめと涙を流すので、ふたりで顔を見合わせて困り果ててしまった。

「とにかく中へ入ろう。ここにいては三人とも冷えてしまう」

恭吾がそう言って、ふたりで青戸の身体を支えながらドアを開ける。その途端、メイドたちが一斉に駆け寄ってきた。

メイドだけでなく、屋敷の使用人たちは全員起きて待っていたらしい。恭吾がねぎらいの言葉とともに休むようにと指示を出すと、名残惜しそうな表情を浮かべつつも、三々五々去っていく。

「青戸、お前ももう休みなさい。何も考えずに今夜はゆっくり眠って、明日にはまた元気な顔を見せてくれ」

恭吾に優しく諭《さと》されて、青戸は泣きはらした目元をハンカチで拭《ぬぐ》った。

「かしこまりました。おふた方も、どうかごゆっくりお休みくださいませ」

失礼いたします、と深く腰を折って、青戸は自室へと下がっていく。

彼の姿が見えなくなると、ホールは急に静かになった。

途端にどっと疲れが襲ってくるが、気分は悪くない。皆本当にいい人たちだ。恭吾とこの屋敷で働く人たちとのあいだには、主従関係の枠《わく》を越えた絆《きずな》があるように感じる。

「中條様」

メイドの誰かに声をかけられて、後ろを振り返った。そこにいたのは佐島だ。彼女と関本だけは、その場に残っていたらしい。

「あの……大変お疲れのことと思いますが、ご入浴はいかがなさいますか？」

莉緒を気遣っているのか、遠慮がちに佐島が尋ねてくる。

たとえどんなに疲れていても、身体だけはきれいにしたかった。今思い出しても身の毛のよだつ、恐ろしい体験をしたあとだ。肌に残った記憶をさっぱり落としてからでないと、ベッドに入ることはできない。

「ぜひお願いします」

笑みを浮かべて応じた途端、なぜか佐島の顔がくしゃりと歪《ゆが》んだ。そして、みるみるうちに大粒の涙が盛り上がる。

驚いて関本を見ると、彼女は慈《いつく》しむような顔になって佐島の腕に手を触れた。

「驚かせてしまって申し訳ございません。実は彼女、ずっと中條様のことを気にかけていたものですから。中條様の笑顔を見て、おそらく気が緩んだのでしょう」

「……そうだったんですか。佐島さん、心配かけてごめんね。ありがとう」

声を掛けると、佐島は嗚咽《おえつ》を洩《も》らした。胸がきゅんと締めつけられて、彼女の身体に腕を回す。

なんてかわいらしいんだろう。年の離れた妹ができたみたいで嬉しくなってしまう。

その様子を微笑みを湛《たた》えて見守っていた恭吾が、小さく咳払いした。

「私もシャワーを浴びて自室で待っていることにします。では、のちほど」

莉緒に軽く目くばせして、彼は階段を上《のぼ》っていく。その姿を三人で見送ったのち、関本がくるりと振り返った。

「さあ、わたくしたちも参りましょう。中條様、お荷物をお預かりいたします」

豊かなお湯と心地よい香りに包まれて、憑《つ》き物が落ちたように身も心も軽くなった。疲れてはいたが、やはり風呂に入ったのは正解だ。ずっとあのままでいたら、ひと晩じゅう嫌な記憶にさいなまれ、一睡もできずに悶々《もんもん》と過ごしたかもしれない。

莉緒は恭吾の部屋の前でメイドと別れて、ドアを開けた。室内は暗く、静まり返っている。

「……恭吾さん？」

ドアを閉めて、暗闇に向かって声を掛けた。返事がない。ふと部屋の隅にある寝室のドアを見たところ、わずかにできた上下の隙間から、ぼんやりと薄明かりが洩《も》れている。

莉緒は部屋を横切って寝室のドアをノックした。返事があったのでドアを開けると、ベッドの上でパソコン作業をしていた恭吾が顔を上げる。彼はゆったりと枕に寄りかかり、伸ばした両脚を足首のところで組んでいた。

「少し落ち着きましたか？」

彼はキーボードを操作しながら、視線だけこちらに向けて尋ねる。

「はい。もう大丈夫です。……お仕事ですか？」

「ええ。あなたに会いたい一心で空港から直行したのです。すぐに終わります」

そう言って彼は、ふたたびパソコンの画面に目を落とした。白のバスローブ姿という大変くつろいだ格好ではあるが、顔つきは真剣そのものである。

考えてみれば、彼は今日の夕方に海外出張から戻ったばかりなのだ。空港に着いた直後にみずから車を運転し、地元近くに帰ってきて、やっと一息つけると思っていたことだろう。

それなのに、あんな事件に巻き込んでしまって……

改めて申し訳ない気持ちになり、密かにため息を吐く。

「さあ、終わりました」

恭吾がパソコンを閉じて、サイドテーブルの上に置いた。

「おいで」

差し出された両手を掴み、彼のすぐ隣に横たわる。ふわりと抱きしめられると、はだけたバスローブの胸元から、ボディソープの香りと、彼自身の男らしい匂いが立ち上《のぼ》った。

彼はただ莉緒に寄り添って優しく髪を撫《な》でている。こうしているだけで、じわじわと気分が凪《な》いでいくから不思議だ。

「恭吾さん」

「ん？」

甘い声が、彼の胸板を通して耳に響く。

「今日のこと、本当にありがとうございました。それに、ごめんなさい。ひとりになるなと言われていたのに、軽率な行動をとってしまって……」

言っているうちに涙がにじんできて、莉緒は目をしばたたいた。莉緒が震えていることに気づいたのか、恭吾の手に一層力が加わる。

「いえ。あなたが無事でいてくれて本当によかった。いなくなったとわかった時には、出張に連れていかなかった自分を殴りたいくらいでしたよ」

恭吾はおどけたように言って、くすくすと声を出して笑った。元気づけようとしてくれているのだ。本当に優しい人。

彼の気遣いに応《こた》え、もう悲しくなる話はやめようと、話題を変える。

「恭吾さん、すごく強いんですね。びっくりしました」

「それほどでもありませんよ。ただ、夢中だったというだけで。あなたを助けるためなら、熊にだって立ち向かうと思います」

彼が軽口を叩くので、思わず噴き出してしまった。恭吾なら本当にやりかねないし、この立派な体格なら、熊をも退《しりぞ》けるかもしれない。

そう思い、彼のお腹に手を伸ばした。ところが、軽く触れた途端に、恭吾が顔を顰《しか》めて呻《うめ》く。

莉緒は驚いて、弾かれたように手を引っ込めた。

（まさか、けがでもしてるの？）

そう考えつつそろりとバスローブの前をめくってみて、短く悲鳴を上げた。引き締まった彼の腹部には、痛ましい痣《あざ》が斜めに走っている。

「……大変！　すぐに手当しないと——きゃっ」

莉緒は立ち上がりかけたが、手を掴まれてベッドに引き戻された。

「ただの打ち身です。傷があるわけでもなし、時間がたてば治りますから」

「でも——」

「しっ」

恭吾が空《あ》いている方の人差し指を、ぴたりと莉緒の唇に押し付ける。

「そんなに心配しないで。あなたがそばにいてくれるのが一番の薬です」

手首を掴んでいた彼の手がうごめいて、恋人繋《つな》ぎに握り直す。さらに反対の手を首筋に差し入れ、至近距離で見つめてきた。

彼はどうして、こんなにも優しくしてくれるのだろう。

渡会が部屋のドアを蹴破《けやぶ》って入ってきた時、彼が刃物を持っていることに恭吾もすぐに気がついたはずだ。普通は怖気《おじけ》づく場面だろう。それなのに、彼は一歩も退《ひ》く姿勢を見せずに、命を賭《と》して立ち向かってくれた。いくら恋人とはいえ、莉緒と恭吾は最近出会ったばかりなのに……。

そこでふと、先日青戸が話していたことを思い出した。

——それはそれは長いこと、坊ちゃまはあなた様を思っておられたのです——

あれ以来、その言葉が胸に引っかかり、たびたび莉緒を悩ませている。

もしかして恭吾は、昔近所に住んでいたことでもあるのだろうか。大学の先輩だとか、図書館の利用者ということではなさそうだ。ここ数年ほどの知り合いであれば、『それはそれは長いこと』という表現は当てはまらないし、これだけ見目麗《うるわ》しい男性なら、印象に残っていていいはずだ。

思い返せばはじめから、彼は恋心をもって自分に接していた気がする。

ふとした時に送られる熱い視線。言葉の端々に感じられる思い……それこそ、出会ったその晩の第一声から、第一印象から、何かが違っていた。

莉緒はゆっくり瞬《まばた》きをして、蠱惑的《こわくてき》に揺れるはしばみ色の眼差《まなざ》しを見つめ返す。

「私……恭吾さんと以前にどこかで会っていますか？」

恭吾がごくりと唾をのむ音が聞こえた。彼は何も言わずに、莉緒の両目のあいだで視線をさまよわせていたが、深く息を吸い込むとようやく口を開く。

「長い話になりますが……聞いてもらえますか？」

切ない響きを含むその声に、莉緒はこくりとうなずいた。

「恭吾さんのことが知りたいです。全部教えてください」

「わかりました。では、ここへ」

促《うなが》されて、ふたたび彼の隣に横たわる。差し出された腕に頭を載せると、ちょうど彼の脇にすっぽりと収まるような格好になった。

莉緒の肩を軽く抱き寄せて、恭吾が静かに語り始める。

「私を産んでくれた母親は、父の正式な妻ではありませんでした。愛人ということになります」

いきなりの衝撃的な告白に、莉緒は鋭く息をのんだ。相槌《あいづち》を打とうにも、何も言葉が浮かばない。

莉緒が身を固くしたのがわかったのか、恭吾は肩を抱く手に少し力を込めて続ける。

「篁の家にしてみれば、私はたったひとりの子供だったので、世間的には父の正式な妻の子供ということになっていますが、実際は彼女とのあいだには子供ができなかったのです。ある時、父は当時のビジネスパートナーだった英国人の女性と恋に落ちました。その時に妻と離婚すればよかったものの、英国で爵位を持つ名家の生まれだった妻は、世間体《せけんてい》を気にして父の求めに応じなかったようです。そして、父と恋に落ちた女性は身ごもりました。それが私の産みの母です」

恭吾の口から語られる淡々とした言葉を、莉緒は固唾《かたず》をのんで聞いていた。

頭の中で何かがかちりと音を立ててはまる。彼の日本人らしからぬ体格と顔立ち、どこか不思議な目の色は母から受け継いだのだろう。

「物心ついた頃には、養子とするため産みの母親と引き離され、英国で養育されていましたが、戸籍上の母親には最初から疎《うと》まれていたように思います。私の面倒を見るのはシッターの役目であり、仕事で忙しい父とはもちろん、家にいるはずの母親とも顔を合わせることはほとんどありませんでした。たまにすれ違った際、憎々しげな眼差《まなざ》しを向けられるのが辛かった。実は、彼女のことを〝マム〟あるいは〝マミー〟と呼んだ記憶が一度もありません。……莉緒さん」

「はい」

「泣かないで」

彼に言われて、自分が涙を流していることにはじめて気づいた。驚いて目を固く閉じると、目尻から大粒の涙が零《こぼ》れ落ちる。

ずっと幸せに生きてきたのだと思っていた。裕福な家庭に生まれて、家族に大切に育てられ、人に優しくされたからこそ、こうして穏やかでまっすぐな性格の人物に育ったのだと思っていた。それなのに、本当の彼の人生は——

「ごめんなさい」

思わず謝って目をしばたたく。彼はこちらに身体を傾けて莉緒のまぶたを指で拭《ぬぐ》い、額《ひたい》にそっとキスを落とした。

「大丈夫。昔の話ですよ。今は幸せですから」

そう言って微笑む顔がやはり穏やかだったので、少しだけ安堵した。過去に何があっても、今が幸せならば前を向いて歩いていける。彼の笑顔はそう語っているようだ。

恭吾はふたたび天井に顔を向けて、さらに続ける。

「ある時、自宅へ戻った父に突然こう言われました『お前を日本で育てることにした』と。その理由に、日本の治安や環境のよさ、教育水準が高いことなどを父は挙げていましたが、おそらく、私が母親に冷たく当たられていることを知っていたのだと思います。当時、私はもう九歳になっていました。学校の友達と離れるのは辛いものがありましたが、わが家で頼れるのは父のみでしたし、母親と離れて暮らすことで新たな人生のスタートを切ることができるのなら、と父を信じて日本へやってきたのです」

「日本へ」

「はい。父方の祖父母宅に預けられました。しかしロンドンの家では、母親が英国人だったこともあって父は英語しか話しませんでしたし、当時の私は日本語がまったくわかりません。最初は祖父母との会話が成立せずに苦労しました。編入した小学校でも、友達や先生が何を話しているのか理解できず、ひとりで過ごす毎日だったことを覚えています。そんなある日、私は近所にある図書館の存在を知りました」

意外な話の流れに、莉緒は頭を起こして恭吾の顔を見る。

「図書館……ですか?」

「はい。放課後に遊ぶ友達もいない、家に帰ると『友達はできたか』『勉強は理解できているのか』と祖父母に尋ねられる毎日が、九歳の私には苦痛でした。そんな折、担任の先生が学校の近くに図書館があると教えてくれたのです。そこは私にとって、すぐに心安らぐ唯一の場所になりました。漢字がほとんど読めなくても、きれいなイラストを見ているだけで楽しい気持ちになれましたし、その頃にはひらがなはだいぶ読めるようになっていたので、話の流れはなんとなくわかったのです。それに、本をじっと見ていれば誰とも話す必要がありません」

そう言って彼は、自嘲気味にくすくすと笑う。しかしすぐに笑うのをやめ、真剣な表情になった。彼の眼差《まなざ》しは遠い彼方《かなた》へと過ぎ去った記憶を探るように鋭く、それでいて口元は甘美な思い出に浸《ひた》るように、緩やかに弧を描いている。

「……ある時、ひとりの少女に出会いました。日本人の姿はまだそれほど見慣れていませんでしたが、クラスメイトの女子と比べて、ほんの少し年下だとなんとなく気がつきます。髪の長い、笑顔がかわいらしい女の子は、毎日同じ時間に図書館へ来て、窓際の長椅子に座って本を読んでいました」

「窓際の長椅子……？」

恭吾がうなずく。

「ちょうど病院の待合室にあるような、グリーンの長椅子です」

彼の言う特徴を聞いて、色の褪《あ》せた、という一文が、莉緒の脳内にふと浮かんだ。その長椅子には、ところどころ破れた箇所をガムテープで補修した跡があるのではないだろうか。

不思議なことに、莉緒の記憶の中にも、図書館の窓際に置かれたグリーンの長椅子がある。毎日放課後になると、お気に入りのその場所に座って本を読んでいた。おそらく、小学校に入学する前後のことだろう。長年のあいだ記憶の隅に追いやられていたが、恭吾の話を聞いて突然思い出した。

彼が図書館の話を始めてから、莉緒の頭にはずっと何かが引っかかっている。思い出しそうなのに思い出せないもどかしい感覚。楽しいのに切なくて、わけもなく泣きたくなる、郷愁《きょうしゅう》めいたものが胸を占めている。

夢見るような恭吾の横顔を、莉緒は見つめた。彼がふたたび語り出す。

「その日、彼女よりも先に図書館に到着した私は、彼女のお気に入りの場所に腰掛けて、お気に入りの本を眺めていました。もちろん、まだ漢字は読めません。すると、その子が私のもとへやってきて、きさくに話しかけるのです。私を自分よりも小さな男の子だと思ったのか、手にしていた本を読んでくれました。その本のタイトルは……」

恭吾はそこまで言って一旦言葉を切り、莉緒の方に顔を向ける。

「その本のタイトルは、『星くずのきかんしゃ』です」

（えっ……？）

彼がそう口にした途端、莉緒の脳内に突如として記憶の洪水《こうずい》が押し寄せた。同時に胸に溢れるものを受け止め切れなくて、呼吸が苦しくなる。

莉緒の頭の中には、懐かしい子供時代を彩《いろど》る映像が、スライドショーのように次々と現れては消えていった。

暑い夏。草いきれのなか、うるさいほどにがなり立てる蝉《せみ》の声。汗でべたついた肌。うなじに貼りつく髪。古ぼけた板張りの床と、白い壁につけられた誰かの靴の跡。ぼろぼろになった本の背表紙。古い本の匂い。窓から差し込む、オレンジがかった陽の光。

それから――

記憶の渦《うず》のさらに奥深いところを覗き込む。

……あった。まだあどけない少年の、小さな靴先が見える。それと、学校や近所の子供たちは誰も着ていない、胸にあひるの柄が刺繍《ししゅう》された白いシャツ。

少年は莉緒のお気に入りだった図書館の長椅子に、両脚を揃えて座っていた、そして、黒色の半ズボンから伸びた膝の上に『星くずのきかんしゃ』を広げている。

（あれは……誰？）

唐突に鮮明によみがえった思い出の数々に、全身の肌が粟立《あわだ》っていた。

懐かしくて、切なくて、でも、その思い出にはもう手が届くことはなくて。

胸が苦しくなって、目をつぶる。自分にも恭吾とそっくりな記憶があるのはどうしてだろう……

「……こうちゃん」

頭の中に浮かんだ名前を、ぽつりと呟く。

その瞬間、恭吾が隣で息をのむのがわかった。彼はベッドから飛び起きて莉緒の肩を掴み、こちらをじっと見つめている。

「私を……覚えているのですか？」

「は、はい？」

莉緒は困惑して、恭吾の両目を交互に見た。恭吾は真剣な眼差し《まなざ》しを莉緒へ向けたまま、唇を舌で軽く湿らせる。

「こうちゃん、という名前に記憶が？」

「……わかりません。でも、何故かその名前が突然頭に浮かんで――んっ！」

いきなり抱きすくめられて、息が止まりそうになった。自分の手が彼のお腹の傷に触れないよう、慎重に引き抜いて背中へと回す。

「恭吾さん……どうしたんですか？」

「『こうちゃん』というその男の子は、おそらく私です」

「ええっ⁉」

驚きのあまり、彼の顔を確かめようと首を持ち上げた。

（あの男の子が恭吾さん？　嘘でしょう!?）

抱きしめる力はとても強かったが、必死にもがいて、やっと彼の鎖骨あたりに顔を出す。

「その男の子に何度か本を読んであげたことは、なんとなく覚えてるんです。だけど、その子は確か、私よりも小さかった気が……。あの、本当に恭吾さんなんですか？」

困惑して尋ねると、彼は苦笑した。

「子供の頃はとても身体が小さくて、日本語も拙《つたな》かったので幼く見えたのでしょう。当時は『きょうご』という名前をうまく発音できなくて、自分の名前を人に教える際には、『こう』と名乗っていました」

「そんな……」

少し腕が緩んだので、顔を上げて恭吾のことを見る。興奮のためか、彼はきらきらと目を輝かせ、宝物を見るような眼差《まなざ》しをこちらへ向けていた。

今、莉緒を抱きしめているのは、頼りなげな少年の面影《おもかげ》など微塵《みじん》も感じさせない立派な男性だ。その彼が、小さな頃に本を読んであげたあの男の子だとは、にわかには信じ難い。しかし――

（……そうだ。彼がその時の『こうちゃん』なら、もしかしてあれを覚えているかも……）

莉緒は彼の胸の中で、ぐっと首を反らす。

「ちょっとお尋ねしたいんですけど、その頃の恭吾さん、どんな格好をしていたか覚えていますか？　たとえば、お気に入りの服のデザインとか、キャラクターとか」

　そう尋ねると、彼は何かを思い出したのか、くすっと笑った。

「今思えば随分と幼い趣味でしたが、当時の私は、イギリスで放映していた『あひるのスー』というアニメのキャラクターの服を気に入っていました。父がロンドンから日本へ来るたびに買ってきてくれたので、シャツにTシャツ、パジャマも下着もすべてそのキャラクターで統一されていたことを覚えています」

「あひるのスー？」

「そうです。あひるのスー」

　彼は切れ長の目を細めて、はにかんだ笑顔を見せた。それにつられて、莉緒の顔にも満面の笑みが広がっていく。

　これで確信した。あの時の小さな男の子は幼い頃の恭吾だったのだ。彼とは十日ほど前に知り合ったわけではなく、物心ついた頃に一緒に遊んだ仲だった。そのことを彼だけがずっと覚えていて、自分はすっかり忘れていたなんて。

「ごめんなさい。私、全然気づかなくて」

　急に申し訳ない気持ちが湧いてきて、彼に謝った。恭吾は一瞬戸惑いの表情を浮かべたが、すぐにまた、心の底から満たされていると言わんばかりの笑顔になる。

「こちらこそ、今まで言えなくてすみませんでした。何せ思い続けてきた期間が長すぎたので……一歩間違えれば、今夜のあの男と変わりませんから」

自分をあざ笑うかのようにくすくす笑う彼に、莉緒は憤慨《ふんがい》した。

「あ、あんなのと恭吾さんを一緒にしないでください！」

彼は声を上げて笑って、愛《いと》しそうに莉緒を抱きしめる。

「冗談ですよ。それにしても、まさかあなたが覚えてくれているとは思わなかったので、今は天にも昇る気持ちです。私が日本にいた期間は、たったの数か月ほどのことだったのですから」

「数か月？」

顔を上げた莉緒に、恭吾がこくりとうなずき返す。

「あの図書館をはじめて訪れたのが、日本に来てひと月ほどたった頃だったので、あなたと過ごしたのもおそらく二、三か月ほどのことでしょう。戸籍上の母親が急病で亡くなったのをきっかけに、ロンドンに戻ってしまったので」

莉緒はハッとして恭吾を見た。

「お母様が……亡くなられたのですか？」

「ええ。子供の私にはよくわかりませんでしたが、心臓が悪かったようです。それからしばらくして落ち着いた頃に、私は父の出張に同行して日本をふたたび訪れました。もちろん、あなたに会うためです。しかし――」

彼は天井の方へ顔を向け、寂しそうに眉を曇《くも》らせる。

「そこにあなたの姿はありませんでした。あなたの指定席である窓際の長椅子にも、絵本の書架《しょか》の前にも、ロビーのソファにも、外の公園にも。私は司書の女性に尋ねました。覚えたての日本語で、『中條莉緒さんはどこにいますか』と」

ごくり、と莉緒は唾をのみ込んだ。恭吾は腕枕をした手で莉緒の髪を撫《な》でながら続ける。

「『あの子は引っ越ししてしまったみたい』――そう司書の方に聞かされた時は、本当にショックでした。まだ子供だった自分にはどうすることもできず、ロンドンへ帰る飛行機の中でもずっと黙りこくっていたので、父が心配していたのを覚えています。やがて思春期になり、大人の世界が近づくにつれ、タカムラインターナショナルの後継者としての勉強が忙しくなっていきました。その中で、あなたのこともいつしか忘れてしまうのだろうと、私自身、頭の片隅で思っていたのです」

そこで彼は一旦言葉を切り、希望に満ちた笑みを浮かべた。

「しかし大人になり、社会に出ても、あなたを忘れることは決してありませんでした。それどころか、ぼんやりした思いはいつしか恋へと変わり、大人になったあなたの姿を想像する日々を過ごします。書店を訪れても、気に入った本を読んでも、成長したあなたの声が物語を紡《つむ》ぐことを考えずにはいられなかった」

「恭吾さん……」

彼は莉緒の方を向いて、頬に手を当てた。莉緒も彼の手に自分の手を重ね、見つめ合う。

彼にここまで思ってもらえるなんて幸せだ。恭吾も安らいだ表情を浮かべて続ける。

「探さずにいるのは、もう無理だと理解しました。それに、大人になった今なら、あなたを見つけることができるのでは、とも。ところが、あの場所にはまだ図書館があったものの、当時を知る人がもういませんでした。そこで、人づてに聞いたあなたの古い住所を訪れ、近所で聞き込みをしたのです」

「近所で？」

「はい。仕事の合間を縫って、私がみずから歩いて尋ねました」

彼は暗い表情を浮かべて、首を振る。

「十年ほど前に、ご両親を相次いで病気で亡くされたと聞いた時には、自分のこと同然に胸が痛みました。さらには、お姉様は遠方に嫁《とつ》がれたという話。あなたが寂しい思いをしているのではと考え、なんとしてもこの家に連れてきたいと決意しました。そして、ようやく現在の職場を探し当てたのです」

恭吾は言い終えると、大きなため息を吐いて口をつぐんだ。ふたたびこちらに向けた笑顔は曇《くも》りなく、少年のような瑞々《みずみず》しさと情熱に溢れている。

その彼の顔を、莉緒は何も言えずにただじっと見つめた。胸がいっぱいで、何を言葉にすればいいのか、この気持ちをどう表現していいのかわからない。

子供時代のほんの数か月をともに過ごしただけの相手を、二十年も忘れずにいて探し出すなど、普通はあり得ないだろう。それほどまでに自分を恋い慕ってくれた人が、こんなにも素敵な男性だなんて、本当に夢を見ているのではないだろうか。

手を伸ばして、端整な容貌をかたち作るパーツのひとつひとつに、指で触れる。

凛《りん》とした眉。すっと通った鼻筋。ヘーゼルのような目を縁取《ふちど》る長い睫毛《まつげ》。シルクのような唇。

ほんの少し状況が違っていたら、絶対に出会うはずがなかった人だ。その彼と、子供時代に偶然にも巡り合えたこと、そして、ふたたびまみえることができた好運に感謝する。

莉緒は言葉を探した。そして、ようやく探り当てた言葉を、思いとともに声に乗せる。

「恭吾さん……私を見つけてくださって、ありがとうございます」

最後は涙声になった。ずっと抑えていた感情の渦《うず》が、声に出したことで堰《せき》を切り、涙となって頬を伝い流れていく。

それを目にした彼が、心の底から嬉しそうな笑みを浮かべた。美しいはしばみ色の目で慈《いつく》しむように莉緒を見つめながら、濡《ぬ》れた頬を指で拭《ぬぐ》う。

「今日、あなたがいなくなったと知った時、心が引き裂かれそうになりました。あなたを失ったら、私はもう生きてはいけない。ふたたび見つけてしまったからには、二度と離れることなどできないのです」

ふわりと抱きしめられて、彼の胸元でこくこくうなずいた。莉緒もまったく同じ気持ちだ。この優しい腕に抱かれて、ずっとずっと夢のような世界をたゆたっていけたら、どんなに幸せだろう。

彼の唇が耳にそっと触れる。

「莉緒さん。今から大事なことを言いますから泣きやんで」

囁《ささや》かれて、莉緒は素直に涙を止めようと試《こころ》みた。それでもしばらくのあいだ泣きやむことができず、格闘すること数分。恭吾のバスローブに顔をこすりつけたり、鼻をすすったりして、ようやく涙を引っ込めることに成功した。

「大丈夫？」

「はい。もう大丈夫です」

ぎこちない笑みを浮かべてみせると、彼もまた安心したように微笑んだ。ベッドから滑《すべ》り下りてこちらを向き、カーペット敷きの床に跪《ひざまず》く。

「本当は、もっときちんとした格好で、しかるべき場所で言いたかった。しかし、もう一分一秒たりとも待ちたくない。莉緒さん」

「は、はい」

恭吾の顔つきがあまりにも真剣だったので、慌てて莉緒もベッドの上で居ずまいを正す。

彼はしばらくのあいだ、何も言わずにいた。そしてようやく小さく咳払いをして、その唇を開く。

「莉緒さん。私の妻になっていただけませんか」

（……え？）

莉緒はきょとんとして、彼の両目をじっと見つめた。

何を言われたのか、すぐには理解できない。彼が返事を求めるように小首を傾げた時、やっと事の重大さに気づく。

（……妻？　妻に、ということは、まさか――）

「ええっ⁉」

その意味に気づいた瞬間、大きな声を上げ両手で口を覆《おお》った。

（嘘……嘘でしょう？　でも――）

これは紛れもなくプロポーズだ。彼の言葉は至って単純明快だったが、莉緒の方に心の準備がなかったため、理解が追いつかなかった。一瞬遅れてやってきた喜びと驚きに、全身ががたがたと震えてしまう。

恭吾はどこからか取り出したらしい、黒色のビロード張りのリングケースを手にしていた。その蓋《ふた》が、男性的な魅力溢れる指によって、ゆっくりと開かれる。そこには、台座にはめられた極大のダイヤモンドが、きら星のごとく輝いていた。

「私にとって、これまでの人生の三分の二は、すでにあなたとともにありました。もしも結婚を断られたら、私はおそらく生涯独身を貫《つらぬ》くでしょう。ともにこの先の人生を歩みたい女性は、あなた以外には考えられない」

そう言って恭吾は、台座から指輪を外して莉緒の左手を取る。

「返事はこの場で聞かせてください」

彼の両目がきらりと輝いて、まっすぐに莉緒を射貫いた。

莉緒はごくりと唾をのみ込む。胸の奥がちりちりと熱く、心臓が今にも爆発してしまいそうなくらいに、どきどきと脈打っている。

莉緒の返事はもう決まっていた。

彼とふたたび巡り合った時、今まで探し続けていた何かを見つけたような気さえしたのだ。

それはおそらく、彼の魂《たましい》に惹《ひ》かれたから。恭吾の人柄に触れるたび、好きなところがひとつずつ増えていったのも、必然だったに違いない。

理性が強く、知識に富んだところ。いつも穏やかで優しく、思いやりに溢れたところ。それでいて芯が強く、信念を曲げないところ。

彼という人をかたちづくる何もかもが、莉緒を惹《ひ》きつけてやまない。

今や莉緒にとっても、彼以外の人など考えられなかった。

ほかの誰にも渡したくない。この先、ほかの誰のことも好きになってほしくない。彼に愛されたい。二十年に及ぶ彼の愛に負けないくらいに、彼を愛したい。

だから――

「……はい。喜んでお受けいたします」

震える声で、それでもしっかりと彼の目を見て答えた。

その瞬間、恭吾の顔がわずかに歪《ゆが》む。そして彼は、両目を潤《うる》ませながらも満面の笑みを浮かべた。

「ありがとう、莉緒さん」

静かに言って、恭吾が莉緒の左手の薬指にゆっくりと指輪をはめる。

けれど、あらかじめ用意されていたそれは莉緒の指には大きすぎて、両脇の指で押さえていないと石の重みでくるりと回ってしまう。彼がくすくす笑うので、つられて莉緒も噴き出した。

恭吾が立ち上がり、ベッドの端に腰かけてこちらを向く。彼は下から支えている莉緒の左手に、空《あ》いている方の手を包み込むようにかぶせた。

「この細い指を誰にも傷つけられないよう、私の人生をかけて守り抜きます。生涯大切にすると約束しますから」

「はい。よろしくお願いします」

ベッドの上でもう一度居ずまいを正して、深く頭を下げる。そして顔を上げたところを、恭吾に身体ごと攫《さら》われた。

驚く間もなく天地が回転し、気づいた時には彼の上に横たわっていた。頭から足の爪の先まで、全身がぴたりと重なっている。

莉緒の頭は、ちょうど恭吾の胸の上にあった。厚い胸板に耳をくっつけると、どくん、どくん、と心臓が力強く拍動する音がする。そんなふうには見えなかったが、彼も緊張していたのかもしれない。

「莉緒さん。莉緒さん……！」

「きゃっ、恭吾さん！」

胸にかき抱かれた頭をぐりぐりとかき回され、莉緒はもがいた。恭吾にしては珍しく興奮している様子だ。

「ああ……幸せだ。夢を見ているみたいです。ずっと思い続けていたあなたに、結婚の承諾をもらえるなんて」

莉緒の頭を撫《な》でながら、恭吾が呟く。莉緒は首を上げて恭吾の顔を見た。

「夢みたいだなんて、それはこっちのセリフですよ。本当に私なんかで後悔しませんか？」

「あなたと結ばれなかったら一生悔《く》やみ続けます。何せ、私は生涯独身を貫《つらぬ》かなければならなくなる」

「えっ、じゃあ首を縦に振らなかったらどうしていたんですか？」

うーん、と唸《うな》って、恭吾がやや考える。

「生霊《いきりょう》になって、莉緒さんを襲いにいっていたかもしれません」

反応を窺《うかが》おうとしてか、恭吾がちらりと莉緒を見た。ふたりで顔を見合わせて、一瞬の間ののち、同時に笑い出す。

ところが、突然彼が顔を顰《しか》めた。莉緒の体重がかかっているせいで、お腹の傷が痛んだようだ。

莉緒は恭吾の身体から慌てて身を起こした。

「ごめんなさい！　痛かったですか？」

「少しだけ。でも、大したことはありません」

彼はそう言って取り繕《つくろ》うが、きっとやせ我慢に違いない。もう一度バスローブをめくって確認してみると、赤く内出血した部分がやはり痛そうだ。

「かわいそうに……」

莉緒は身体を折り曲げて、傷に直接触れないよう彼の腹部に口づけを落とした。

小さな頃、急に腹痛を起こした時には、母がよくお腹をさすってくれたものだ。そうすると、すぐに痛みが引いていくのが不思議で仕方がなかった。薬と違って直接的な治療ではないが、人の愛情や思いやりのパワーは、心に作用して痛みを和《やわ》らげる効果があるのだと思う。

何も言われないのをいいことに、莉緒は次々と優しくキスをした。バスローブの紐を解《ほど》き、斜めに走った赤い模様に沿って、口づけは徐々に下りていく。

「もっと下」

恭吾に指示されて、臍《へそ》のあたりに唇をつけた。ぴくっ、と彼の手が動く。お腹の皮膚《ひふ》がゆっくりと上下していて、呼吸が凪《な》いでいるのがわかった。これで痛みが引いていくのなら、いくらでも続けるつもりだ。

傷はそのあたりで終わっていたが、恭吾はさらに下へとキスを促《うなが》した。彼はショーツをつけていない。先ほど莉緒がキスをした臍《へそ》のすぐ下では、立派にそそり立ったものがその存在を誇示《こじ》しており、時折力強く脈打っている。

彼は冗談で言ったのかもしれないが、莉緒は本当にその場所に唇で触れた。

ちゅっ、と小鳥がさえずるような音がした途端、それが反応する。まっすぐに伸びた柱は、とても熱く、硬い。そこを優しく手で包み込み、先端ににじんだ雫《しずく》を舌先で舐《な》め取る。彼は小さく呻《うめ》き声を洩《も》らした。

「レディはそんなことをしてはいけませんよ」

恭吾は自分の目元を手の甲で覆《おお》い、優しく窘《たしな》める。本心で言っているのか、気遣っているのか、莉緒にはわからない。しかし、雄々《おお》しくみなぎる彼自身を目の前にして、みずからの舌で直接味わってみたいという欲求には抗《あらが》えそうもなかった。

彼の言うことには構わずに、張り詰めた先端の丸みに沿って舌を這《は》わせる。すると恭吾がふたたび呻《うめ》いて、腰を突き上げてきた。

すっかり気分がよくなって、今度は大きな先端部を口いっぱいに含んだ。柱を握った手を上下に動かして、唇で先端の返しの部分を愛撫《あいぶ》する。彼が洩《も》らす吐息が聞こえると同時に、言いしれない歓《よろこ》びが湧き起こるのを感じた。

莉緒の髪を撫《な》でていた恭吾の手が、頬に回り、顎《あご》に宛《あて》がわれる。激しい水音とともに、唇が彼の屹立《きつりつ》から離れた。

「さ、もういいから、上に来て」

「……よくなかったですか？」

わずかに眉を寄せて尋ねてみる。こういったことは、早いうちに聞いておいた方がいい。しかし彼は、とろりとした表情を浮かべて首を横に振った。

「逆によすぎて、このまま果ててしまうのではないかと思っただけです。あなたの中で過ごす時間の方がずっと大事だ。おいで」

差し出された手を求めて、四《よ》つん這《ば》いの体勢で恭吾の身体をよじ登っていく。最後は脇の下に差し入れられた彼の手で、ぐい、と筋肉質な胸の上に引っ張り上げられた。美しい恭吾の顔が、すぐ真下にある。彼は妖艶《ようえん》な笑みを浮かべて首を起こし、莉緒のバスローブの胸元に顔をうずめる。双丘のあいだに落とした口づけを横にスライドさせ、優しく頂《いただき》を吸い上げた。

「あっ」

あたたかく濡《ぬ》れた感触が心地よくて、びくりと背中を反らす。さらに彼が、反対のバストの先端を指先でつねったので、莉緒はもじもじと腰を揺らした。

「気持ちいい？」

「は……い。んっ」

莉緒は身じろぎをして、もう喘《あえ》いでいる。彼は満足そうな表情を浮かべると、空《あ》いている方の手を莉緒のバスローブの裾の内側へと潜《もぐ》り込ませた。ローブの下は、彼と同じようにショーツをつけていない。彼の手はヒップの丸みをまさぐって、やがて彼の腹部に接している体温の高い場所を探り当てる。

莉緒は息をのんだ。指先で軽く撫《な》でられただけで、身体の奥からさらに蜜が溢れ出るのを感じる。はしたないと思う気持ちとは裏腹に、彼をこの隙間にうずめたくて早くも焦《こ》がれていた。

恭吾にお尻を持ち上げられて、莉緒は彼の欲望の象徴の上に腰を下ろす。彼のものはお腹と平行になるくらいにそそり立っているので、まだ中に入ってきてはいない。彼のお腹と、自分の秘所とで挟み込まれている。

恭吾が莉緒のお尻を掴んで前後に揺らした。すぐに快感が襲ってきて、莉緒は思わず彼の腕を掴む。

「あ、あ……恭吾さんっ……」

濡《ぬ》れた谷間に沿って、硬い凹凸《おうとつ》が滑《なめ》らかに駆け抜けた。自分の体重がかかっているせいで、彼のものは隙間にぴたりと密着している。莉緒は自分で腰を動かし始めた。明かりが落とされた部屋の中、研ぎ澄まされた聴覚を淫《みだ》らな音が襲う。

やがて、心地よさが高まるにつれ、そこを外側から愛撫《あいぶ》されるだけでは物足りなくなった。愛する人のもので内部を満たされる素晴らしさを、莉緒はもう知ってしまっている。

莉緒は腰を前の方に滑《すべ》らせて、蜜口に先端を押しつけた。すると彼の手が腰を掴み、待ったをかける。

「避妊は？」

恭吾の問いかけに、莉緒は黙って首を横に振った。彼は即座に納得したらしく、うなずいて、ゆっくりと莉緒の腰を自身に向かって下ろさせる。

「う……んんっ――」

強烈な圧迫感にさいなまれて、思わず顔を顰《しか》めた。たっぷりと潤《うるお》ってはいても、やはり彼のものは大きくて、はじめはきつい。

「莉緒さん、力を抜いて」

そっと腰を撫《な》でられて、自分が息を詰めていたことに気づく。深呼吸をして、まずは彼を受け入れることに集中した。

行きつ戻りつ、恭吾は強い自制心をもって自身を押し進めてくる。その優しさが嬉しかった。こうした行為の最中でも、それ以外でも、彼が常に莉緒のことを一番に気遣ってくれるのが、本当にありがたい。

深呼吸をしながら彼の言うとおりに力を抜くよう意識したおかげで、ようやくすべてを受け入れることができた。しかし安堵する間もなく突き上げが始まって、今度は喘《あえ》ぎが止まらなくなる。

彼は腰を動かしつつ、莉緒の揺れるバストを下からすくい上げた。指先が頂《いただき》を摘《つま》むと、全身に電流が走ったようになる。

「あ、ああっ……！」

身体が一気に歓喜の声を上げ、戸惑いの渦《うず》に放り出された。

まだ始まったばかりだ。にもかかわらず、彼はもう莉緒が今日最も感じる場所を突き止めたのか、そこを執拗《しつよう》に突いてくる。

ひと突きされるごとに、身体の奥に灯った火は赤く燃え上がり、莉緒をどんどん高みへと押し上げた。彼を包み込む蜜洞《みつどう》は自然ときつく締まり、脚がわななく。

下から見上げられていることが急に恥ずかしくなって、手で顔を覆《おお》った。しかしすぐさま優しく腕を掴まれ、阻止されてしまう。

「隠さないで。顔を見せて」

焦《こ》がれたように眉根を寄せて、彼が懇願《こんがん》する。

「で、でも――あっ……ん！」

「お願いです。あなたが達する時の顔が見たい」

恭吾は莉緒の手首を掴んだまま、腰を回しながら激しく突き上げた。絶え間なく襲う快感になす術《すべ》もなく、喘《あえ》ぎがほとばしる。

もう何も話せない。何も考えられない。

ふたりのあいだを隔《へだ》てるものは何もなく、日頃は秘められた場所が隙間なく絡み合っている。今この瞬間、ふたりは完全にひとつだ。

ほかのすべての感覚を排除して、莉緒は自身が上《のぼ》り詰めることのみに集中した。解放の時は近い。せっぱつまったその感覚に耐えかねて、喘《あえ》ぎとともに仰《の》け反《ぞ》る。

「あっ、あ、恭吾さん、私――」

その瞬間、極限まで膨らんだ快感が弾け飛んだ。それが瞬《また》く間に全身に広がって、頭のてっぺんから爪先までを、甘い陶酔《とうすい》で満たしていく。

腕の力が抜けて、恭吾の胸に倒れ込んだ。すぐさま彼の腕が優しく身体を包み込み、額《ひたい》に口づけた。

「最高の気分です……きれいでした。とても」

耳元で甘く囁《ささや》かれて、顔が熱くなる。恥ずかしさに耐えかね彼の胸に顔をうずめると、恭吾が莉緒の身体を抱えたまま身体を捻《ひね》り、上下を反転させた。

はらりとかかった前髪の向こうから、蠱惑的《こわくてき》に揺れる眼差《まなざ》しが射貫いてくる。いつもとは違う、男性的な色気をまとった彼にどぎまぎしてしまう。

「今後はあなたのあの表情を、毎晩見られるのですね」

そう囁《ささや》く彼の声は、欲望に彩《いろど》られていた。

「毎晩……ですか？」

ふいに怖気《おじけ》づいて、そう尋ねる。あまり男性の性については詳しくないが、いくら体力のある人でも、毎晩なんてできるものだろうか。

ところが、そんな莉緒の疑問には構いもせず、恭吾は目と鼻の距離で妖艶《ようえん》な笑みを浮かべた。そして、莉緒の唇に重なる直前まで、自分の唇を寄せる。

「あなたに許していただけるなら、毎晩、何度でも私は男になりますよ」

官能を揺さぶるセクシーな声に、ぞくりと腰が震えた。恭吾は莉緒を見つめたまま昂《たかぶ》りを一旦入り口まで引き戻し、そして奥へ一気に進入してくる。

「はあんっ」

一度達して敏感になった隘路《あいろ》に、うねりのような快楽がもたらされた。莉緒は堪《たま》らず、恭吾の引き締まった腰に自分の両脚を巻きつける。

彼がふたたび腰を引き、今度は円を描くように回しながら突き入れた。

引いては突いて。突いては引いて。同じ場所を貫《つらぬ》かれるたび、渇いた喉《のど》から喘《あえ》ぎがほとばしる。

今や、莉緒の身体の芯には、またも欲望の炎が燃え盛っていた。徐々に感覚が研ぎ澄まされていく。連れていってほしい。夜空に輝く月よりも高い、あの雲の上へと――

「あ、ああ……恭吾さんっ……」

「ほら、あなたの身体も歓《よろこ》んでる」

依然として莉緒の唇に半《なか》ば触れている彼の唇が囁《ささや》いた。胎内に沈めた昂《たかぶ》りの動きに合わせて、時折莉緒の唇を舐《な》めたり、舐《ねぶ》るみたいにキスをしたりしてくる。

「こんなに濡《ぬ》れて」

「あんっ……やあっ」

「これ以上私を虜《とりこ》にさせて、どうするつもりですか」

「あっ、はんっ、そんなに、激しくしちゃ……んんっ!!」

二度目の波が弾けて、恭吾の分身をいだく場所がきつく締まった。同時に彼も小さく呻《うめ》いて、腰を引こうとする。

「あ……あっ……、だめ、出ていかないで」

とっさに彼のうなじに腕を絡ませて、腰に巻きつけた脚に力を込めた。長い絶頂はまだ続いている。穿《うが》たれた楔《くさび》が引き抜かれたら、たった今まで彼と共有していた愛の歓《よろこ》びが、急に味気ないものに変わってしまう気がするのだ。

莉緒の胸に顔をうずめた恭吾が低く唸《うな》った。そして何度か、今までにないくらいに激しく突き上げると、急に動きを止める。

「……恭吾さん？」

莉緒はわずかに首を上げて、彼の耳元に向かって尋ねた。恭吾がゆっくりと顔を上げ、焦《こ》がれたような眼差《まなざ》しを向けてくる。

「今夜はいろいろとありすぎて、とても理性を保つ自信がありません。めちゃくちゃに抱いてしまうかもしれない」

下りた前髪の向こうで、彼らしくもない獰猛《どうもう》な目が輝いていた。普通であれば、恐れをなすところかもしれない。しかし今夜の莉緒は、身体の奥に新たな歓《よろこ》びが湧き上がるのを感じた。

「そうしてください」

恭吾の頬を優しく撫《な》でながら囁《ささや》く。彼は驚いた顔をして、莉緒の目を凝視した。

「恭吾さんの好きにしてください。お願い」

そう言って彼の頭を引き寄せ、互いの唇を深く重ねる。

もっともっと、恭吾を深く感じたかった。二十年にわたる彼の思いは、たった一晩で受け止め切れるものでは到底ないだろう。けれど、互いを肌で直接感じ、わかり合うこの行為を、ふたりのあいだの空白を埋《う》める作業の第一歩にしたい。

肉厚の恭吾の舌を、莉緒は夢中で吸い立てた。彼の舌は野獣みたいに強《したた》かにうごめいて、口内の何もかもを情熱的に貪《むさぼ》り尽くす。

ひととおり互いの舌を味わったあと、恭吾は莉緒の身体をうつ伏せにひっくり返した。そして、片方の脚を持ち上げて、ふたりの脚が垂直に交差するよう、自分の太腿をその下に潜《くぐ》らせる。

彼の昂《たかぶ》りがふたたび一番奥を穿《うが》って、莉緒は喘《あえ》ぎとともに仰《の》け反《ぞ》った。彼は互いの腰をぴったり密着させた状態で、張り詰めた先端を最奥にこすりつけるみたいに揺する。

その動きはとろけるほどに甘く、それでいて強烈な快感を生んだ。そうしながらも、空《あ》いた手の指で秘所の際にある敏感な花芽《はなめ》をいじってくるので、すぐに息も絶え絶えになる。

「あっ、あっ……恭吾さんっ」

「ん？」

吐息まじりに彼が返した。恭吾も息が荒い。ベッドの中でしか聞けないセクシーなかすれ声に、莉緒は身震いする。

「あ……だめ……また、いっちゃいそう……っ」

「うん。いいよ。何度でもいって」

彼の甘い言葉に、莉緒は首を横に振った。

「私ばっかりじゃ、いや」

彼の指の動きが突然緩やかになる。弾ける寸前の状態で焦らされたようでもどかしいながらも、とてつもなく気持ちがいい。彼は狂おしげな目をこちらに向けて、抑えた動きで奥をじわじわと攻め続ける。

「では、今度は私も一緒に」

莉緒は返事の代わりにうなずいて、みずから仰向けになった。最後はやはり、彼と向き合って上《のぼ》り詰めたい。

恭吾が莉緒の両脚を抱えて腰を近づけ、膨れ切った刀身を一気に突き入れた。さらに莉緒の腰を高く持ち上げて、その下に自分の太腿を入れる。

彼自身が、入り口から最奥までの道のりをひと息に貫《つらぬ》いた。莉緒の喉《のど》から大きな嬌声《きょうせい》がほとばしる。強制的に身体を反らされたせいで、前面の敏感な場所が強く抉《えぐ》られるのだ。

彼は音がするほど激しく、何度も何度も蜜洞《みつどう》を突いた。恭吾の息がどんどん荒くなる。すさまじい快感に翻弄《ほんろう》されて、彼の腕に必死にすがった。

「あっ、はあんっ……！　恭吾さん、私もう、いきそう……！」

「莉緒さん、莉緒さんっ……！」

互いに息を詰めて、高みへと駆け上がる。莉緒の方が一瞬早く到達して、陶酔《とうすい》の世界へと身を投じた。次いで胎内で、彼の分身が勢いよく命の種をほとばしらせる。

それは、永遠に続くかと思えるくらい崇高《すうこう》な時間だった。この瞬間に、本当の意味でふたりはひとつになれたのだ。

深いため息を吐きながら、恭吾がぐったりと莉緒の身体に覆《おお》いかぶさる。

莉緒はうっすらと口の端を上げて、彼の背中を抱きしめた。乳房に顔をうずめて激しく息をついている彼の全身は、マラソンでもしてきたかのように濡《ぬ》れている。

（なんて愛《いと》しいんだろう……）

恭吾のうなじの髪を優しく梳《す》くと、彼は胸の上で身じろぎをした。

「こんなにも幸せな気持ちを味わったのは、生まれてはじめてです」

くすっと声を立てて、莉緒が笑う。

「私も同じ気持ちです。……大好き、恭吾さん」

彼は顔を上げて伸び上がり、口づけをよこした。愛を交わしたあとの、気怠《けだる》く、艶《なま》めかしいキス。熟した果実をもぐようにそっと唇を食《は》み、スイーツを味わうように舌を絡め合う。

しばらくして唇が離れると、彼は腰を引いて隣に寝ころんだ。ひとつになっていた身体がふたつに戻った寂しさを埋《う》めるみたいに、すぐに腕枕が差し出される。そこに頭を預けて身体を密着させ、莉緒は隣にある端整な顔をうっとりと眺めた。

　彼は本当に素敵な人だ。この彼と、これから先ずっと一緒にいられるなんて、夢ではないだろうか。

「莉緒さん。つかぬことを尋ねますが」

　莉緒の頭を優しく撫《な》でていた恭吾が、突然声を上げる。

「はい？　なんでしょう」

「警察で事情聴取を受けた時にあなたが話していた、『昨日泊まりに来てもらった友達』というのは……女性でしょうか」

「え……？」

　あまりにも唐突で突飛な質問に、莉緒は目をぱちくりとしばたたいた。そして次の瞬間、堪《こら》え切れずにくすくす笑い出してしまう。

「もう、恭吾さん……！　女性に決まってるじゃないですか。大学時代の友達で、今でも仲良くしている人がいるんです。今度紹介しますから」

「なんだ、そうだったんですね。……いえ、疑っているわけではありませんよ」

　あからさまに安心した顔をして、恭吾もにやりとする。

「意外とやきもち焼きなところがあるんですね」

いたずらっぽく言うと、彼は身体ごとこちらを向いて、莉緒の顎《あご》に指をかけた。そして思いのほか真剣な眼差《まなざ》しで、じっと見つめてくる。

「あなたは私にとって唯一無二の人です。ほかの男に取られたら生きていけない。……いや、全力で奪《うば》い返しにいく」

顎《あご》を持ち上げられて、そのまま口づけが始まった。唇が合わさると同時に、莉緒の唇の内側の粘膜《ねんまく》を彼が舐《な》めてくる。

キスは急速に深く、濃くなっていった。逞《たくま》しい腕にきつく抱きしめられた途端に、彼の中心がふたたび昂《たかぶ》っていることに気づく。

思わずまぶたを開けると、熱を孕《はら》んだ眼差《まなざ》しでこちらを見ている彼と目が合った。そういえば、さきほどの情交の最中に彼が言っていた気がする。『何度でも男になる』と。

莉緒は慌てて唇を離した。

「もしかして、もう……？」

「あなたが許してくれるならば」

この上なくセクシーな恭吾の微笑みに、ごくりと喉《のど》を鳴らす。

「それが、二十年越しの思い……ですか？」

「そのとおりです」

自信に満ちた笑みを浮かべ、彼が莉緒の片脚を持ち上げた。まだ許すとは言っていない。それなのにいきなり始まった深い突き上げに喘《あえ》ぎながらも、莉緒は彼の二十年の思いについて考えを巡らせるのだった。

恭吾のプロポーズを受けてから数週間がたったある日、市立図書館は最後の開館日を迎えた。

正式には、移転して業務は続けられるため、最後というのは少し語弊《ごへい》がある。しかし、司書として社会に出た時から、ずっとここにお世話になってきたのだ。莉緒にとってはこれまでもこれからも、ここここそが市立図書館だった。

あの事件の日以来、渡会は今も警察署に勾留《こうりゅう》されている。詳しいことは捜査の途中ということで知らされていないが、かなり重い容疑になりそうだ。

ただでさえ閉館前の忙しい時にあんな事件が重なったせいで、一時は上を下への大騒ぎとなった。図書館で働く職員は皆警察に話を聞かれたが、ここ最近はそれも落ち着いて、静かな日常を取り戻しつつある。

莉緒はあれからしばらく図書館を休んだ。復帰してからは、皆気遣ってか、なるべく事件のことには触れないようにしてくれている。そんな優しい仲間とも今日でお別れかと思うと、幸せの絶頂のさなかにも、一抹《いちまつ》の寂しさが胸を過《よぎ》った。

今日はいつもよりも二時間早く、夕方六時に閉館を迎える。最後の利用者を全員で見送り、入り口の自動ドアのスイッチが切られた。長い歴史に、ついに幕が下ろされた瞬間だ。

「みんな、お疲れ様！」

楢崎が声をかけると、一斉に『お疲れ様でした！』との声が上がる。図書館のお別れ会を兼ねた莉緒の送別会は昨日のうちに終わっているので、今日はさっさと戸締りをして皆早く帰るらしい。明日からは蔵書の運び出しが始まるので、体力を温存するとのことだ。

職員たちが雑談しながらセキュリティゲートの中へ戻っていくところ、莉緒はロビーの壁に貼られた付箋《ふせん》の前で足を止めた。

『なんとなく寂しくなるね！』

『新しい図書館も楽しみにしています』

『子供の頃から大変お世話になった思い出の場所でした』

『としょかんだいすき』

『「おはなし会」をこれからも続けてください』

利用客から寄せられたメッセージの数々。それらが、図書館の建物の形にカットされた模造紙に、ぺたぺたと貼られている。

（みんな……）

そのメッセージが愛《いと》おしくて、ひとつひとつに手を触れた。

一緒に働いた仲間たちだけでなく、顔なじみの利用者たちに子供たち、それから、たくさんの本や紙芝居たち……。今となっては、すべてがかけがえのない宝物のように感じる。

図書館とは、利用者が本に触れるためだけにあるものではなく、人々の隣に息づいて、必要な時にはいつでも頼ることができるよう、常に手を広げて待っている場所だと思うのだ。

壁面から一歩下がって、色とりどりの付箋《ふせん》でできた図書館の姿を眺める。やはり、ここは愛されていた——貼られた付箋《ふせん》の数を見て、改めて胸を張る。

その時、微かにガラスが叩かれる音がして、莉緒は自動ドアの方を振り返った。暗闇の中に目を凝《こ》らすと、ガラスの向こうにスーツ姿の恭吾が立っている。

目が合った瞬間に、互いの口元ににんまりと笑みが広がった。小走りに自動ドアに駆けていき、鍵を開ける。

「恭吾さん！　来てくれたんですか？」

「お疲れ様。今日は早く戻れたので、迎えに来ましたよ」

彼はそう言っているが、本当は心配で仕方がないのだ。もう付きまとってくる人はいないから、といくら話しても、あれ以来、絶対に莉緒をひとりにさせまいと、莉緒がどこにいても必ず恭吾か青戸が迎えに来てくれる。

「ありがとうございます。用意してくるので裏口で待っててください」

彼の腕に軽く触れてから振り返ると、少し離れたところで楢崎と瀬田がこちらの様子を窺《うかが》っていた。

「篁さん」

楢崎が声を掛けて、ふたりが近づいてくる。それに気づいた恭吾も、莉緒から視線を外してその場で頭を下げた。

「楢崎さん、お疲れ様です。瀬田さんも」

恭吾に名前を覚えてもらって嬉しかったのか、瀬田がにこにこして腰を折る。楢崎が手を差し出して、恭吾に握手を求めた。

「中條さんがいなくなると寂しくなります。新しい図書館ができましたら、ぜひ篁さんもご一緒に遊びにいらしてください」

「そうさせていただきます。これからが大変でしょうが、みなさんで力を合わせて、また素晴らしい図書館を作り上げてください」

恭吾と楢崎が旧知の仲のように固く握手を交わすのを見て、莉緒は誇らしい気持ちになった。

車で待っている、と告げた恭吾と一旦別れて、莉緒はバックヤードへ引っ込んだ。

帰り支度を済ませて化粧室から出てくると、職員全員が通用口付近に集まっていた。普段目にしない雰囲気に、莉緒は身構える。

(えっ。な、何!?)

驚いて足を止める莉緒を前に、彼らは廊下の両脇に寄って花道を作った。

「莉緒さん」

瀬田が一歩前に出てこちらを向く。その手にはいつ用意したのか、立派な花束があった。

「みんな……」

胸が詰まって、目頭が熱くなる。慌てて鼻から下を手で覆《おお》った。

まだこんなサプライズを残していたなんて聞いてない。昨日の送別会でも、〝Ｂｏｏｋｗｏｒｍ〟――『本の虫』というメッセージ入りの壁掛け時計や、寄せ書きをプレゼントされたのだ。もうじゅうぶんに労《ねぎら》ってもらったと思っていたのに。

「婚約おめでとうございます。幸せになってくださいね」

瀬田が目をしばたたきつつ花束を差し出して、職員が一斉に拍手をした。花束を受け取った途端、口々におめでとうと言われて涙がどっと溢れてくる。

「ありがとうございます。みなさん、ありがとう――きゃっ……！」

泣きながら方々《ほうぼう》に頭を下げると、いきなり瀬田が抱きついてきた。

「わあーん、莉緒さん!!　行っちゃいやー！　お嫁には行ってもいいけど、図書館からいなくならないでー！」

　駄々っ子みたいに泣きじゃくる瀬田の様子に、周りの職員から笑いが起こる。莉緒は彼女の背中に手を回して、あやすように撫《な》でた。

「無理言わないで。遊びに来るから。ね？」

「絶対？」

「うん。子供ができたら一緒に連れてくるし」

　えっ、と言って、瀬田が顔を上げる。

「まさか、もう……？」

　彼女は半分しゃくり上げながら、ちらりと莉緒のお腹に視線を落とした。盛大な勘違いが起こりそうな予感に、慌てて顔の前で手を振る。

「でっ、できてないよ！　まだできてないから！」

　たぶん、と心の中でそっと付け加える。しかし、こう毎晩のように彼に求められていては、それも時間の問題という気がしてくるのだ。

　職員のあたたかい花道に送り出されて、通用口から外へ出た。扉を開けるとすぐ目の前に恭吾が立っていて、冷やかされつつその場をあとにする。

「素敵なお別れだったようですね」

　車のエンジンをかけ、彼が笑った。莉緒は胸に抱えた花の匂いを吸い込んで、笑みを浮かべる。

「みんな本当にいい人たちなんです。いい職場だったなあ……」

「素晴らしい職場は素晴らしい人を作る。その逆もしかりです。結局は、人がすべてですよ。莉緒さんと素晴らしい仲間がいたから、図書館が愛された」

「そうでしょうか」

満ち足りた思いで尋ねると、彼が深くうなずいた。

「私が保証しますよ。——もう出発しても？」

「大丈夫です」

そう答えて、莉緒は車窓に映る古びた建物に目を向けた。

こうして見ると、タイル張りの立派な建物は、まだまだ現役で頑張れそうな印象を受ける。しかし、あと一年もすれば跡形もなく姿を消し、子供たちの声が響く公園になっているはずだ。

莉緒はゆっくりと目を閉じて、その雄姿《ゆうし》をまぶたの裏に焼きつける。そしてふたたび目を開けるとともに、六年分の思いを込めて呟いた。

「ありがとう……」

レストランで食事を済ませて帰りついたふたりを、いつものようにずらりと並んだメイドたちが迎える。

「おかえりなさいませ、旦那様！　奥様！」

玄関の扉を開けるなり響いた声に、莉緒はあんぐりと口を開けた。

（……奥様、ですって？）

すぐに抗議の目を隣に向けたが、恭吾はちらりとこちらを見たきり、どこ吹く風だ。

莉緒が口を尖らせたまま前を向くと、列のなかから飛び出したメイドの佐島が、たくさんのパンフレットを胸にいそいそと駆け寄ってくる。

「奥様、お任せいただいたお部屋の内装の件ですが、やっぱりご相談に乗っていただいてもよろしいですか？　どれも素敵で、私迷ってしまって」

「え、ええと……内装ね。ちょっと待って」

すると今度は、関本が横から出てくる。

「奥様、お召し替えはいかがなさいますか？」

「と、とりあえずは結構です」

「これこれ、なんですかいきなり」

見兼ねた青戸執事が胸を反らしてあいだに入った。彼は佐島と莉緒の顔を交互に見て、指先で眼鏡の位置を調整する。

「おふたりともお疲れなのですから、また明日にしたらいかがでしょう。さようでございますよね、奥様？」

　青戸が付け加えた瞬間、隣で恭吾が噴き出す音が聞こえた。

「奥様だなんて、気が早いです」

　自室に入るなり、ドアを閉める恭吾を振り返って莉緒が咎《とが》める。彼は楽しそうに笑いながら近づいてきて、ひょい、と莉緒を抱き上げた。

「すぐに慣れるよ。奥様」

「恭吾さん……！」

　莉緒は非難の目を向けたが、いたずらっぽく微笑まれて、口元がつい緩んでしまう。

　この魅力的な笑顔にころっと騙《だま》されるのが、莉緒の最近の悩みだ。しかし、そんな自分の弱みさえ、幸せを感じるひとつの要素と思えるのだからどうしようもない。

　恭吾に抱き上げられたまま寝室に入る。ドアを肩で閉めた彼は、莉緒をベッドの端に下ろすと、サイドテーブルの引き出しから一冊の本を取り出した。

「今日はこれを読んでもらえますか？」

　莉緒は差し出された本を受け取って、ぱらぱらとめくってみる。思ったとおり、官能的なシーンのある小説のようだ。たまたま開いたページにあった濃厚な性描写とセリフに、早くも身体が熱くなる。

「恭吾さんが一緒に読んでくれるなら」

試しに言ってみると、彼は妖艶《ようえん》に唇を綻《ほころ》ばせて微笑んだ。隣に座った恭吾が、莉緒の身体を抱き上げて自分の膝の上に乗せる。

「喜んで。では、私は男性のセリフを読みます。一三六ページを開いて……そう、そこ。ここから」

彼はページを指差した。しかしその直後、恭吾の熱い手がスカートの中に忍び込んできたので、莉緒はびくりと腰を震わせる。

（ちょっ……恭吾さん⁉）

視線で窘《たしな》めたところ、彼は魅力的な色をした目をすっと細めた。

「何か？」

「そんなことされたら、ちゃんと読めません」

莉緒にしては珍しくはっきりと言ったのに、恭吾は手を引っ込めるどころか、さらに奥深くまで進入してくる。彼はぴったり閉じた内腿をじれったそうに撫《な》でながら、甘えるように小首を傾げた。

「むしろ、そうなることを望んでいるのですが。……だめですか？」

「それは一体どういう――あんっ」

莉緒が一向にガードを解こうとしないので、彼は痺《しび》れを切らしたらしい。太腿の上に回った手が、お尻の丸みを撫《な》でて腰へと達する。ぞくぞくっ、と震えが駆け上《のぼ》り、思わず彼の肩にすがりついた。

「もう……恭吾さんっ！」

優しく怒ると、恭吾が楽しそうに笑って莉緒の腰を抱き寄せる。そして胸の谷間に顔をうずめて、口の端に官能的な笑みを浮かべた。

「許してください。男はいつまでも幼稚でわがままな生きものなんです」

「ええっ」

（そんなわけない！）

莉緒は頬を膨らませて、心の中でひとりごちる。きっとからかっているに違いない。周りにいる彼と同年代の男性の中にも、恭吾ほど大人の落ち着きをもった人などいないのだから。

こほん、とわざとらしく咳払いをして、気を取り直す。彼がいたずらをやめようとしない以上、このまま始めるしかないだろう。

「じゃ、じゃあ、読みますね。……薄桃色をした可憐な襞《ひだ》が、ひくり、ひくりとわないて誘うのを見て、エドワードは唸《うな》った。ドレスをまくり上げて……ふ、うっ――彼女のヒップに顔を近づけると、甘い……蜜のしたたる峡谷《きょうこく》を下から舐《な》め……あ、はんっ……」

莉緒はすすり泣きに似た声を洩《も》らしながら、身体を捩《よじ》った。

内腿を撫《な》でていた指は、今や莉緒の脚のあいだの敏感な場所にある。彼は指の腹を巧みに使って、ショーツの上から円を描くみたいに花芽《はなめ》を愛撫《あいぶ》し、谷間に沿って優しく指を滑《すべ》らせていた。

「もう濡《ぬ》れてる……」

吐息まじりの恭吾の声に、全身が火を噴くように熱くなる。彼も欲情しているらしい。期待に胸が張り裂けそうになり、すぐ隣にある逞《たくま》しい胸に倒れ込んでしまいたくなる。見透《みす》かされたことへの羞恥《しゅうち》を抱えて、彼を見た。本当は、この部屋に入った瞬間から彼が欲しくて堪《たま》らなかったのだ。

（……もしかして、恭吾さんも同じ気持ちなの？）

「恭吾さん、私――」

勇気を振り絞って、正直に今の思いを伝えようとした。しかし、真剣な目をした彼の指が唇に押し当てられて、莉緒は口をつぐむ。

「続けて」

「は……い」

恭吾の真意が読み取れないまま、莉緒はもう一度本を構えた。彼の手がふたたびスカートの中に潜《もぐ》り込んだことで、期待と不安とにさいなまれながら。

「続けます。……彼女が大きな声を上げて太腿を震わせたので、エドワードは気をよくした。硬く尖った蕾《つぼみ》を吸い上げ……んっ！　鼻先で襞《ひだ》の内側をこすると、彼女が……堪《こら》え切れない様子で腰を揺らす。その扇情的な様子に、急に我慢が……あ……ならなくなった。エドワードは急いでズボンを脱ぎ落とすと、いきり立ったもので……は、ん……唐突に彼女を……彼女を……」

なんとかしてそこまで読んだものの、莉緒はもう限界だった。ショーツのクロッチの脇から差し入れられた恭吾の指が、しみ出した愛液を最も敏感な部分に塗り込めているからだ。

「あ、あ……ん。だ、め」

甘い痺《しび》れが全身を駆け巡って、びくびくと身体が震えた。脚のあいだからは水をかき回すような音が絶えず響いていたし、お尻の下にある彼の中心も、このまま突き上げられそうなほど硬く漲《みなぎ》っている。

これ以上は我慢できない。お願い。早く。今すぐに彼の分身で隙間を満たされなければ、どうにかなってしまいそう。

（あなたが欲しくて堪《たま》らないの）

泣きたい気持ちで視線を送ってみる。けれども彼は、熱い眼差《まなざ》しでじっとこちらを見据えるだけだ。

「もう、読めない？」

かすれたセクシーな声で、恭吾が尋ねてくる。こくこく、とうなずいてみせると、彼はにやりと口角を上げた。そして莉緒が手にしている本を覗き込み、官能を揺さぶる低音で朗読を始める。

「その扇情的な様子に、急に我慢がならなくなった。エドワードは急いでズボンを脱ぎ落とすと、いきり立ったもので唐突に彼女を貫《つらぬ》いた」

「はあんっ……！」

胎内にいきなり指が捻《ね》じ込まれて、莉緒は背中を仰《の》け反《ぞ》らせた。慌てて恭吾の顔に目をやれば、欲望に濡《ぬ》れたはしばみ色の目がこちらをじっと見ている。彼は莉緒の腰に当てた手にぐっと力を込め、耳元に唇を寄せた。

「『ずっとこうしてほしかったんだろう？　私のこれが欲しくて堪《たま》らなくて、ドレスの中を濡《ぬ》らしていた。違うか？』」

低く囁《ささや》かれて、恭吾の指をいだく場所が、きゅんと締まった。いつも紳士然とした彼の口から、粗野な言葉が紡《つむ》がれるのが堪《たま》らない。

莉緒はすっかり興奮していた。蜜壺を襲う激しい波に抗《あらが》いながら、懸命《けんめい》に文字を追う。

「『そうよ。私は……ふしだらな女なの。真面目な顔をして教壇に立っている時でも、あなたとひとつになることばかり考えているのよ。さあ……もっとちょうだい。あなたの熱いのを、私の……中に』――あっ」

　身体の奥からするりと指が引き抜かれ、一瞬夢から醒《さ》めたようになる。しかし、次の瞬間には着ていたものを手早く脱がされ、やや乱暴に、うつ伏せにベッドに組み敷《し》かれていた。恭吾は莉緒のショーツを一気に下ろし、足の先から引き抜いてベッドの下に放り投げる。

「恭吾さん……⁉」

　思わず後ろを振り返って、莉緒はハッとした。

　そこにある彼の顔は、狂おしいまでの欲望に彩《いろど》られている。恭吾は眉をひそめ、歯を食いしばりながらベルトを外した。そして、性急な手つきで屹立《きつりつ》したものを顕《あら》わにする。

　はちきれんばかりにそそり立った彼の分身を目にした途端、莉緒は息をのんだ。

　下半身を自由にはしたが、彼はワイシャツとトラウザーズを身に着けたままでいる。

　その真面目な服のあいだから真っ赤に剛直したものが覗いているのは、とてつもなく淫《いん》靡《び》だ。

「もう我慢できそうにない。莉緒さん、ごめん」

　ぐい、と力強く腰を持ち上げられたかと思うと、莉緒の胎内に熱い塊《かたまり》が押し入ってくる。

「あ……ああっ！　待って……！」

莉緒はとっさにシーツを握りしめて喘《あえ》いだ。全身の神経がただ一点に集中する。身体の中を席捲《せっけん》する圧倒的な存在感に、呼吸すら止まりそうだ。

彼は莉緒のお尻を両手で掴んで、奥深い場所へと塊《かたまり》を押し進めた。かなり強引だったが、痛くはない。むしろ刺激が心地よくて、期待に胸が高鳴るほどだ。

「大丈夫？」

彼が後ろから覆《おお》いかぶさり、尋ねてくる。いつの間にかシャツを脱いだようだ。みっちりと硬いもので満たされた隘路《あいろ》は、少しの身じろぎでも歓《よろこ》びの声を上げた。

「大丈夫。……んっ、今、すごく幸せです」

莉緒が答えると、背中にそっとキスが落とされる。

「私もです。あなたが同じ気持ちでいてくれて、これ以上ないというくらいに幸せだ」

恭吾はそう言って、最奥までたどり着いた昂《たかぶ》りを、一旦入り口まで引き戻した。そして、腫《は》れ上がった隘路《あいろ》の中を、ひと息に貫《つらぬ》く。

「はあんっ……！」

派手な嬌声《きょうせい》を上げて、莉緒は背中を仰《の》け反《ぞ》らせた。彼はまた腰を引いて、今度は最奥までの道のりをグラインドさせながら突き上げる。

もう一度。

さらに、もう一度。

硬く張り詰めた先端が、莉緒が今日最も感じる場所を探り当て、執拗《しつよう》に刺激した。恐ろしくなるほど気持ちがいい。互いの腰がぶつかり合うたび、未熟だった感覚が研ぎ澄まされていく。

さらなる喜悦《きえつ》を求めて、莉緒は動物が伸びをするようにお尻を突き出した。そしてみずから腰を動かして、彼の情熱の息吹を感じ取ろうとする。

「あ……んっ……気持ちいい……」

うっとりと目を閉じて、莉緒は夢中で腰を回した。自分がこんなにも大胆になれるなんて信じられない。きっと、いつだって莉緒のすべてを優しく包み込んでくれる恭吾のお陰だ。

「莉緒さん……あまり、激しく動いちゃいけないよ」

息を荒くした彼が、腰を引き気味にする。

「はん……恭吾さんも……気持ちいいの？」

「当たり前じゃないですか。あなたの中は……あたたかくて、柔らかくて、……んっ、ほら、あんまり締めないで」

彼が昂《たかぶ》りを入り口まで引いたので、莉緒のいたずら心が疼《うず》いた。我慢する彼を見るのが好きだ。遠ざかりつつある彼自身を追いかけようとお尻を突き出したが、逆に捕らえられてしまう。

「んは……っ」

恭吾の手が太腿の前を回り、敏感な蕾《つぼみ》を指先でつねった。一気に高みへと押し上げられて、莉緒はぶるぶると腰を震わせる。

「あっ、ふっ……、恭吾さん、そこ、いじっちゃだめ……いっちゃいそうっ」

「いってください。莉緒さんがいくところを見たら、私も興奮する」

「はあっ、やんっ……」

蜜洞《みつどう》を彼のものでかき回され、同時に指で秘芯をさいなまれる。快感のボルテージはぐんぐん上昇し、気がつけば、すぐ目の前に歓喜が広がっていた。

「あ、ああっ……んっ、すごい……！」

「莉緒さん、いって、莉緒さん……っ」

恭吾の突き上げがいっそう激しくなる。莉緒はきつく握りしめたシーツに、熱く上気した頬をこすりつけた。

「は、あんっ、私……本当にもう――ああっ」

そう口にした瞬間、全身が砕け散るような感覚に陥《おちい》った。限界まで溜め込んだわだかまりが一気に弾け飛んで、代わりに訪れた安らかな白い光に包まれる。

莉緒が達したことに、恭吾も気づいた様子だ。彼は莉緒の身体に覆《おお》いかぶさるようにして、引き締まった肉鞘《にくさや》の中に収めたままのものを、優しく揺らしている。シーツを握る莉緒の手の上から、恭吾の大きな手が逃すまいとするがごとく、固く握りしめていた。

「すごくきれいだ……あなたのその顔を見るために生きているという気がする」

呟いた彼が、まだ呼吸の整わない莉緒の背中に口づけを落とす。絶頂を迎えて敏感になった肌が、一斉に総毛立った。莉緒はとっくに身体を支えられなくなっていて、うつ伏せになり、うっとりと目を閉じている。

「恭吾さんてば、大げさなんだから……。それに、そんなことを言われたら照れちゃいます」

「大げさなんかじゃないよ。あなたは私にとって、正真正銘の宝物なんですから」

小さく笑って、恭吾は莉緒の身体を仰向けにひっくり返した。彼がやっとトラウザーズと靴下を脱いで、ベッドの下に放り投げる。

すぐ目の前で自分の愛液をたっぷりまとったものが猛々《たけだけ》しく揺れて、思わずため息が洩《も》れた。

まるで神が創造したかのような立派な体躯だ。それに加えて、知性に溢れる穏やかな精神。

彼みたいに素晴らしい男性が、自分をこんなにも愛してくれていることが未《いま》だに信じられない。今でも時々、朝、目を覚ますのが怖いと思うことがある。すべてが夢だったらと考えると恐ろしいのだ。

恭吾は莉緒の両脇に手をついて、また覆《おお》いかぶさるような姿勢になった。そして、至近距離でじっと見つめたまま、ふたたび昂《たかぶ》りを熱い鞘《さや》の中に沈めてくる。

莉緒はうっとりと首を仰け反《のぞ》らせて、深い吐息を洩《も》らした。

「ああ……素敵」

思わず呟いた唇を、恭吾がそっと塞《ふさ》いだ。すぐにあたたかな舌が差し入れられて、莉緒は夢中で彼の首に腕を回す。

唇を合わせた状態で、胎内にある彼のものがゆっくりと律動を始めた。

熟《う》れた果実を優しくもぐように、彼の唇が莉緒の唇を食《は》み、求める。

莉緒は恭吾の舌を吸いながら腰を突き出して、彼の求愛へ一心に応《こた》えようとする。

髪の中に差し入れられた恭吾の指が、腰と唇の動きに合わせて、くしゃくしゃとかき回す――

一連の愛の行為は、うねりを伴った夜の海にも似ていた。ひと波ごとに身体の奥深くから快感が引き出されて、気づけば戻れないほど遠くまで流されている。

莉緒はもう、海岸からだいぶ離れたところにいた。彼に注がれる愛が深く、濃くて、愛と欲望の海の波間に溺れかけている。

「はあっ……、恭吾さん……だめ、溶けちゃう……また、もうすぐきちゃう……！」

喘《あえ》ぎつつ、恭吾の腕にすがりつく。その時、胎内に抱える彼の昂《たかぶ》りが一段と硬く膨れて、莉緒はますます喘《あえ》いだ。

激しい呼吸を繰り返しつつ、恭吾が荒々しく胎内を突いてくる。

「いかせたい……何度でも。もっと感じさせたい。めちゃくちゃにしたい……っ」

「あっ、あっ、恭吾さん……！」

莉緒のまぶたの裏に、赤い光がスパークした。短い喘《あえ》ぎが止まらなくなる。あの感覚がぐんぐんと迫ってきて、恭吾の腕に爪を立てる。

絡みつく理性の鎖を断ち切って、ついに莉緒は絶頂の階《きざはし》から身を投げた。くらりとする酩酊感《めいていかん》に襲われて、そこから一気に落ちていく。

しかし、莉緒が想像していたような優しい時間が、すぐに訪れることはなかった。

絶頂に達して硬く締まった蜜洞《みつどう》を、打ちたての鉄みたいに熱く硬い彼の剛直が、容赦なく貫《つらぬ》き続ける。莉緒の口からは嬌声《きょうせい》しか出てこない。激しい律動にさいなまれて、身も心も今にも砕け散りそうだ。

「莉緒……莉緒……っ」

ずくずくにとろけ切った頭の中で、彼が自分の名前を呼ぶのを、莉緒は信じられない思いで聞いていた。

彼が誰かの下の名前を呼び捨てにするのを、今まで一度だって聞いたことがない。彼のように理性が強く隙のない人は、こういった親密で無防備な関係を築くのに、だいぶ時間がかかるものだと思っていたのだ。

嬉しくて堪《たま》らず、涙が込み上げる。まるで、莉緒は自分のものなのだと、彼が主張しているみたいだ。爆発的に膨らんだ彼への愛《いと》しさで、今にも胸が押し潰されそう。

莉緒は恭吾のうなじに手を伸ばして、自分の方へと引き寄せた。涙を隠すようにして彼の耳たぶを食《は》み、首筋に、頬に、そして唇に口づける。

彼の体温が愛《いと》しい。この瞬間、彼の男らしい匂いも、素肌を撫《な》でる吐息も、唇も、ふたりを繋《つな》げている唯一の場所も、すべてが莉緒のもの。そして莉緒も、恭吾のものだ。

「莉緒、愛してる……愛してる……」

恭吾は額《ひたい》から汗を滴《したた》らせて、一心不乱に腰を突き上げる。苦しげに眉を寄せ、焦《こ》がれた目つきをして、口元を歪《ゆが》めて。その余裕のない表情に、激しい欲望をかき立てられた。

三度目のクライマックスが、もう間近に見える。今度こそ彼のすべてを受け止めようと、莉緒は彼の腰に脚を巻きつけた。

「あん、はん……あっ、恭吾さん、次は一緒にいって。お願い……っ」

切迫した気持ちを伝えると、彼が低く呻《うめ》いてうなずく。

「わかった。一緒にいこう」

そう言うや否《いな》や、恭吾は莉緒のお尻を持ち上げて、自分の太腿の上に乗せて腰が反る体勢をとらせた。そして、はちきれんばかりに張り詰めた先端で、莉緒の胎内を激しく蹂躙《じゅうりん》する。

あまりの快感に、莉緒は膝を震わせて、すすり泣きめいた声を洩《も》らした。そこへ追い打ちをかけるように、彼が莉緒の胸の頂《いただき》を甘く噛む。

抗《あらが》う術《すべ》のない快感に、おかしくなりそうだった。天地がひっくり返るくらいの感覚に襲われて、恭吾の腕を握りしめる。

「あ、ああっ、恭吾さんっ、いく……いっちゃう、もう、だめっ……！」

「くっ……！　莉緒、莉緒……っ」

その瞬間、胎内を暴《あば》れ回る彼の分身がさらに膨らみ、どくん、と跳ねた。

莉緒は恭吾の身体をきつく抱きしめる。

恭吾も莉緒の頭を強くかき抱く。

そして訪れた歓喜の時を、ふたりは口づけをした状態で迎えた。

どくり、どくり、と彼の昂《たかぶ》りが痙攣《けいれん》し、自分の中に愛の証《あかし》が注がれる。それを莉緒は、満ち足りた気持ちで受け止めていた。気怠《けだる》い心地よさに包まれて、まるで時が止まったみたいに感じる。天蓋《てんがい》の柔らかなシフォンが、卵の殻のようにふたりをあたたかく守っていた。

恭吾が身じろぎして、莉緒は顔を上げる。すると、はしばみ色の美しい目が優しく自分を見下ろしていた。

「恭吾さん……大好き」

自然と口をついて出た言葉に、思わず照れて彼の逞《たくま》しい胸に顔をこすりつける。彼は莉緒の髪を撫《な》でて、そこここに軽く口づけを落とした。

「私もですよ。莉緒さんが大好きです。……いや、愛してる」

「……恭吾さん」

顔を上げると、彼がにっこりと微笑んでいたので、愛《いと》しさが爆発しそうになる。

莉緒は恭吾の首に抱きついて頰にキスをした。また『莉緒さん』に戻ってしまったのが残念だけれど、気持ちを告げられるのは何度だって嬉しい。

「さっきは嬉しかったです。私のことを、『莉緒』って」

思い切って耳元に口を寄せて告げてみたが、恭吾は何も言わない。その代わり、彼の頰と耳が突然熱くなったので、びっくりして身体を離す。

(えっ……？)

莉緒がまじまじと顔を見ると、頰を赤くした恭吾が視線を外して咳払いした。

「そういうことを言ってはだめですよ」

彼がばつの悪い顔をしてちらっとこちらを窺《うかが》うので、莉緒は頰が緩むのを堪《こら》えるのに必死だ。

(恭吾さんが照れてる……なんてかわいいの！)

困惑する恭吾をよそに、莉緒はにこにこと笑みを浮かべて、彼の胸に頬を寄せた。

莉緒の完璧なフィアンセは、かっこいいだけでなく、こんなかわいらしい一面もあるらしい。新たに芽生《めば》えた愛情に満たされて、莉緒は幸せな気分を噛みしめるのだった。

書き下ろし番外編

人生で一番幸せな瞬間

ふかふかの絨毯《じゅうたん》が敷き詰められた屋敷のホールを、莉緒は先ほどから行ったり来たりしている。恭吾のプロポーズを受けてから一か月が過ぎた今日、イギリスで暮らす彼の両親が日本に帰ってくるのだ。

様々な事情から、恭吾には長らく母と呼べる存在がなかった。しかし、彼の父が数年前に再婚し、二十年以上ぶりに母親ができた。お相手はもともと家族ぐるみの付き合いがあった人で、彼女とはとても良好な関係を続けているらしい。

迎えに行った運転手から、『成田空港を出る』と電話があったのが一時間前。ということは、もうすぐそばまで来ているのかもしれない。

（ああ、どうしよう。もうすぐ来ちゃう……！）

胸の前で両手を握り合わせてうろうろする莉緒の背後に、ドアの開く音が響いた。

振り返れば、ホールの隣にある客間から、穏やかな笑みを湛《たた》えた恭吾が顔を覗かせている。

「莉緒さん。こちらへ来てお茶でも飲みませんか？」

「恭吾さん……」

「おいしい茶葉が手に入ったんですよ。両親はイギリスのF社のものしか飲みませんが、私はこちらのフランスのものが口に合います」

そう言って恭吾は、ドアにもたれてお茶を啜《すす》る。

おっとりとした口調も、彼にしては行儀の悪い行《おこな》いも、莉緒の緊張を解《ほぐ》そうとしているために違いない。その気持ちは嬉しいけれど、とてもお茶を楽しむ余裕などなかった。

恭吾の両親と電話で話したことは一度もない。時折彼が両親と電話で話す声が聞こえるが、そのなかに流暢《りゅうちょう》な英語が急に飛び出すことがあり、そのたびにびくりとする。莉緒は学生時代、英語が苦手だったのだ。

「そんなに固くならなくても大丈夫ですよ」

一度引っ込んでカップを置いてきた恭吾が、ゆっくりとこちらへ近づいてくる。そっと腰を抱かれ、莉緒は彼の広い胸にこつんと頭をくっつけた。

「恭吾さんのご両親だから、きっと素敵な人たちだろうとはわかってるんです。でも……あの……英語で何か尋ねられたりしないですよね？」

恭吾は一瞬驚いたような顔を見せて、その後くすっと笑った。

「莉緒さん、私の両親は日本人ですよ？　海外で暮らしているとはいえ、日本語を忘れてはいません」

「は、はい……ごめんなさい」

「いえ、謝らなくても大丈夫。とにかく、会ったら拍子抜けすると思いますよ」

その時、窓の外に黒塗りのリムジンが入ってくるのが見えて、莉緒は鋭く息を吸った。

（来た……！）

車が停まると同時に、どこからともなくメイドたちがやってきて一糸乱れずに並ぶ。

彼女たちが来客の到着をどうやって知るのか、未《いま》だに謎だ。

列の最後尾に莉緒が並ぶと、隣にいた佐島が目を丸くした。

「奥様はこちらに並んではいけません……！」

「どうして？」

「早く、早く！」

背中を押されて小走りに進む。楽しげに笑っている恭吾に手を引かれ、メイドたちがずらりと並んだ列の端に、玄関の扉の方を向いて立つ。

男性の使用人が両側からドアを開け、差し込んできた明るい光に目を眇《すが》めた。すると、直後に短く息をのむ音が。

「あなたが莉緒ちゃんね？」

鈴《ね》の音のような高い声が聞こえてきたかと思うと、光のなかから小柄な女性が駆けてきた。姿を確認する間もなくがばりと抱きつかれて、後ろに倒れそうになる。

「会いたかったわ〜〜！」

「ひゃっ」

両頬にちゅっちゅとキスをされて、莉緒は飛び上がった。恭吾が女性の肩を抱き、やんわりと引きはがそうとする。

「お母さん。莉緒さんはそういうのに慣れてないから」

「あら、そう？　だってかわいいんだも〜ん」

どうやら恭吾の母らしい。散々抱きしめられた挙句にやっと解放された莉緒は、慌てて髪と服装の乱れを直した。

「は、はじめまして。中條莉緒と申します」

「あらぁ、かンわいい〜〜」

口から心臓が出そうなくらいに緊張して挨拶《あいさつ》をした莉緒を前に、恭吾の母は頬に手を宛《あ》てくねくねする。彼女は『ドレス』と呼んでも過言ではないほどフリルをふんだんにあしらった、ふんわりしたアイボリーのワンピース姿だ。手にはレースの手袋。斜めにかぶったトーク帽にも、白い花とレースがついている。

貴族のようないで立ちに呆気にとられる莉緒だったが、美しく柔和な笑みを湛《たた》えた彼女には、それがよく似合う。

「莉緒さん、紹介します。こちらが父の優作《ゆうさく》です」

恭吾が、彼と同じくらい背の高い細身の男性の隣で、スッと手を差し出した。

「こんにちは。息子からあなたのことをいろいろ聞いていますよ。とても素敵な女性だと」

「そ、そんな……あの、中條莉緒です。よろしくお願いします」

莉緒はぺこりと頭を下げた。妻に負けず劣らず優しげな笑みを浮かべた優作は、イメージしていたままの上流階級の紳士だ。恭吾の優雅な身のこなしやしぐさは、父親譲りなのだろう。

恭吾が莉緒の隣にいる母親を手で示した。

「そしてこちらが母の――」

「華江《はなえ》です。『お母さん』と呼んでいいのよ、莉緒ちゃん」

「は、はい！　お……お義母《かあ》さま」

きゃっ！　と口元を両手で覆《おお》う華江のかわいらしさに、莉緒もつられて笑った。

それから一時間がたつ頃、華江のおしゃべりからようやく解放された莉緒と恭吾は、彼の書斎にいた。何か用があるかとついてこようとしたメイドに下がってもらったため、恭吾がお茶をいれてくれている。

「疲れたでしょう。まずはゆっくりしてください」

「ありがとうございます」

恭吾がテーブルに置いたティーカップを持ち、ひと口啜《すす》る。

「……おいしい。これがさっき言ってた茶葉ですか？」

「そうです。両親にも出せばよかったんですが、給仕に渡すのを忘れてしまいました。……うん、いい香りだ」

隣に座った恭吾が、カップを鼻に近づけて唸《うな》る。

「おふた方ともとってもいい人でよかったです。お義父《とう》様は優しくて素敵だし、お義母《かあ》様は楽しくて、かわいらしくて」

「そう言ってもらえて嬉しいです。華江さん……母は私が子供の頃から、日本に帰るたびに家に顔を出してくれました。父も私も物静かなタイプだったのに、彼女が終始あの調子で――」

くっくっ、と彼は目元に皺《しわ》を寄せて笑った。

「きっと母親のいなかった私を気にかけてくれていたんだと思います。彼女と再婚すると父から聞いた時は手放しで喜びました」

「そうなんですね。はあ……なんだかすごく安心しました。さっきまであんなに緊張してたのが嘘みたい」

顔を上げて恭吾を見ると、はしばみ色の目が細められた。

「ところで、今度の週末どこかへ出かけませんか？　山奥の秘湯《ひとう》でゆっくりしてもいいし、離島の海でも構いません。あまり日数が取れないので国内にはなりますが……」

「本当ですか⁉　行きたいです！」

思いがけない提案に、莉緒は目を大きく見開いて恭吾の手を握った。すると彼の手が、莉緒の耳の脇から差し込まれる。

「よかった。両親はしばらく滞在するようですが、たまの休みには莉緒さんとふたりきりで過ごしたい」

「恭吾さん……」

オリーブ色の混じる彼の瞳が揺らぎ、しなだれかかった莉緒の腰に大きな手が回る。どちらからともなく近づいた唇の先がほんの少し触れた瞬間――

「莉緒ちゃ～～～ん」

廊下を走ってくる声が聞こえて、ふたりは素早く離れた。華江だ。近づいてくる物音からして、廊下のドアひとつひとつをノックして回っているらしい。

静かに立ち上がった恭吾が、小走りに向かってドアを開けた。

「なんです、騒々しい」

「あら、ここにいらしたのね。莉緒ちゃんと一緒？」

「彼女はここにいますが」

「そう、よかったわ〜。私ね、メイドからいいことを聞いてしまったの。莉緒ちゃん、恭吾さんの朗読係をしていたのですって？」

すでにソファを立っていた莉緒は、恭吾の後ろから顔を覗かせた。すると華江が、ぱあっと満面の笑みを浮かべる。

「まあ、莉緒ちゃん！　探したのよ〜。あのね、お願いがあるの。これ、読んでくださらないかしら？」

華江は大事そうに抱えていたものをこちらに向けた。青いレザー調の表紙がついた本だ。

「ね？　恭吾さん、いいでしょう？　莉緒ちゃんをちょっとだけ借りても」

莉緒が恭吾と顔を見合わせると、彼が軽くうなずく。

「わかりました。では、どちらで読みましょう」

「嬉しいわ！　じゃ、客間に来ていただこうかしら」

スキップしそうな勢いで足取り軽く歩く華江に従い、莉緒はさっきまでいた客間にやってきた。優作の姿は見えない。青戸とメイドがいたが、ここで朗読することを伝えると、彼らはお茶の用意をするため出ていった。

「さあ、お願い。どこでも好きなところで読んでちょうだい」

「わかりました」

莉緒は渡された本をパラパラとめくり、この話の世界観について素早くイメージした。内容は、主人公の少女が童話の世界に迷い込み、人間の言葉が話せる猫とともに冒険を繰り広げるというファンタジー小説である。なんとも華江らしい趣味だ。

セリフを拾い読みしてキャラクターのイメージを固めたところで、期待に満ちた眼差《まなざ》しを向ける華江を見た。

「最初からでよろしいですか？」

「ええ。このお話は冒頭が特にいいのよ」

にこにこと頬を緩める華江に、莉緒は笑みで返した。

「では、読みます。『青い瞳のコルダ』クリスティン・オルダー作」


金の少女が広間に足を踏み入れると、玉座に一羽の白いカラスがいるのが見えました。その両脇には美しい人間の女が跪《ひざまず》いており、彼女らの差し出す手のひらにあるものを、一生懸命つついています。

「お前が西方の魔女かな？」

カラスが少女を見て、くちばしの中にある食べ物をまき散らしながら問いました。少女が黙っていると、カラスは飛び跳ねながら近くまでやってきました。

カラスの目に白い瞬膜《しゅんまく》が掛かったかと思うと、カラスは大きな翼を広げて少女に襲い掛かります。

「魔女ならばあれを持っているだろう」

　この物語の本編は、主人公のコルダが汽車に揺られているところから始まる。傍《かたわ》らには弟のガスと彼のペットの蛙《かえる》。子供だけで汽車に揺られているのは、母親が死んでしまったために、引き取り手である大嫌いな叔父《おじ》の家に向かっているからだ。

　冒頭のカラスの話はエピグラフで、一見本編とは関係ないように見える。おそらく物語とリンクして進行していくのだろう。うまい構成につい引き込まれてしまう。

　華江が食い入るように耳を傾けていたため、どこで朗読を切ろうか莉緒は迷った。ちょうどいい着地点を見つけた時には少し喉が疲れていた。

「素晴らしい朗読だったわ！　こんなにドキドキしたのは久しぶりよ」

　切りのいいところで朗読を終えた莉緒のもとに、ソファから立ち上がった華江が興奮した様子で近づいてくる。

　莉緒ははにかんで本を閉じた。

「ありがとうございます。ちゃんとお話のイメージに合っていたか心配なんですけど」

「ううん、こちらこそありがとう。登場人物も雰囲気もイメージしていた通りだわ。莉緒ちゃんはお話を読むのがすごく上手ね」

少女みたいにきらきらと目を輝かせて絶賛する華江の表情に、莉緒は自分まで嬉しくなった。恭吾以外の大人に朗読を聞いてもらうのははじめてだったが、勇気を出して読んでよかった。

翌日も、その翌日も、華江のリクエストは続いた。夕食が済んでしばらくすると、彼女は莉緒がどこにいてもいそいそと探しにくる。

『莉緒ちゃん、またいいかしら？』

『莉緒ちゃんの朗読が聞きたいわ』

『莉緒ちゃんのお話を聞くのが毎日楽しみなの』

そのたびに、莉緒はにっこりと笑みを浮かべて、『わかりました』と快諾する。その間《かん》恭吾は何も言わず、愛する人が自分の母と仲良くなったことを、彼自身喜んでいるかに見えた。

しかし。

それは、華江のために朗読を始めて五日後のことだった。いつものように莉緒を呼びに来た華江が部屋から出ていくと、莉緒は恭吾に呼び止められた。

「莉緒さん。無理に母に合わせる必要はないんですよ？」

「えっ？」

恭吾の真剣な眼差《まなざ》しに、莉緒は戸惑った。別に無理をしているつもりはないし、いやいや朗読をしているわけでもない。

「あの本は母のお気に入りなんです。一冊読み終わるまであなたを放すつもりはないんじゃないかな」

そう言った恭吾の頬がぴくりと動くのを見て、莉緒はハッとした。彼は、莉緒とふたりきりで過ごす時間を母に奪われたと不満に感じているのかもしれない。

屋敷の人たちの配慮により、これまでは恭吾が帰宅したあとの時間は、ほぼふたりきりで過ごしていた。しかし、彼の両親がこちらに滞在しているうちは、積極的にコミュニケーションを取らねばと思っていたのだ。

(そうか、だからあんなに……)

ここ数日のベッドでのことを思い出して、莉緒はひとり頬を熱くした。翌日も仕事のある彼に何度も求められ、激しく愛されて……。

莉緒にとっては嬉しいことだったけれど、恭吾には秘めた不満があったのだろう。彼が何も言わないのをいいことに、ふたりだけの時間をないがしろにしてしまっていたかもしれない。

莉緒は恭吾の手を取り、彼の端整な顔を見上げた。

「お義母《かあ》さまは、日本語が恋しいのかもしれません。でも、私も連日のことで疲れてきたところです。ちょっとお休みをいただけるよう話してきますね」

「ひとりで大丈夫ですか？　なんなら私も——」

「ううん、大丈夫です」

莉緒はすでにドアへ向かいかけていたが、心配そうな顔つきの恭吾がついてこようとしたため、急いで彼を制した。

「私、恭吾さんが思っているよりもずっと、お義母《かあ》さまと仲良くなったんですよ。きっと笑って許してくれます」

「そうですか。……ちょっと妬《や》けるな」

唇を尖らせる恭吾がなんだかかわいらしい。莉緒は小走りに駆け寄り、伸び上がって彼にキスをした。

「すぐに戻りますから、ここで待っててください」

唇を離した莉緒を、恭吾はとろりとした顔で見る。

「わかりました。今夜は一緒にワインでも」

それから二日後、莉緒と恭吾は都内にある屋敷から遥か遠く離れた場所にいた。

ここは南の島にある、篁家が所有するプライベートビーチだ。十一月の現在、泳ぐほど水はぬるくないものの、浜辺を吹き過ぎる風はまだまだあたたかい。

長い髪を押さえつつ素足で砂の上を歩きながら、莉緒はさっき恭吾のスマホから洩《も》れていた音声を思い出して、くすくすと笑う。

――ですから、ご両親にひと言お伝えになってからご旅行に、とあれほど申し上げましたのに……！

と、苦言を呈《てい》す青戸。それに続き、『仕方がありませんわね』と近くで話しているらしい華江の声。

『だって、莉緒ちゃんは恭吾さんのもので、恭吾さんは莉緒ちゃんのものなんですもの。ああ〜、そういう頃が懐かしいわぁ』

コホン、と優作が咳払いをする音が聞こえた。

『我々も後を追ってもいいんだぞ？』

『あら、そんな無粋なこと……わかったわ。私たちは別の別荘に行きましょう』

『それなら、ハワイにコンドミニアムでも買ったらどうかな？　青戸にいくつか見繕《つくろ》ってもらって、現地を下見に行ってもらおう』

『まあ、素敵！　ハワイはこれで十軒目？　何かお祝いしなくちゃ！』

坊ちゃま、とスマホを手にしたらしい青戸がコソコソと話す。

――篁家にお仕えして早五十年、この青戸、忙しくなりそうです……!!

震えながら言っただろう青戸を想像すると、笑いが止まらない。そんな莉緒の腰を、隣を歩いていた恭吾が抱き寄せた。

「随分と楽しそうだね」

「ええ。篁家の皆さん、本当にいい方たちばかりだと思って」

「さっきの電話ですか。恥ずかしいところを見せてしまったと思っていたのに、莉緒さんにとっては面白いことのようだ」

そう言って白い歯を見せる恭吾の目元も、柔らかく弧を描いている。

「恭吾さんはまだ気づいてないんですね」

「何のことですか？」

怪訝《けげん》そうに眉を寄せる恭吾の顔を、莉緒はうっとりと見つめた。

「私、はじめて篁家にやってきてから今日までずーっと、世の中には私の知らないことがこんなにあったんだ、って驚きの連続なんです。そして、あなたを取り巻くすべてが楽しくて、きらきらと輝いていて、今が人生で一番幸せ」

ふふ、と莉緒がスカートを翻《ひるがえ》しながら、恭吾の方を振り向く。

恭吾は足を止め、風がいたずらする莉緒の髪を手で押さえた。

「では、その莉緒さんの一番幸せな時を、私が塗り替えなくちゃなりませんね。……いや、塗り替えてみせますよ。何度でも」

「恭吾さん……」

莉緒は涙が零《こぼ》れないよう、恭吾を見上げてぱちぱちと目をしばたたいた。愛されていることを実感して、胸がいっぱいだ。

南の島の光をちりばめた明るい瞳が、きらりと莉緒を射貫く。

「莉緒、愛してるよ。これからもずっと、永遠に」

「私も。恭吾さんを愛してる……」

囁《ささや》いたそばから、莉緒の唇は恭吾の柔らかな唇にそっと奪われた。腰を抱く彼の大きな手。包み込む胸の広さに、莉緒は恭吾とすべてが溶け合った気持ちになる。

（もしかして、人生で一番幸せな瞬間はこうしてるあいだにもどんどん塗り替えられてるのかも……）

あたたかな南の風と、潮の香り。白い砂浜に伸びる重なった影を、寄せては返す波の音が優しく包む。

身も心もとろかすほどの口づけを受けながら、莉緒は密かに笑みを浮かべた。

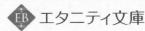

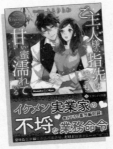

〜大人のための恋愛小説レーベル〜

エタニティブックス ETERNITY

強引すぎる求愛に逃げ場なし!?

オオカミ御曹司と極甘お見合い婚

エタニティブックス・赤

ととりとわ

装丁イラスト／仲野小春

「結婚なんてお断り！」と思っていた琴乃はある日母に騙され、見合いをさせられてしまう。クールな美丈夫であるお相手になぜか気に入られた琴乃は、勝手に婚約者と決められ、彼の秘書として働くことに。強引な彼に振り回される琴乃だが、彼の意外な優しさと繊細さに触れ、次第に惹かれていき……

四六判　定価：1320円　(10％税込)

※エタニティブックスは大人の女性のための恋愛小説レーベルです。ロゴマークの色で性描写の有無を判断することができます（赤・一定以上の性描写あり、ロゼ・性描写あり、白・性描写なし）。

詳しくは公式サイトにてご確認ください。
https://eternity.alphapolis.co.jp

携帯サイトはこちらから！

エタニティ文庫

クセモノ上司の裏の顔!?

エタニティ文庫・赤

暴君専務は溺愛コンシェルジュ

玉紀《たまき》 直《なお》

装丁イラスト／白崎小夜

文庫本／定価：704 円（10% 税込）

転職先の上司である専務に、出社早々「秘書なんかいらない」と言われてしまった久瑠美《くるみ》。困惑する彼女だったが、ある日偶然、専務の過去の秘密を知る。それを内緒にする代わりに、どうにか仕事をさせてもらうことになったけれど、彼のほうからも思わぬ交換条件を出されて——!?

※エタニティブックスは大人の女性のための恋愛小説レーベルです。ロゴマークの色で性描写の有無を判断することができます（赤・一定以上の性描写あり、ロゼ・性描写あり、白・性描写なし）。

詳しくは公式サイトにてご確認ください。
https://eternity.alphapolis.co.jp

携帯サイトはこちらから！

エタニティ文庫

この結婚、ウラがあります!?

ワケありシンデレラは 敏腕社長に売約済！

エタニティ文庫・赤

水守真子《みずもりまさこ》　装丁イラスト／comomo

文庫本／定価：704円（10%税込）

父親が作った借金返済のため、大企業の社長・義信《よしのぶ》と契約結婚した夏帆《かほ》。優しく過保護な彼に次第に惹かれていく夏帆だが、彼は何かを隠していると感じていた。ある日、義信の大親友を名乗る翔太《しょうた》が現れる。やけに親密な二人の様子に、夏帆は心がざわめいて……!?

※エタニティブックスは大人の女性のための恋愛小説レーベルです。ロゴマークの色で性描写の有無を判断することができます（赤・一定以上の性描写あり、ロゼ・性描写あり、白・性描写なし）。

詳しくは公式サイトにてご確認ください。
https://eternity.alphapolis.co.jp

携帯サイトはこちらから！

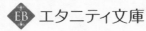

本書は、2018年9月当社より単行本として刊行されたものに、書き下ろしを加えて文庫化したものです。


この作品に対する皆様のご意見・ご感想をお待ちしております。

おハガキ・お手紙は以下の宛先にお送りください。

【宛先】

〒150-6008 東京都渋谷区恵比寿4-20-3 恵比寿ｶﾞｰﾃﾞﾝﾌﾟﾚｲｽﾀﾜｰ8F
（株）アルファポリス　書籍感想係

メールフォームでのご意見・ご感想は右のＱＲコードから、
あるいは以下のワードで検索をかけてください。

アルファポリス　書籍の感想　検索

ご感想はこちらから

エタニティ文庫

今宵《こよい》、あなたへ恋物語《こいものがたり》を

ととり とわ

2022年5月15日初版発行

文庫編集－熊澤菜々子
編集長－倉持真理
発行者－梶本雄介
発行所－株式会社アルファポリス
〒150-6008 東京都渋谷区恵比寿4-20-3 恵比寿ｶﾞｰﾃﾞﾝﾌﾟﾚｲｽﾀﾜｰ8F
TEL 03-6277-1601（営業） 03-6277-1602（編集）
URL https://www.alphapolis.co.jp/
発売元－株式会社星雲社（共同出版社・流通責任出版社）
〒112-0005 東京都文京区水道1-3-30
TEL 03-3868-3275
装丁イラスト－白崎小夜
装丁デザイン－ansyyqdesign
印刷－株式会社暁印刷

価格はカバーに表示されてあります。

落丁乱丁の場合はアルファポリスまでご連絡ください。

送料は小社負担でお取り替えします。


ISBN978-4-434-30311-1 C0193